리바이벌

SEOUL, 2022

영 월드 #3

리바이벌

초판 1쇄 인쇄일 2022년 6월 25일
초판 1쇄 발행일 2022년 6월 30일

지은이 크리스 웨이츠 옮긴이 조호근

발행인 윤호권
사업총괄 정유한
편집 장혜란(최지혜) 디자인 김나영 마케팅 노영혜
발행처 (주)시공사 주소 서울시 성동구 상원1길 22, 6-8층(우편번호 04779)
대표전화 02-3486-6877 팩스(주문) 02-585-1247
홈페이지 www.sigongsa.com / www.sigongjunior.com

The Young World series - Book #3
Copyright © 2016 by Chris Weitz
Published by arrangement with William Morris Endeavor Entertainment, LLC
All rights reserved.
Korean Translation Copyright © 2022 by Sigongsa Co., Ltd.
Korean edition is published by arrangement with William Morris Endeavor
Entertainment, LLC through Imprima Korea Agency.

ISBN 979-11-6925-059-7 44840
ISBN 979-11-6925-056-6(세트)

*시공사는 시공간을 넘는 무한한 콘텐츠 세상을 만듭니다.
*시공사는 더 나은 내일을 함께 만들 여러분의 소중한 의견을 기다립니다.
*잘못 만들어진 책은 구입하신 곳에서 바꾸어 드립니다.

YOUNG WORLD 리바이벌

크리스 웨이츠 지음
조호근 옮김

시공사

돈나

헬리콥터 로터는 계속 윙윙대지, 온갖 군사 용어는 사방에서 쏟아지지, 명상하듯 마음속이 텅 비어야 마땅할 텐데, 문제는 내 심장이 다른 어떤 소리보다 시끄럽게 울리고 있다는 거야. 뉴욕이, 아름다운 뉴욕, 끔찍한 뉴욕이, 저 아래로 펼쳐져 있거든. 폭이 넓은 리본처럼 생긴 맨해튼이 간신히 본토에 매달린 모습에, 가느다란 다리들로 연결된 롱아일랜드의 중심부도 보여.

저 무수히 많은 계곡과 거리 사이의 어딘가에 제퍼슨이 있겠지.

이렇게 위에서 보면 도시의 망가진 모습을 알아볼 수가 없네. 우리는 낮은 경로를 잡으러 하강하기 시작하고, 내게 말하는 웨이크필드 대령의 목소리가 헤드폰 속에서 울려.

웨이크필드: "그리 나빠 보이지는 않는군. A구역은 별문제 없는 듯하네."

여기서 A구역이란 센트럴파크를 말하는 거야.

나: "다시 말하는데, 랜들스아일랜드로 가는 편이 낫다니까요." 그리

고 나는 정확한 용어를 찾아 머릿속을 뒤져. "C구역이요. 센트럴파크, 그러니까 A구역에서 무슨 일이 벌어지는 중인지 방도가 없어요. 정신 나간 애들이 활과 화살을 들고 풀숲에 숨어 있을지도 모른다고요. 저 아래쪽은 상당히 엉망이라서요."

웨이크필드: "그 정도는 우리가 감당할 수 있을 것 같네만."

영국인다운 평가절하네. 귀여운 자존심에 뭐 기타 등등 다 좋은데, 문제는 원래 목적대로 내 마음을 자부심으로 채워 주거나 그러지는 못한다는 거야. 왜 그렇게 자신감 넘치는지는 알겠어. 이번 일행에는 대단한 싸움꾼들이 제법 있거든. 일단 SAS라는 사람들이 있는데, 얼핏 듣기에는 완전 훌륭한 정예 항공사 승무원 집단처럼 들리지만 사실은 '공군 특수 부대'의 약자고 영국군에서 최고로 킬러다운 킬러들만 모아 놓은 곳이야. 반항적인 태도가 목까지 차오른 노동자 계급으로 구성된 친구들이지. 사람들은 영국인 하면 우산과 홍차 따위를 들고 다니는 세련된 사람들만 생각하지만, 사실은 영업 종료 시각까지 술집을 어슬렁거리다 맥주잔에 얼굴을 얻어맞는 사람들 쪽이 일반적인 영국인의 모습에 가깝거든. 장교들은 더 무서워. 항상 고상해 보이지만, 다른 작자들과 똑같이 망설임 없이 벌레를 먹고 손가락으로 눈구멍을 헤집을 준비가 되어 있는 자들이라서.

나는 보조 좌석이 늘어선 쪽으로 시선을 돌려서 구르카 병사들을 훑어봐. 큼지막한 곡선형 단도를 들고 있는 웃음기 가득한 친구들이야. 명성만 놓고 보면 여기서 가장 위험한 사람들이겠지.

랍이 내 눈을 바라보며 손가락 세 개를 들어 보이네. 3번 채널이라는 의미지. 다른 사람들과 별도의 채널에서 개인적인 시간을 가지기를 원하는 거야.

나는 지금껏 그를 무시해 왔어. 하지만 슬슬 그럴 가치조차 없을 정도로 귀찮아지네.

나: "왜?"

랍: "그냥 네 의견에 동의한다고 알려 주고 싶어서."

나: "그래, 우리식 표현으로 하자면, 거기다 3달러만 추가하면 지하철도 한 번 탈 수 있겠어."

랍: "뉴욕 사람의 정신이 돌아오고 있나 보네."

농담을 주고받을 기분 아니거든.

나: "원하는 게 뭐야?"

이름조차 입에 담기가 싫어.

랍: "너 지금 걔 생각하는 거지. 제퍼슨."

얘가 그 이름을 입에 담는 것조차 짜증이 나. 어쩌면 조금 수치스러워서일 수도 있고. 아니, 어쩌면 이런 뜻으로 말하는 걸지도 모르잖아. 그 뭐냐, 제퍼슨을 발견하면, 우리가 함께 자던 사이라고 일러바쳐서 너희 하찮은 재결합을 완전 망쳐 버릴 거야, 하는 느낌.

나는 미남계 첩보원인 랍을, 기대서 울기 좋은 근육질 어깨를 물끄러미 바라봐. 정부 밀고자. 첩자. 거짓말쟁이.

랍: "나도 유감스러워. 그들 때문에 어쩔 수 없었어."

나: "내가 느끼는 거의 반만큼도 유감스럽지 않은 것처럼 보이는데."

그들 때문에 어쩔 수 없었다고. 어쩜 이리 멋지실까.

랍: "나도 말하고 싶었어. 나는 아직—"

나는 다시 1번 채널로 돌아가. 그 짓거리를 재방송까지 듣고 싶진 않거든. 시도하는 것 자체가 대단하다고는 인정해야 할 것 같네. 대체 뭘 원하는 걸까? 나한테 얻어 낼 수 있는 게 아직 남은 걸까? 아니면 진짜로 화해를 원하는 걸까? 왜? '다시 합치려고'? 나는 시선을 돌려. 물론 저렇게 예쁘게 생겼으니 조금 힘들긴 하지. 하지만 전부 끝난 일인걸.

불쌍한 돈나. 남자애한테 속아서 덩치들로 가득한 상자 속에 홀로 남다니. 남자들을 위해 일하면서.

나는 다시 이번 핵무기 확보 경쟁에서 성 역할의 관계를 생각하기 시작해. 위아래 사방을 둘러봐도 지금 이 상황을 이끌어 가는 작자들은 굳이 재건 위원회까지 끌어들이지 않아도 전부 남자뿐이잖아.

한때 나는 스스로 페미니스트라고 생각했어. 걸 파워! 따위에 잔뜩 심취해 있었다 이 말이야. 개수작만 받아들이지 않으면 그 뭐냐, 사회에 충분히 기여할 수 있다고 생각했고. 그런데 지금 되돌아보면, 나는 그냥 흐름에 맞춰 가고 있었던 거지. 내가 평등하고 훌륭하게 행동하고 있다고 생각했던 순간에도, 사실은 '토마시나 아주머니'(백인 권력에 무조건 복종하거나 협력하는 흑인 여성을 일컫는 말. '엉클 톰'의 여성형: 옮긴이)처럼 가식적으로 변변찮은 저항만 하고 있었던 거라고.

나는 부러진 콧등과 퉁퉁한 주먹이 가득한 기내를 바라보며 생각해. 어쩌면 남자와 여자는 서로 다르지만 공생하는 종인 건 아닐까? 그 뭐냐, 유성 생식이 등장하기 전의 원시 수프 속에서는 모두 잘 돌아가고 있었는데, 갑자기 Y 염색체가 끼어들어 모든 생명의 절반을 폭력적이고 껄

떡거리게 만들어 버린 것은 아닐까?

하지만 이 상황에서 어떻게 균형을 잡아야 하지? 대재앙 후의 세계에서 진짜 페미니스트가 되려면 뭘 해야 할까?

헬리콥터가 급하게 오른쪽으로 틀어 센트럴파크로 향하고, 선실이 기울면서 내 옆자리 병사 하나가 말 그대로 나를 짓눌러 으깰 뻔해. "미안, 아가씨." 하지만 그러면서도 자기 자리로 돌아가면서 내 몸을 더듬는 걸 잊지 않네.

지난 몇 년 동안 내 삶은 늘 이래 왔어. 고추와 총을 가진 사람들이 원하는 대로 움직이기만 했지.

우리 부족의 터전인 워싱턴스퀘어에 살 적에는, 원칙만 그렇기는 해도 그나마 공정했어. 그 뭐냐, 사회를 재시작하기에는 문명의 끝이 최고인 법이잖아. 하지만 그곳에서조차 쇼를 진행하는 건 남자애들 몫이었지. 물론 나도 다른 애들처럼 워싱턴을 사랑했어. 그래도 말이지. 때론 나 같은 여자애가 더 제대로 운영했을 것 같다니까. 무슨 말인지 알겠지?

헬리콥터가 공중에 멈추면서 차가운 공기 속으로 먼지와 검불을 퍼 올려서 흩날려. SAS 병사들은 장비를 마지막으로 확인해. 나일론으로 만든 전쟁용 페티시 복장이며, 무광 검은색 나이프와 등산용 쇠고리와 나일론 올가미와 총신이 짧은 자동 소총도 있어.

어쩌면 이런 식으로 해야 하는지도 모르겠어. 평등으로 가는 길이란 법률과 점진적 사회 진보의 토대 위에 선의로 포장해서는 만들 수 없는 것 아닐까. 총을 겨누어 강탈하는 게 정답일지도 몰라.

헬리콥터는 최대한 사뿐하게 자리에 내려앉아. 로터가 주변의 키 큰 갈색 풀을 납작하게 밖으로 밀어내며 물결 모양의 미스터리 서클을 만드네. 특공대원들이 밖으로 뛰쳐나가. 두 대의 수송 헬기에 각각 10명씩이고, 나하고 거인 경호원 티치, 그리고 거짓말쟁이 똥자루 전 남친 랍이 있어. 로터가 두 개 달린 커다란 세 번째 헬리콥터는 커다란 직사각형 똥처럼 화물을 내던지고 그대로 동쪽으로 선회해서 롱아일랜드 해협에서 기다리는 항모전단 쪽으로 날아가.

가느다란 반원만 남은 달의 흐릿한 빛 속에서, 세상은 온통 어두운 회색으로 보여. 화강암 덩어리나 텁수룩한 나무의 윤곽에, 그 너머 멀찍이 공원 담장 너머로 육중한 직사각형의 아파트 건물이 솟아오른 모습 정도가 보이는 전부야.

저기 누가 사는지 잘 알고 있지.

업타우너들.

방금 헬리콥터가 대담하게 모습을 드러냈잖아. 이제 59번가 북쪽의 모든 인간이 우리를 봤을 테고, 지금까지 생각한 것과는 달리 나머지 세상이 자기네들처럼 대재앙 이후의 빌어먹을 똥통에 처박히지 않았다는 사실을 깨달았을 거야. 쟤들이 그런 사실을 부드럽게 받아들일 리는 없겠지. 전기 충격처럼 악몽에서 깨어나 무한한 가능성이 존재하는 세계로 솟구칠 거야.

시프메도는 마지막으로 들렀을 때보다 훨씬 수수께끼 같은 장소가 되어 버렸어. 잡초가 무성하고 황량한 모습이, 마치 한 달 동안 샤워도 하지 않은 약물 중독자의 모습을 그대로 풍경으로 옮겨 놓은 것 같아.

마지막으로 들렀을 때라. 정말 끝내주는 시간이었지! 나와 제퍼슨은 젊고 병들고 죽음을 앞둔 상태로 북으로 향하는 여정에 올랐고, 업타우너 놈들에 북극곰까지 우리를 추격해 왔어. 우리 목적은 세상을, 아니면 적어도 우리 자신을 구할 수 있도록 '그 병'의 치료제를 찾는 거였고. 그리고 우리는 그 과업을 완수해 냈지. 한두 명의 사상자를 냈지만.

시스루. 캐스.

웨이크필드: "아직까지는 괜찮군."

그러니까 자기 말이 옳고 내 말이 틀렸으며, 내가 기대하던 허리케인 샌디 급의 난장판이 실제로 벌어지지 않았다는 뜻이겠지. 그래, 분명 공원은 조용해 보여.

웨이크필드: "이제 동쪽으로 이동해서 UN으로 간다. 운이 좋으면 풋볼도 회수할 수 있겠지."

'풋볼'은 미합중국 전략 핵무기 가동용 장비와 발사 암호를 말하는 거야. 그러니까, 그 뭐냐, 제법 대단한 문제인 셈이지.

우리는 그것 때문에 여기 온 거야. 커다란 검은색 가죽 가방인데, 나이 든 임시 교사들 가방처럼 아주 촌스럽고 볼품없는 물건이래. 팔에 감고 다닐 수 있게 손잡이에는 가죽 고리가 달려 있고. 정확히 말하면 어느 장교의 팔이겠지. 항상 그걸 가지고 대통령 근처에서 어슬렁거리는 게 업무인 장교가 있었거든. 누군가 전 세계를 핵전쟁의 구렁텅이에 빠트리고 싶은 마음이 들 때를 위해 대기하는 거지. 그런 충동이 생기면 자동 인증 시스템이 근처에 있어야 편하지 않겠어. 그러면 '비스킷'이라 부르는 특수 위성 전화로 미군 중부 사령부에 연락해서 세계의 종말이나 뭐 그런 것을 선언하는 거지.

웨이크필드가 말을 이어. "그 과정에서 산발적인 공격이 들어온다 해도 손쉽게 물리칠 수 있을 테지."

나: "대령님, 이 섬의 모든 사람은 당신네가 누군지, 어떻게 이렇게 오래 살아남았는지를 알고 싶어 할 거예요. 당신네한테 '그 병'의 치료제가 있는지도요. 그러니까 수천 명의 필사적인 무장 병력이 들이닥칠 거라고요."

웨이크필드: "애들 아닌가."

나: "이곳에서 수년 동안 살아남은 애들이죠. 당신네와는 달리."

그는 미심쩍은 표정으로 나를 바라봐. 머릿속 수첩에 머릿속 기록을 남기는 것 같네. 아마 그 수첩도 머릿속 무광 검은색이겠지. 대체 얼마나 많은 군대 계열 사람들이 현지 안내인의 충고를 무시해 왔을지가 궁금해— 나는 현지 안내인 역할이 분명하니까. 그리고 그 결과로 지금껏 얼마나 많은 사람이 죽었을지도.

웨이크필드: "그건 내가 관여할 영역이 아닐세."

그쪽으로는 관심이 없다는 말로 들리네. 그러니까 그런 문제는 풋볼을 가져오는 임무와는 아무 연관도 없다는 소리겠지.

구자: "돈나 양, 괜찮은가요?" 언제나 활짝 웃을 채비를 하고 있는 사람답게 지금도 웃고 있어. 구자는 키가 작은 남자야. 적어도 나보단 작은데, 내 키도 150센티미터를 간신히 넘을 정도거든. 그렇게 작으면 능력이 부족할 거라고 넘겨짚기 쉽겠지만, 구자는 구르카야. 지난 200년 동안 영국군에서 복무해 온 네팔인 여단의 일원이지.

이야기는 이래. 당시 세상 곳곳을 어슬렁거리며 피부가 갈색인 사람은 죄다 지배하려 애쓰던 영국인들은, 바로 이 부족 하나 앞에서 발이 묶이고 말았어. 구르카족은 빅토리아 시대의 기술과 규율 앞에서도 위축되어 대화에 나서거나 그러지 않았거든. 되레 어디 해보시지, 친구, 하는 식으로 나왔지. 영국인들은 너무 감탄한 나머지 그들을 고용해 버렸어.

구자와 다른 구르카들은 센트럴파크의 길게 자란 잡초밭을 쿠크리로 베어 나가는 중이야. 쿠크리란 저 사람들이 가지고 있는 길고 휘어진 단도를 말하는 건데, 마치 날을 세운 금속 부메랑처럼 생겼어. 구자는 근처 식생을 처벌하는 일을 잠시 멈추고 나한테 질문하러 온 거야.

구자는 마음에 드는 사람이지만, 부대의 절반이 그를 비롯한 구르카병으로 구성된 이유를 나는 잘 알고 있어. 아무 의문 없이 명령에 따라 사람을 죽일 수 있고, 뉴욕의 10대 아이들과는 감정적 연결 고리가 없는 이들이기 때문이겠지. 뭐, 공평하게 말하자면 뉴욕 10대들도 네팔 부족민에게는 아무런 친밀감도 못 느끼겠지만.

나: "괜찮아요, 구자."

하지만 솔직히 말하면, 아무것도 괜찮지 않아. 지금 상황에서 괜찮음이란 분명 희소한 자원이거든. 나는 다시 똥통으로 돌아왔으니까. 케임브리지에서 짧은 막간을 보내면서, 미국 디아스포라의 평범한 생존자일 뿐이라고 나 자신까지 속여넘기면서 온갖 것을 누리다가, 다시 쫄딱 망해 버린 상황이잖아. 아니, 망해 버린 것 이상이지. 망망하거나 망망망한 정도는 될걸.

나는 랍을 힐긋거려. 그는 잡지 화보처럼 머리를 넘긴 모습으로 헬리콥터에서 상자를 들어다 밖에 쌓고 있어. 구르카와 험악한 얼굴의 SAS

특수 부대원들과 어울리려 애쓰는 거지. 거의 불쌍하게 여겨질 지경이야. 예쁘장한 남자애가 딱딱한 군대 남자들 사이에 끼어 있다니.

케임브리지에서 랍을 만났을 때는, 처음에는 학생 저항군의 일원이라고 생각했어. 정부와 미국 재건 위원회가 일반 시민을 사회적으로 통제하는 상황에 항거하고 있다고 말이야. 표현과 이동과 사상의 규제에 반대하는 사람이라고. 일상의 가면을 쓰고는 있지만, 모든 곳에 언제나 눈과 귀를 심어 놓는 곳이었거든. 심지어 자기 주머니에도 감시자가 숨어 있었지. 모든 휴대폰이 정보원이었으니까.

나? 나는 그냥 저들의 손아귀에서 정보를 쥐어짜이는 작은 감귤 하나일 뿐이었어. 하필이면 대통령이 죽던 날에 UN에 있었거든. 그래서 나한테 풋볼에 대한 정보가 있으리라 여긴 거지.

어쨌든 랍은 저항군을 위해 일하는 것이 아니었어. 정반대로 정부를 위해 일하고 있었지.

나를 향해 웃음 지으며 어깨를 으쓱하는 꼴이, 내가 어쩌겠어?라고 말하는 것 같아. 그리고 장비 무더기를 뒤로하고 이쪽으로 걸어와. 얼굴에는 각오가 드러나 보여. 다시 위험으로 뛰어들겠다는 느낌이야.

랍: "여기까지 오게 될 줄은 몰랐는데. 넌 짐작했어? 바에서 만났던 그날 밤에 말이야."

장면은 이래. 칼리지 바에서, 고향을 떠나온 고독한 미국인 소녀가 홀로 앉아서 버드와이저를 홀짝이고 있어. 그런데 윤기가 흐르는 갈색 머리에 구릿빛 피부를 가진 미소년이 들어오는 거야. 녹색 석회암 같은 눈동자까지 모든 것을 갖춘 채로. 그리고 서로의 마음을 담은 우정이 시작돼. 소년은 친구들이 죽었다고 말해서, 소녀와 친구들이 연결된 줄을 끊어 버리지. 미국인 소녀는 새 친구의 준비된 품에 안겨서 모든 것을 털어놔. 대재앙 후의 뉴욕에서 겪은 모든 암울한 과거에 대해서도. 그리고 정부는 원하던 것을 얻는 거지.

랍은 아직도 자기 질문의 답을 기다리고 있네.

나: "아니. 아마 뉴욕으로 돌아오리라고 생각한 적도 없는 것 같아."

케임브리지에 머무를 준비를 하고 있었으니까. 머릿속 한쪽 구석으로는 랍이 진실이기에는 너무 훌륭하다는 사실을 알고 있기는 했어. 하지만 상처 입고 추락하던 나는 내려앉을 보드라운 땅을 찾고 있었지. 내 말을 들어 줄 사람이 필요했어. 따뜻한 시간도. 약간의 행복도. 어디 비난하고 싶으면 해 보시지.

그의 손이 내 손 쪽으로 슬쩍 다가와. 약간 흥분이 느껴지지만, 이건 아직도 메모를 받지 못한 멍청한 감정 뉴런이 아무 이유도 없이 점화되는 것뿐이지. 나는 손을 빼. 그리고 등을 돌려.

저 바깥 어딘가에 제퍼슨이 있을 거야. 그렇기를 바라고 있어.

나: "적당히 해."

랍: "돈나, 우리가 옳은 쪽이야." 자기하고 나머지 영국인들을 말하는 건지, 아니면 그와 나를 말하는 건지를 모르겠네.

나: "그래, 그게 네 문제거든. 진실을 마주하려 든다고 생각하는 순간에 정치 이야기로 넘어가 버리니까."

랍: "나는 네가 안전했으면 좋겠어. 그게 전부야. 만약 제퍼슨이 살아 있다면—" 그는 내 얼굴에 떠오른 경멸에 움찔하며 덧붙여. "그리고 너

를 위해서라도, 그가 살아 있으면 좋겠지만. 만약 그가 살아 있다면, 분명 무책임하고 위험한 작자들과 같이 행동하고 있을 거야."

저항군을 말하는 거야. 특히 채플을.

나: "우와, 상황을 정말 아주 완벽하게 파악하고 있으시네? 아니면 웰시가 그렇게 말하라고 시켰니?"

랍: "너는 저항군이 모두를 구하려 한다고 생각하지. 딱 봐도 알겠어. 그래서 저들이 너를 이용한 거야. 하지만 저들은 치료제를 배부하는 일에는 관심 없어. 원하는 건 핵무기뿐이라고. 그리고 저들의 손에 핵무기가 넘어가면, 온 세상이 석기 시대로 돌아가 버릴 거야."

나: "헛수작은 관둬."

문제는 아마 쟤 말이 맞을 거라는 거야. 채플은 아주 이상주의적이고 자기희생적인 모습으로 접근해 왔어. 대재앙 이후의 세계에 남은 우리 불쌍한 고아들을 전부 구원하고 싶다는 것처럼. 안 그러면 우리가 돕지 않았을 테니까. 하지만 전체 상황을 돌이켜 보면—내가 정부에 이용당한 것까지 포함해서—이 게임에 참가한 사람은 누구 하나 결백하지 않을 것 같거든.

제퍼슨만 빼고. 내가 아는 사람 중에서 가장 자신의 원칙을 어기지 않을 사람이니까. 걔라면 절대 타협하지 않을 거야.

장비 하역이 끝났는데도, 우리는 여전히 착륙 지점 근처에서 어정거리고 있어. 나는 움직이고 싶은데. 가서 걔를 찾고 싶은데. 그런데 뭔가 지연되는 모양이야. SAS 사람들이 한데 모여 쓴웃음을 짓는 모습을 보니 우리 계획에 문제가 일어난 듯하거든. 헬리콥터 한쪽에서 소리높여 외치는 목소리도 들리네.

이 정도면 충분히 참았지. 나는 선두 헬리콥터 쪽으로 걸어가.

금속 덮개가 활짝 열려 있고, 일반병 하나가 안을 들여다보며 엔진을 만지작거리고 있어. 양손을 모두 사용해야 하는지, 작은 손전등 하나를 엽궐련처럼 이빨로 물고 있네. (참고로 이 사람들은 이걸 '토치'라고 불러. 되게 마인크래프트스럽지) 그는 내 시선을 느꼈는지, 손전등을 문 채로 얼굴을 찌푸려 웃음을 만들어. 불빛에 잠시 앞이 보이지 않아.

병사: "무슨 일인가요, 아가씨?" (우흥 이잉가요, 아가히?에 가깝게 들리지만)

겉보기로는 점잖고 신사적인 태도네. 엄청 무시무시하게 살아가는 사람이면서. 외국 곳곳에 수송되어 문짝을 차고 들어가서 사람들 목을 찌르고, 터무니없는 거리에서 반란군의 뇌수를 날려 버리고, 다시 개목걸이를 차고 장애물 코스를 달려와서 휴식을 취하는 사람들이면서. 코 위에 과자를 올려놓은 채로 먹으라는 명령이 떨어질 때까지 버틸 수 있는, 완벽하게 통제되는 개인 셈이지. 그런데도 나를 눈빛으로 희롱하는 짓은 멈출 수가 없나 봐. 내가 상당히 헐렁하고 두툼한 녹색 점프슈트를 입고 있다는 점을 고려하면 놀라운 일이지. 아마 여자를 별로 만나지 못하는 모양이야.

나는 그에게 살짝 손을 흔들며 수줍게 "안녕하세요!"하고 인사해. 물론 나는 가장 경험 많은 특수 부대의 특수 요원보다도 훨씬 많은 죽음과 파괴를 목격한 사람이지만, 병사들 앞에서는 무력하고 비쩍 마른 꼬맹이로 보이고 싶거든. 덕분에 의심도 덜해졌는지, 나는 별다른 주의를 끌지 않고 헬리콥터 안으로 무사히 들어가는 데 성공해.

헬리콥터 내부는 어둑해. 조명이랄 것도 어설프게 여기저기 붙여 놓은 노란색 LED판밖에 없거든. 내가 찾는 물건을 발견하기까지는 시간이 좀 걸려. 최대한 조용히 뒤적거려야 하니까 어쩔 수 없기는 하지.

마침내 나는 원하는 물건을 찾아내. 만화 속 장난감 권총처럼 생긴 몽땅한 주황색 플라스틱 기구야. 나는 상자에서 조명탄을 몇 개 꺼내서 점프슈트 주머니에 챙겨 넣어.

저들은 내게 총을 주지 않았어. 아마 내가 총을 쓸 줄 모른다고 생각하기 때문이겠지. 아니면 내가 총을 쓸 줄 안다면 즉시 그들에게 총구를 돌릴 거라고 생각해서일 수도 있고. 로널드 레이건호의 이륙 갑판에서 잔재주를 부려서 친구들이 탈출하도록 도운 후로는, 나를 대하는 태도에서 신뢰의 비중이 상당히 줄어들었거든.

하지만 내가 조명탄 총을 원하는 이유는 그게 아냐. 나는 헬리콥터에서 뛰어내려서는, 총을 머리 위로 높이 들고 조명탄을 발사해. 분홍색 빛이 위로 솟아오르며 불그레한 원색의 섬광이 한순간 우리 주변의 무성한 잡초밭을 비춰. 모두가 불빛 속의 디오라마처럼, 야간 사진처럼, 파티 도중의 한 장면처럼 정지 영상을 남겨. 모두의 얼굴에 떠오른 혼란이 똑똑히 보이네.

욕설과 고함이 뒤따라.

웨이크필드: "그거 내려놔라. 당장."

구르카 하나한테 고개를 끄덕이자, 그가 즉시 내 쪽으로 달려와.

나는 왼손에 들고 있던 두 번째 신호탄을 서둘러 약실에 밀어넣어. 첫 발포로 달궈진 총신이 내 손가락을 지지네.

달을 겨냥하고 다시 신호탄을 쏘아 올려. 휴우움. 두 번째 신호탄이 하늘로 솟구치며 하늘에 선을 하나 그려. 하늘에 남은 연기의 선 두 개가 하늘에서 V자를 만들면서 우리의 위치를 정확히 가리켜.

구르카가 내게 몸을 던지고, 폐에서 공기가 빠져나가는 느낌이 들어. 높이 쳐든 쿠크리에 반사되어 두 번째 신호탄의 빛이 반짝여.

웨이크필드: "그만!"

단도는 허공에서 두 번째 초승달처럼 머물러 있어. 구자가 부하의 뒤로 다가와서 네팔어로 명령을 내려. 남자는 자리에서 일어서더니 내 옷깃을 붙들고 일으켜.

구자는 나를 바라봐. 미소는 처음부터 없었던 듯 사라져 버렸어.

구자: "왜 그랬어요, 아가씨? 왜?"

나는 이제야 그가 내 관리 담당이었을지도 모른다는 사실을 깨달아. 그를 제대로 곤경에 빠트렸을지도 모른다는 사실도.

나: "미안해요, 구자."

그가 진심으로 답을 원한다 해도, 내가 어떻게 설명할 수 있을까? 저 바깥 어딘가에서 제퍼슨이 내 신호를 볼지도 모른다는, 어떻게든 나라고 알 수 있으리라는 직감을? 그가 나를 찾아와서 우리가 다시 함께할 수 있으리라는 느낌을?

제퍼슨

성에가 낀 창문 밖에서 신호탄의 빛이 잦아든다. 그러나 희망은 남는다. 분홍색 V자의 환영이 여전히 센트럴파크 위에 남아 길을 알려 주고 있다.

우리는 미드타운의 치과 진료실에 숨어 있다. 원래라면 13층이겠지만, 불운을 피하고자 14층 푯말을 붙여 놓은 곳이다. 되돌아보면 아이러니한 희망이긴 하지만. 피터는 바닥에 늘어진 채로 실연의 아픔을 달래고 있다. 쌍둥이는 오래된 《하이라이트》지를 뒤지며 행동 교정용 학습 만화를 찾고 있다. 캐스는 소파에 누운 브레인박스 옆에 앉아 있다.

내가 입을 연다. "가자."

"저게 도우러 온 사람이 아니면 어쩌려고?" 캐스가 미심쩍다는 듯 비죽 내민 입매를 뒤틀면서 말한다. 뒤틀렸다는 표현이 옳을 것이다. 원래 형태의 아름다움을 되새기게 만드는 부류의 왜곡이니까.

내가 말한다. "아니라고 해도 우리가 잃을 게 있어?"

"전부. 지금 뉴욕 주민의 절반쯤은 너를 죽이고 싶을 테니까."

"너하고 테오 덕분이지." 나는 이렇게 대꾸한다. 지금껏 테오는 모습을 드러내지 않았다. 우리와 함께 실험실에서 항공모함으로 갔다가, 헬리콥터를 타고 뉴욕으로 돌아온 할렘 부족 아이 말이다. 그와 캐스가 UN에서 내 거짓말을 폭로한 이후 무엇을 했는지는 들을 방법이 없다.

"테오 탓하지 마. 너한테 불평할 자격은 충분한 애니까. 그리고 내 탓도 그만두고. 내가 사람들한테 거짓말하라고 강요한 것도 아니잖아. 진실을 숨기라고 말한 적 없거든."

"이곳 애들이 그……." 나는 옳은 단어를 찾아 헤매다가, 결국 가장 유용한 단어를 선택한다. "문명이 살아남았다는 사실을 알게 되었다면, 학살극이 펼쳐졌을 거야. 다들 여기서 빠져나갈 출구를 찾아서 달려나갔을 거라고."

"그것도 채플이 한 소리지? 세상에서 가장 중요한 서류 가방을 훔친 놈?" 그녀는 문득 피터 쪽을 바라본다. 자신을 내팽개친 사람의 이름을 무심코 들었을 때의 감정에 공감한 듯하다. "미안."

"나머지 전부가 거짓말이었더라도, 그 말만은 옳았어. 총소리 못 들었어? 비명도? 폭발음도? 난장판이 벌어졌다고."

캐스는 어깨를 으쓱한다. "바로 그거야. 그래서 얌전히 있어야 하는 거라고. 다들 정신이 나가고 있으니까. 지나가다 만난 애가 했던 말 기억하지? 다들 배터리파크로 가고 있다고."

"커다란 배가 와서 우리 모두를 태워 갈 거야!" 쌍둥이에서 여자애 쪽인 애나가 환히 웃으며 말한다.

나는 대꾸한다. "배 따위는 없어. 뭐, 사실 있기는 하지만, 우리를 태우러 오는 건 아냐. 핵 추진 항공모함이고 언제 여기를 융단 폭격할지 모르는 작자들이라고. 나는 재건 위원회를 믿지 않아."

"그런데 신호탄을 쏜 사람은 누군지 몰라도 믿는다고? 설득력이 부족하잖아."

내 마음속 깊은 곳에 희망이 있으며, 이제는 확신으로 변하고 있다는 이야기는 하지 않는다. 저 신호탄을 쏜 사람이 돈나라는 생각이 든다는 이야기. 말이 안 되는 소리다. 그러나 이 직감은 흔들리지 않는다.

"그럼 있어. 나는 누군지 확인하러 가 볼 테니까." 나는 배낭을 짊어지며 말한다.

캐스는 내 무심한 태도가 진심이라 생각하지 않는 듯하다. 그래, 내 삶을 완전히 망가트리기는 했어도, 그녀가 무심하게 대하기 힘든 사람이라는 것은 사실이다. 물론 그녀의 아름다움, 터무니없이 생기 넘치는 성숙함 때문이기도 하다. 하지만 그게 전부는 아니다. 그녀의 정신에는 어딘가 사람을 끌어들이는 성질이 있다. 마치 도저히 아래를 보지 않고는 견딜 수 없는 벼랑 가장자리처럼. 그리고 내 안의 일부는 언제나 뛰어내리기를 원하고 있다. 옛 사람들은 이런 감정을 타나토스라고 불렀다. 죽음을 향한 갈망이다.

"네 목숨을 구해 준 은혜를 그런 식으로 갚는 거야?" 캐스는 웃음을 머금은 채로 대꾸한다.

엄밀히 말해 사실이기는 하다. 모두가 치료제의 진실을 발견한 직후에는 목숨을 건져 살아 나온 것 자체가 천운이었다. 나와 브레인박스와 피터를 UN 본부 건물이라는 똥통에서 건져 낸 사람은 캐스와 쾌락 살인마 쌍둥이였다.

나는 반격한다. "너는 나를 죽인 거야. 지금 나를 좇아오는 폭도들을 들쑤신 게 너잖아." 이제 우리는 낮이면 숨고 밤에만 움직이며, 갈퀴와 횃불을 든 농노들이 다가오기를 기다리는 신세다.

"비극의 주인공 시늉은 적당히 해. 어차피 걔들도 네 거짓말 따위는 금방 알아차렸을 거야."

"시간이 조금 필요했을 뿐이라고. 더 나은 걸 원했을 뿐이야. 모두를 위해서."

캐스는 실실 웃으며 말한다. "그래, 나도 알아. 정말 귀엽다니까. 여기서 엄청난 모임을 주도하면서 고결한 자만심이 하늘 끝까지 치솟았겠지. 모의 UN 놀이가 얼마나 즐거웠을까. 헌법도 썼다며."

나는 어른들이 찾아오기 전에 일종의 체제를 구축하고 싶었을 뿐이다. 채플의 말에 따르면, 그들은 우리가 전부 죽어 사라지기를 기다리고 있다고 했다. 내가 보기에는 우선 모두가 하나로 뭉치는 쪽이 최선일 듯했다. 어쨌든 우리 손에 치료제가 있는 상황이었으니까. 다시 시작할 수 있었다. 그리고 우리가 오랫동안 살아남으리라는 사실을 깨닫게 되면 나머지 세계가 우리를 가만 놔둘 리 없으니, 그들에 맞서 싸우기 위해서라도 조직을 세울 필요가 있었다.

캐스가 말한다. "근데 그거 알아? 쟤들의 선택하고 지금 현실을 고려해 보면, 사람들은 네 유토피아에 속하고 싶지 않은 모양이거든. 그냥 담벼락에 붙어서 와이파이만 잡고 싶은 거야."

"내가 그렇게 순진하다고 생각한다면, 넌 여기서 뭘 하는 건데?"

나는 여전히 감을 잡지 못한다. 복수는 이해할 수 있다. 어쨌든 깨진 사이기는 했으니까. 물론 질병과 식인으로 점철된 세계에서 그런 하찮은 표현에 의미가 있다면 말이다. 게다가 저 애를 죽도록 내버려 두고 온 것도 사실이니까.

물론 나는 캐스가 사실 죽지 않은 상태였다는 사실은 알지 못했다. 그리고 캐스도 그 일로 원한을 품고 있는 것은 아니다.

하지만 내 주변에 머무르면, 캐스 또한 위험해질 수밖에 없다.

이 질문에 캐스는 진짜로 당황한 모습을 보인다. 아니면 말하고 싶지 않은 쪽일지도. 마침내 그녀는 어깨를 으쓱한다.

"딱히 다른 할 일도 없거든. 하지만 그렇다고 해서 밖에서 춤추고 돌아다니며 쏴 달라고 애걸하겠다는 뜻은 아니야."

"쏘는 것도 빌어먹을 너희 부족 놈들일 텐데." 캐스가 업타운 출신임을 지적하며 피터가 말한다.

"그래, 빌어먹을 과거의 내 부족민들 말이지. 나는 거기서도 딱히 사랑받는 사람이 아니었거든." 그녀는 강조하려는 듯 눈썹을 치킨다. (이런 상황에서도 깔끔하게 다듬은 눈썹이다) "이것 보셔, 나도 이제 내 몸만 생각할 수가 없단 말이야. 애가 둘이나 딸렸다고."

연구소에서 데려온 아이들을 말하는 것이다. 애나와 아벨이라는 이름의 금발 쌍둥이지만, 캐스는 '쾌락 살인마 쌍둥이'라고 부른다. 푸른 눈에 비쩍 마르고 활력 넘치는 정신병자 아이들은 캐스의 지시를 문자 그대로 수행한다. 올드맨이 죽기 전까지 그의 말을 따랐던 것처럼. 캐스가 정말로 이 아이들을 소중하게 여기는지, 아니면 그런 보호 자체가 농담의 소재로 꾸며 낸 것일 뿐인지는 판별할 수가 없다. 어쩌면 캐스 본인도 구별하지 못할지도 모른다.

나는 말한다. "나는 신호탄을 쏘아 올린 쪽으로 가야겠어. 분명 어른들일 거야. 군대일 수도 있고, 저항군일 수도 있지만, 브레인박스를 살리려면 그쪽밖에 방법이 없어. 서둘러 치료를 해 주지 않으면……."

나는 생각을 끝맺지 못한다. 브레인박스가 의식이 있는지조차 확신할 수 없지만, 그래도 들려주고 싶지 않다.

복부 출혈은 멎었다. 채플이 쏜 위치에는 깔끔하게 작은 구멍이 뚫려 있다. 배꼽에서 왼쪽으로 10센티 정도 떨어져 있는데, 주변의 살점은 너무 창백해서 사람 살이 아니라 생선 살처럼 보일 지경이다. 관통한 상처는 없다. 아마 좋은 징조는 아닐 것이다. 총알이 배 속에서 튕겨 돌아다녔거나, 배 속을 헤집으며 상처를 확장했을 수도 있을 테니까. 총알이란 그렇게 되도록 만들어진 물건이니까. 호흡은 얕고 가파르고, 맥도 불규칙하다. 온몸이 끈적한 땀으로 번들거린다.

돈나라면 뭘 해야 할지를 알았을 것이다. 자기 어머니가 간호사로 근무하던 응급실에서 자라난 것이나 다름없고, 이후 우리 부족의 의사가 되었으니까. 여기 치과 선반에서 상처를 처치할 물건을 만들 수 있었을 것이다. 벌써 이틀이 지났는데 번득이는 아이디어 따위는 조금도 떠오르지 않았다. 유효 기간이 지난 치과용 마취제를 찾아내서 주사를 놔 주기는 했다. 그러나 그것 외에는 어떤 답도 내놓을 수가 없었다. 완벽한 정체 상태가 되었다고 할 수 있을 정도로. 마치 사발 바닥에 멈춘 구슬처럼, 운동 에너지가 고갈되어 어디로도 갈 수 없는 상태가 된 것이다. 적어도 신호탄을 보기 전까지는 그랬다.

"제퍼슨 말이 맞아. 뭐든 시도해 봐야 해. 나는 돕겠어." 피터가 말한다. 그는 고개를 흔들어서 채플의 배신에 따르는 절망을 말 그대로 털어내 버린다. 마치 고개를 뱅뱅 돌리기만 하면 원심력으로 두뇌에서 생각을 배출할 수 있다는 것처럼.

캐스도 자리에서 일어난다. "알았어. 어차피 치과는 마음에 안 들거든. 얘들아, 가자." 그녀가 쌍둥이의 옆구리를 쿡쿡 찌르자, 아이들은 흐릿한 눈을 비비면서 일어나 앉는다.

"뭐 하러 가요, 엄마?" 애나가 묻는다. 아마 열넷 정도 되었을 텐데도 한참 늦된 모습이다. 영양실조로 수척한 몸 때문에 더욱 오싹해 보인다.

"난 너희 엄마 아니거든." 캐스는 항상 그렇듯 이렇게 대꾸하고는 뒤이어 대답해 준다. "공원에 갈 거야."

"우와!" 아벨이 말한다.

우리는 무기를 확인한다. 캐스한테는 15발이 남은 마우저 권총이 있다. 피터와 나는 AR-15를 아직 가지고 있고, 여분의 탄창도 몇 개 남아 있다. 쌍둥이는 손잡이에 덕트 테이프를 감은 쇠지렛대와 루이스빌 슬러거 야구 방망이만 남았다. 얼마 버티지는 못하겠지만, 지금 우리가 가진 거라고는 이게 전부다.

아래 거리에는 아무도 없지만, 근처에서 사람들이 움직이는 소리는 들린다. 총성과 비명이 뒤섞인 새벽의 지저귐이다. 내뱉는 숨결에 김이 서린다. 건물을 나가는 순간 눈송이가 떨어지기 시작한다. 마치 공기가 얼음으로 과포화된 것처럼, 허공을 가득 메우면서.

이번에도 고약한 겨울이 될 것이다. 작년 겨울 우리는 태울 수 있는 물건을 전부 태우고도 한파에 희생자를 냈다. 우리가 잠든 사이에, 추위가 슬금슬금 다가와 불씨와 생명을 함께 꺼트려 버리곤 했다.

우리는 침대 시트를 접어서 만든 들것에 브레인박스와 장비 일부를 옮긴 다음, 사방에서 들고 서둘러 걸음을 옮긴다. 브레인박스는 핵무기 발사 장치인 비스킷을 움켜쥐고 가슴에 꼭 붙이고 있다. 반쯤 정신이 든 채로 뭔가를 반복해서 웅얼거린다. 마치 "국화, 국화"처럼 들리지만, 말이 안 되는 소리다. 어쩌면 일종의 화학식 같은 것일지도 모른다.

어둠이 사라지기 전에 서둘러 움직여야 한다. 시시각각 자연이 명도를 조금씩 올리고, 우리 모습도 조금씩 노출될 테니까. 눈발이 어둠을 가리기 시작하고, 지면을 뒤덮기 시작하는 하얀 막에 우리 발이 미끄러진다.

센트럴파크로 가는 가장 빠른 경로는 업타우너의 영역을 통과하는 것이다. 59번가 동쪽과 5번 애비뉴 사이의 대각선을 따라 지그재그로 계단을 따라 이동하게 된다. 신호탄의 위치까지 남은 1.5킬로미터는 위험으로 가득하다.

"지하철을 탈 생각인 건 아니겠지?" 피터가 주변의 건물을 훑어보며 이렇게 묻는다. 어느 건물이든 감시 초소와 저격용 소총이 설치되어 있을 수 있다. 피터도 자기 총을 들고 대비하고 있지만, 우리가 어떻게 해도 모든 각도의 안전을 확보할 수는 없다.

나는 대꾸조차 하지 않는다. 지하철에는 고약한 기억이 서려 있다. 앞이 보이지 않는 어둠 속으로 도주하던 기억, 상실의 기억, 살육의 기억. 차라리 빛 속에서 죽는 편을 택하겠다.

우리는 휘청거리며 3번 애비뉴를 따라 올라간다. 죽은 은행들의 껍데기가 옆으로 스쳐 지나간다. 두꺼운 판유리 창문은 애저녁에 깨졌고 ATM은 돈이란 것이 의미가 있던 시절에 전부 털려 버렸다. 깔끔히 비워진 식당 체인점과 약탈당한 상점들이 이어지고, 발밑에서는 불규칙한 육면체 형태로 날카롭게 깨진 유리 조각이 밟힌다. 연료를 뽑아낸 차들도 보인다. 쓸모 있는 것을 남김없이 긁어내고 남은 도시의 풍경이다.

우리는 널찍한 59번가를 피해서 60번가를 타고 서쪽으로 이동한다. 시대착오적인 성소들이 즐비한 곳이다. 네일숍, 양탄자 가게, 맞춤 양복점. 여기까지 왔으면 이제 서둘러 파크 애비뉴만 건너면 된다. 브레인박스는 매번 출렁일 때마다 충격을 받는 것처럼 신음한다. 길모퉁이에 사암과 벽돌로 만든 튼튼한 건물이 보인다. 넝마가 된 깃발에는 크라이스트처치 통학 사립 학교라고 적혀 있다.

문득 캐스가 걸음을 멈춘 것을 깨닫는다. 깃발을 올려다보고 있다.

나는 묻는다. "왜 그래?"

"여기 다녔었어. 옥상에 올라가서 놀곤 했지. 저기 가장자리를 따라 철창 세운 것 보여?"

공이 떨어지지 못하도록 막는 용도일 것이다. 덤으로 아이들이 하늘로 날아올랐다가 아래 거리로 추락하는 일도 막을 수 있고.

"너희 가족이 종교적일 거라고는 생각 못 했는데."

"종교적이지는 않았어. 부자였을 뿐이지. 이 학교는 그런 곳이었거든. 신이 아니라 돈을 섬기던 곳." 그녀는 묘하게 사색적인 태도로 걸음을 옮긴다. "여기 넣어 줄 정도로 돈 많은 부모가 있으면, 다음 단계 학교로 넘어가는 데 필요한 교육을 받을 수 있는 거야. 채핀, 나이팅게일, 브리얼리, 버클리, 컬리지어트 같은 곳들. 그러다 어쩌면 아이비로 넘어갈 수 있을지도 모르지. 그러다 대형 법인에 취직할 수 있을지도 모르고. 아니면 메트로폴리탄 미술관 같은 곳에서 일하면서 칵테일 파티용 얘깃거리를 모으고 적절한 사람을 만날 수도 있고. 그러다 충분히 중요하거나 충분히 섹시하거나 충분히 부유한 사람과 결혼해서 이 모든 과정을 다시 시작할 수도 있는 거야. 멈추지 않는 세계지. 아멘."

그녀는 평이한 어조로, 전혀 신랄한 기색 없이 말한다. 오히려 씁쓸한 맛이 감돌 정도다.

"그런 게 전부 끝나서 기뻐. 얼른 여기서 빠져나가자."

다시 걸음을 옮겨서 좁은 현관 계단 앞에 도착하고, 그녀는 다시 입을 연다. "유모들이 여기서 우리를 기다리곤 했어. 그러니까, 제1세계를 기다리는 제3세계처럼. 아무것도 모르는 구경꾼은 애들을 기다리는 엄마들이라고 생각했겠지. 여기 어퍼이스트사이드에는 국제결혼이 아주 흔하다고 생각했을지도 몰라. 하.

우리 부모님은 뭐든 한 단계 앞서 나가야 직성이 풀리던 분들이라, 유모는 스위스 사람이었어. 히스패닉 따위는 절대 쓰지 않으셨지. 우리는 그 사람을 마드무아젤이라고 불러야 했어. 어딜 봐도 '미스'와는 안 어울리는 사람이었지만. 덩치도 좋고 근육질에 엄격한 사람이었거든. 그래서 우리는 그 여자를 마담 머슬이라고 불렀지."

나는 그녀를 몽상에서 빠져나오게 하려고 시도한다. "너희한테 못되게 굴었어?"

캐스는 고개를 젓는다. "아니, 친절했어. 우리를 사랑해 줬어. 우리 부모님은 그게 마음에 안 들었던 것 같아. 자기들이 부적절한 존재 같았겠지. 그게 사실이었고. 그러다 마담 머슬의 가슴에 수상한 덩어리가 잡혔어. 우리 부모님은 그 여자를 해고했고. 아니, 해고가 먼저였을지도 모르겠다. 생각이 안 나네. 어쨌든 그 후로는 소식을 들은 적이 없어. 아니, 그 여자가 우리 소식을 들은 적이 없다고 해야겠지. 우리는 그 여자를 만나게 해 달라고 부탁했지만, 부모님은 우리를 한 번도 병원에 데려가 주지 않았어."

캐스는 고개를 들다가 내 표정을 알아차린다. 그리고 내 동정심을 일축한다. "어머나, 세상에, 콩알만 한 슬픔이 아른거리는 얼굴이네. 자. 거의 다 왔어."

그녀는 앞을 바라본다. 담장 너머로 가지를 뻗은 센트럴파크의 나무들이 보인다. 그대로 전력으로 달려가면 바로 들어갈 수 있겠지만, 우리는 여전히 브레인박스를 가운데 끼고 있으니 너무 빨리 움직일 수는 없다.

업타우너들이 깨어나고 있다. 첫 신호는 우리 앞쪽에서 터진 물풍선이다. 위를 보니 가운뎃손가락을 들어 올리는 아이가 하나 보인다. 물풍선이 터진 곳에서는 고약한 냄새가 피어오른다.

다음 순간 피터가 다른 물풍선에 맞는다. 어깨에서 터져서 내용물이 머리 옆면으로 튄다. 피터는 눈을 싸쥐면서 고통스럽게 비명을 지르고, 나는 공중으로 흩어지는 물방울을 얼른 피한다.

"후추 스프레이야!" 캐스와 나는 이렇게 소리치는 피터를 끌고 주변 건물의 화려한 처마 아래로 움직인다. 정성 들여 만든 옛 건물이다. 높다란 내리닫이창에, 사암 위로 소용돌이 문양이 아로새겨져 있다. 물풍선 몇 개가 바닥을 때린다.

우리는 얼룩덜룩한 청동 평판에 바싹 몸을 붙인다. 평판에는 '메트로폴리탄 클럽: 1891'이라고 적혀 있다.

"이런 젠장." 캐스가 그 평판을 보고 말한다.

"왜 또 젠장이야?"

"정신이 나가 있었나 봐. 여긴…… 다른 길로 갔어야 하는데."

"왜?"

"여긴 예전에는 회원제 클럽이었어. 그러니까, 나이 먹은 남자들이 서로 등판을 때리며 술 마시는 곳 말이야. 지금은 병영으로 쓰고 있어."

그녀가 이렇게 말하는 것과 동시에, 높다란 금속 정문 너머에서 소란이 일어난다. 업타우너들이 화려한 장식 통로에서 쏟아져 나오고 있다. 총이며 야구 방망이며 칼이며 단검을 든 채로, 독물처럼 흘러나오는 모습이 보인다.

나는 AR의 총구를 철문 안쪽으로 쑤셔 넣고 방아쇠를 당겨서, 가장 앞의 녀석을 바닥에 자빠트려 잠깐이지만 물결을 막아 버린다.

캐스가 말한다. "아직 가능할 때 도망쳐야 해. 얘는 여기 놔둬."

브레인박스를 말하는 것이다. 다행스럽게도 브레인박스는 의식이 없어서 듣지 못한다.

"헛소리 마." 피터가 말한다.

"함께 갈 거야." 내가 말한다.

"그러셔." 캐스는 이렇게 말하며 시트 한쪽을 붙잡고 서둘러 걸어가기 시작한다. 말 그대로 브레인박스를 내 손에서 빼앗아 간 셈이다.

업타우너들이 용기를 북돋아 추격을 시작하는 동안, 우리는 비틀거리며 공원을 향해 걸어간다. 그러나 5번 애비뉴를 가로지르기도 전에, 우리 앞쪽의 낮은 장벽에서 비죽 튀어나온 총구가 보인다. 공원 쪽 보초들이 욕설을 내뱉으며 사격을 시작하고, 강철 화살이 우리 발치를 철컹거리며 때린다.

"이쪽이야!" 나는 소리친다. 우리는 왼쪽으로 방향을 틀어 다운타운 쪽으로 되돌아간다. 요새 같은 플라자 호텔이 있는 쪽이다. 건물 앞에는 더러워진 분수대가 있고, 근처에는 전혀 어울리지 않는 황금색 기마상이 영원히 같은 자세로 앞을 바라보고 있다. 슬쩍 보기만 해도 이쪽도 고약한 광경이라는 것을 알 수 있다. 호텔의 깃대에는 사립 학교 깃발이 올라가 있고, 무장한 불량배들이 계단에 몰려나와 있기 때문이다.

우리는 다시 방향을 바꾸어, 땅에서 솟아 나온 유리 정육면체를 등지고 선다. SF스러운 유리 건물의 투명한 입구에는 낯익은 로고가 음각으로 새겨져 있다. 한입을 베어 문 커다란 사과다.

신 기종 아이폰의 도래를 기다리며 며칠이고 이 앞에서 줄을 서고 땅바닥에서 잠들던 사람들의 사진이 떠오른다. 도시의 캠퍼들. 아직 가질 수 없는 몇 안 되는 물건을 손에 넣으려고 배급줄에 서 있던 부르주아들.

"으어. 소매점이잖아." 캐스가 말한다. 애플 스토어에 들어가느니 폭도들을 마주하는 편이 낫다고 생각하는 것이 명백하다.

나는 대꾸한다. "그나마 플래그십 스토어긴 하잖아."

문을 비틀어 열고—전자식 개폐 장치는 오래전에 망가졌으니까—다른 아이들을 도와서 브레인박스를 끌어들인다. 브레인박스를 나선형 유리 계단 아래까지 데리고 내려온 순간, 우리를 따라 내려오는 업타우너들의 요란한 발소리가 들린다. 위기의 순간에 쾌락 살인마 쌍둥이가 우리를 구한다. 아이들은 계단을 달려 올라가서 추격자들을 향해 임시변통 곤봉을 휘둘러 댄다. 하나씩 쓰러지는 업타우너로 결국 통로가 막혀 버리고, 나머지는 퇴각한다. 쌍둥이는 신나서 계단을 뛰어 내려온다. 피가 점점이 튄 얼굴에 미소를 가득 띤 채로.

우리는 덜컥거리는 금속 철문 뒤편에 주저앉는다. 운영 시간 동안에는 절대 손님들 눈에 띄지 않도록 치워 놓는 기능주의적인 구조물이다. 지하의 대기실을 따라 빙 둘러 있어서 땅 위 세상과 격리해 주는 효과가 있다. 가장자리의 빗장을 전부 채우고 나니 잠시일지라도 안전해진 느낌이 든다.

나는 빗장 덮개에 달린 자물쇠를 채운다. 열쇠가 어디 있는지 모르니 우리도 나갈 수 없지만, 그 정도는 지금 우리 상황에서는 사소한 문제라는 생각이 든다.

"여긴 뭐 하는 곳이에요?" 남자 쪽 쌍둥이인 아벨이 묻는다. 나는 그 질문에서 이 아이가 끔찍한 트라우마에 시달리고 있다는 사실을 깨닫는다. 아이폰이나 맥북을 모를 정도로 어릴 리는 없으니까. 그저 너무 많은 일을 겪어서 그런 기억이 전부 마음속에서 지워졌을 뿐이다.

"여긴 애플스토어야."

"사과는 안 보이는데."

눈은 초롱초롱 빛나지만 공허하고, 말라 가는 핏자국이 주근깨처럼 보인다. 플럼아일랜드의 실험실에서 올드맨은 이런 10대 초반 아이들을 학급 하나를 채울 만큼 데려다가 조종하고 있었다. 암페타민과 안정제와 비디오게임을 연료처럼 공급해서.

이 아이들이 우리의 미래가 아니었으면 좋겠다.

업타우너들은 이제 계단을 내려와서 〈워킹 데드〉 속 좀비들처럼 철문을 두드려 대고 있다. 문짝에 총을 난사하는 소리가 들리자, 나는 다치는 사람이 없도록 모두를 땅으로 잡아끈다. 내 옆에서는 요정처럼 작고 여린 애나가 깔깔거리고 있다. 마치 이 모든 것이 게임인 듯이.

가느다란 빛줄기가 어둠을 뚫고 들어온다. 열 편이나 스무 편 정도의 영화에서 본 장면 같지만, 정확히 제목을 대지는 못하겠다. 그러다 나는 문득 실제 삶에서 영화의 한 장면을 떠올리는 것이 얼마나 묘한 일인지를 깨닫는다. 그리고 나 자신에게, 아니야, 이 순간은, 어쩌면 내 마지막 순간일지도 모르는 이 순간은, 온전히 내게 속하며 아무것도 떠오르게 만들지 않을 거야, 라고 되된다. 이 순간은 그저 그 자체로만 내게 다가올 것이다.

업타우너들이 금속 문을 따기가 쉽지 않으리라는 점을 깨달았는지, 잠시 정적이 찾아온다. 총알 구멍을 통해 우리를 엿보는 모습을 이쪽에서도 확인할 수 있다.

그들이 소리친다. "너희 전부 끝장이야! 업타운으로 들어온 걸 후회하라고, 개새끼들!" 그러더니 말 대신 늑대처럼 울부짖기 시작한다.

어떻게든 도움이 된다면 대꾸했을 것이다. 그러나 우리는 대화를 포기한 지 오래다. 이곳의 우리는 이제 사냥꾼과 사냥감이라는 먼 옛날의 관

계로 후퇴해 버렸다. 토끼 굴을 파 들어가는 오소리와 하등 다를 바가 없
는 반응이다.

앞으로 더 고약해지리라는 생각을 떨칠 수가 없다.

예반

나는 우선 오이스터 바를 한번 둘러본다. 의회의 우리 형제들이 둘러 앉아 있고, 하얀색 합성수지 바 카운터에는 갈색 피가 말라붙었고, U자 형태의 카운터 안쪽에는 죄수와 내가 들어간 형국이다.

퍽! 나는 다시 백핸드로 그 애새끼를 갈긴다. 사실 애새끼도 아니다. 어른이지. 겉보기로는 그냥 쪼끄만 바람둥이 개새끼처럼 보이니까 다들 애새끼인 줄 알았던 거고. 이놈이야 입을 열 기분이 된 지는 조금 됐지만, 나는 지금 화나고 들뜨고 한창 즐겁고, 제일 가까운 게 이놈이라. 게 다가 지금 상황이나 서로의 위치 관계를 정확하게 알려 줄 필요가 있다. 이를테면 자기 주인이 누구인지라든가. 물론 그건 나다. 그리고 상황이 급변했으니, 내가 갑자기 엿 먹여도 좋은 새끼가 되지 않았다는 점을 다 른 놈들한테도 알려 줘야 한다. 우리 연맹 전체에 알려야지. 모든 전투 대장과 형제들과 쌍년들에게 말이야.

그 쪼끄만 개자식 제퍼슨이 우리에게 거짓말을 하고 있다는 사실이 알 려지고, 저 너머 넓은 세계에 늙은이들이 살아남았고 아이폰이나 뭐 그딴 물건들도 가지고 있다는 사실이 알려진 이후로, 사람들은 조금씩 우리에게서 벗어나기 시작했다. 자기네들을 구하러 오는 마법의 구조대를 찾으려는 것처럼.

나는 그 소식에 다른 놈들만큼 열광하지 않는다. 연맹에서 이탈하려 하는 놈들은 죽음으로 처벌할 수도 있다고 명확하게 말해 두었다. 그래도 개새끼들이 빠져나가고 있단 말이지. 어쩌면 내가 온갖 죄를 사형으로 다스리는 것이 문제일지도 모르겠다. 그래서 놈들이 이렇게 생각하는 거지. 어차피 뭔 헛짓거리를 해서든 날아갈 머리통인데, 지금 튀는 게 낫지 않겠냐고.

이런 걸 왜곡된 유인이라고 하던가.

내가 종종 하는 말대로, 쾌락과 장기적인 피해 사이에는 아슬아슬한 선이 존재한다. 그래서 나는 손을 멈추고 놈에게 말한다. "좋아, 불어." 어째 내가 원하던 것만큼 쿨하게 들리지가 않는다.

그놈은 나를 보면서 말한다. "불라고? 자기가 험프리 보가트라도 된 것 같나?"

나는 그건 또 뭐 하는 새끼야?라고 생각하다가, 문득 그게 아빠가 가장 좋아하는 배우의 이름이라는 사실이 떠오른다. 게다가 놈의 말대로 어째 옛 영화, 아마도 흑백 영화 대사처럼 들리는 개소리였다. 이런 건 쉽게 떨쳐낼 수가 없다니까. 나는 갱스터, 아니 갱스타 영화처럼 말하고 싶었는데. 다음에 조질 놈한테는 다른 식으로 말해야겠다.

내 입에서 나오는 상소리는 상당히 공들여 꾸며 낸 거다. 왜냐고? 글쎄, 어느 정도는 우리 형제들 때문이기도 하다. 사내놈들의 지도자가 되려면 어느 정도 스타일이 필요하기 마련이니까.

하지만 마음속 바닥까지 내려가 보면, 나는 타인의 눈에 비치는 모습 따위에는 별로 신경을 쓰지 않는다. 나 자신이 될 수 없다면 대재앙에 무슨 의미가 있겠어? 규칙을 전부 내던져 버린 상황에서 규칙을 지켜 봤자 의미가 없는 것과 마찬가지다. 어느 광고에서 말하던 것처럼, 자기만의 규칙을 만들면 되는 거지. 나는 그런 사람이다. 그런 식으로 내 카리스마를 발휘해서 연맹을 일구었다. 고통이 필요할 때마다 기꺼이 한 발짝 더 나가서 고통을 주면서. 말하자면 스티브 잡스나 뭐 그런 개자식하고 똑같은 부류인 거다.

그래서 내가 항상 스타일리시한 악당답게 멋들어진 소리를 읊고 다니는 것이다. 나는 주님께서 지켜보시는 영화 속에 있으니까.

물론 진짜 영화라는 소리는 아니다. 천만에. 비유로 하는 소리다. 너희들도 한 번쯤은 느낀 적 있겠지? 누군가 지켜보고 있다는 느낌. 아니면 누군가 지켜보고 있는 것처럼 행동하고 싶다는 욕구.

그래서 나는 모든 움직임에 조금씩 멋을 심는다. 채플도 멋들어지게 팬다. 따귀를 때릴 때마다 손바닥을 살짝 앞뒤로 더 크게 젖히면서.

나는 다들 주님이 어떤 사람인지 제대로 모른다고 생각한다. 자기들한테 신경을 쓴다고 여기고 있잖아. 그래, 물론 신경이야 쓰시겠지. 하지만 자, 불쌍한 아가, 내가 그 문제를 도와주마 하는 식은 아니라고. 생각해 봐. 네가 어떻게 되든 꿈쩍도 않으시는 건 분명하잖아. 주님은 사실 오호, 이번 에피소드는 어떻게 끝날지 궁금한데? 하는 식으로 신경을 쓰시는 거다. 아니면 저 등장인물은 무슨 짓을 할까!라든가. 아니면 슬슬 지겨워지는데 액션을 조금 첨가해 줘야겠어! 일 수도 있고.

자, 보라고. 주님께는 자기가 창조한 세계가 한 뭉텅이 있다, 이 말씀이야. 그럴 수 없다고는 말하지 마. 그건 주님이 할 수 없는 일이 있다는 뜻이 되니까. 그러면 주님보다 더 힘센 존재가 있다는 소린데, 그건 신성 모독이잖아. 잘못된 일이라고.

주님은, 말하자면 커다란 우주 리모컨으로 다양한 우주 채널을 돌려보면서 상황을 확인하고 계신 거라고. 개입은 안 하면서. 영화를 감상하는 입장이라면, 인물의 행동이나 대사를 직접 결정하는 게 좋겠어, 아니면 들려주는 이야기를 감상만 하는 게 좋겠어? 자기 팀이 항상 이기는 상황하고, 누가 이길지 몰라서 흥분되는 상황 중에서 어느 쪽이 마음에 들어? 바로 그거야. 그래서 주님께서는 물러나 앉아서 지켜만 보시는 거라고. 천계의 푹신한 소파에 앉아서, 컵홀더에는 천상의 팝콘을 올려놓으신 채로.

그리고 우리 임무는 그분이 지루하지 않도록 노력하는 거지.

요즘에는 그분께서 흥분과 섹스와 새로운 뭔가를 원하셨나 봐. 그래서 10대 대재앙 액션 영화로 손을 뻗으신 거겠지.

말이 되는 소리잖아? 내 요지는, 엑스트라가 되지 않으려면 내가 노력해야 한다는 거야. 나는 삶에 무슨 의미가 있는지를 알아내려고 상당한 시간을 소모했다고. 이 세상의 의미를 알아내려고 말이야. 그런데 이젠 알게 된 거야. 나였어! 내가 세상의 의미였다고!

채플은 이제 조금 신음까지 흘리지만, 나는 여기서 집중을 풀 수가 없다. 놈을 계속 때리면서 멋들어진 모습을 보이고 쿨한 대화를 만들어 내는 일을 멈출 수가 없다. 주님께서 이 모든 일에 질리시기를 원치 않기 때문이다. 그분께서 지루하다고 느끼는 순간, 내 영화가 캔슬될지도 모르니까.

하지만 그거 알아? 나는 주님이 이 영화에 몰입해 계시다는 느낌을 받는다. 누군가 주시하고 있다는 느낌이 든다고. 까들이 얼마나 까 대건 에반은 항상 최정상에 있기 마련이라고.

정말 달콤한 기분이다. 그 병이 찾아오기 전까지 내 삶에 신경 쓰는 사람은 아무도 없었으니까. 적어도 권위를 가진 작자들 중에서는. 부모나 선생이나 그런 놈들은 항상 나를 거꾸러트리려 애썼다. 하지 말라는 소리만 줄창 듣고 살았다.

아니, 그건 가질 수 없다.

아니, 그건 하면 안 돼.

네 동생 건드리지 마라.

걔 때리지 마.

붙들지도 말고!

그거 내려놔!

그건 못된 짓이다, 그건 고약한 짓이다, 정말 실망이로구나, 그 모든 것을 받았으면서 어떻게 우리한테 이럴 수 있니?

그딴 소음은 이제 끝이라고.

젠장, 나도 모르게 이 자식을 또 때리고 있었다. 생각 없이 사람을 해치지 않도록 주의해야 하는데. 나는 카운터 주변을 한 바퀴 돌면서 숨을 고른다. 이 자식을 두들기는 일에도 에너지가 필요하니까. 나는 높은 아치형 천장을 올려다보고, 다시 합성수지 카운터에 둘러앉은 우리 형제들을 둘러본다. 낡은 회전식 의자에 앉은 모습이 점심 식사를 기다리는 듯하다.

나는 죄수에게 시선을 돌린다.

이 새끼가 웃고 있네. 코가 터지고 이빨 사이마다 피가 흘러 붉은 줄이 가 있는 상황이라 오싹해 보인다. 놈이 입을 연다. "이걸로 끝인가?"

나는 이 자식이 배짱이 있는 편이라고 생각한다. 이 동네에 넘쳐 나는 찡찡이들과는 다르다고.

오이스터 바에는 밤이 찾아왔고, 나는 우리 업타운 연맹의 다양한 패거리에서 찾아온 남자애들이 지켜보는 가운데 중앙 무대에 올라 있다. 주변 대형 학교의 대표들이다. 버클리, 컬리지어트, 세인트버나드. 내가 걸음을 멈추고 손에서 피를 털어 내며 고개를 꾸벅 숙이자, 아이들은 일제히 환호를 올린다. "끝내주잖아, 에반!"

"죽이는데!"

"아예 박살을 내 버리는 줄 알았어!"

아이들은 허공에서 손을 부딪치고, 맥주잔을 쭉 들이켜고, 죄수의 얼굴을 보려고 몸을 앞으로 뺀다.

나는 찬사를 온전히 받아들이면서 누가 가장 충성스럽게 행동하는지 가늠해 본다.

다들 내 졸개기는 하지만, 누가 이 섬에서 쫓겨날지는 마지막 순간까지 아무도 모르는 거니까.

제법 긴장된 분위기다. 병사들이 문간을 지키고 있는 폐쇄 모임이기는 하다. 안쪽은 모두 조용해서 핏방울이 바닥에 뚝뚝 떨어지는 소리가 들릴 정도다. 밖에서는 디젤 엔진음을 배경으로 떠들썩한 파티 소리가 들린다. 끝나지 않는 파티다. 술에, 섹스에, 약물에, 싸움까지. 원하는 모든 즐거움이 가득하다. 나는 이 빌어먹을 장소가 좋다. 그래도 지금은 눈앞의 문제로 돌아가야지.

놈은 "다들 고마워." 하고 말한다. 마치 내가 회의에서 연단을 양보하거나 그랬다는 것처럼. 자기가 인생 최악의 똥통에 빠진 오늘의 희생양이 아니라는 것처럼.

놈은 말을 잇는다. "너희 모두 기본적인 사실은 알고 있겠지. 좋은 소식부터 말하자면, 미합중국 외부의 나머지 세상은, 당연하게도 그 병에서 해방됐다."

우리 형제들 사이에서 탄성이 울린다. 온갖 소문이나 그런 것들로부터 짐작은 하고 있었지만, 진짜 살아 있는 어른한테서 그런 소리를 들으면 느낌이 다르게 마련이다.

"나쁜 소식은, 너희 엄마 아빠가 너희를 데리러 올 생각이 없다는 거다." 회의장은 이 말에 조용해진다. 그는 말을 잇는다. "그들은 너희를 그대로 죽게 놔둘 거다. 너희 뒤틀린 개자식들이 살아 있는 동안 처리하는 것보다 다 끝나고 시체만 치우는 쪽이 훨씬 편하거든."

애들 몇은 기분이 상하거나, 아예 상처를 받은 표정이 된다. 마치 강아지 선물을 원하고 있었던 것처럼. 고등학교로 돌아가서 유튜브나 보는 삶으로 돌아가고 싶었다는 것처럼.

나는 개인적으로 그거야말로 끔찍하다고 생각한다. 〈코난〉 영화 본

적 있나? 칼 드로고 배우가 나오는 거 말고, 아놀드 슈왈제네거가 나오는 거? 사람들이 코난에게 묻는다. 코난, 최고의 인생이란 어떤 걸까요? 그러면 그는 헛소리를 듣지 않고, 사람들을 패고 다니고, 적의 여자들이 울부짖는 소리를 듣고, 허리가 빠지게 놀아 제끼는 삶이라고 답한다. 바로 그게 내 시대정신인가 뭔가 하는 것이다. 나는 이 세계를 위해 태어난 사람이고, 이 세계는 나를 위해 만들어진 곳이다. 따라서 나는 구조대가 오지 않는다는 사실에 별로 슬픔을 느끼지 않는다.

나는 대꾸한다. "좋아, 그럼 너는 누구지? 네가 섬에서 온 애새끼가 아니라는 건 알아. 스파이나 뭐 그런 놈이겠지?"

"나는 채플이다." 놈은 자기 이름이 나한테 무슨 의미라도 있다는 것처럼 대답하더니, 말을 잇는다. "미합중국 해군 소령이다. 뭐, 전직 소령이지만."

"계속해 봐." 내가 말한다.

"방금 말했지만, 놈들은 너희를 전부 죽게 놔둘 거다. 여기서 '놈들'에는 해군도 포함되지."

"나는 안 죽는데. 치료제를 맞았거든. 너도 그 자리에 있었잖아."

이 말은 사실이다. UN 본부에서 놈들은 부족 회합이라는 걸 열었다. 우리는 하나의 행복한 대가족을 이루기로 동의해야 했고, 그 대가로 치료제를 받았다. 놈들이 제퍼슨의 피를 끓여서 만들어 낸 점액질 비슷한 것을 말이다. 아마 그 꼬맹이의 DNA 일부가 내 혈관 속에도 흐르고 있을 것이다. 아마 내 삶을 빚지기도 했을 것이다. 그 생각은 별로 하고 싶지 않군.

채플은 어깨를 으쓱한다. "어쩌면 그걸로 상황이 바뀔지도 모르지. 아닐 수도 있고. 어쩌면 프라이팬에서 뛰쳐나가 불 속으로 떨어진 걸지도 몰라."

"그건 또 무슨 뜻이지?"

채플은 말한다. "그거야, 정당한 권력자들께서— 여기서는 미국 망명 정부인 재건 위원회를 말하는 거야 —앞으로 몇 년 안에 여기 사는 사람들이 전부 죽을 거라고 계산한 거잖아? 만약 너희들이 빅 애플에서 앞으로 50년 동안 〈파리대왕〉을 찍으며 버티면서 수를 불려 나갈 거라는 사실이 알려지면, 그쪽에서도 계획을 바꿀 거라고. 쳐들어와서 너희들을 전부 긁어모은 다음에 처형해 버릴 거란 말이지."

"개수작이야." 지부장 중 하나인 스펜서다. "우리 부모님은 그 병이 닥쳤을 때 외국에 계셨어. 부모님이 살아남으셨다면…… 우리가 여기서 죽도록 방치하셨을 리가 없어. 우리를 죽일 사람을 보낼 리가 없다고."

채플은 자신을 바라보는 U자 형태 카운터의 얼굴들을 둘러보며 말한다. "너희 부모님이 너희가 치료되었다는 사실을 알고 있을지가 문제겠지. 공무상의 비밀이거든. 대체 누가 2000만 명의 여드름투성이 난민을 떠맡고 싶겠어. 정부에서는 소식을 내보내지 않으려 하겠지. 다른 무엇보다, 이 나라의 다른 지역까지 치료제가 계속 퍼져 나가서 처리해야 하는 10대 생존자를 늘리는 상황만은 피하고 싶을 거야."

이 말에 나는 웃음을 터트린다. 치료제를 질병처럼 여기며 퍼져 나가는 일을 막는다는 발상 자체가 우스꽝스럽기 때문이다. 하지만 말은 되는 소리다. 냉엄하지만 받아들일 수 있다. 생각해 보라고. 놈들이 이곳을 정복할 생각이라면, 나 같은 놈들이 주변을 돌아다니면서 일을 망치는 꼴을 보고 싶을 리가 없잖아? 그 병 덕분에 영광된 나날을 보낸 나 같은 사람이 정부를 위해 일할 리도 없고. 나는 내 몫의 파이를 내 손으로 확보했다고. 에반 쇼는 매 시즌마다 더 멋지고 쿨해져야 해. 제작비도 올려야 하고, 주인공도 더 높은 곳에 올라야 한다고. 레벨업을 해서 새로운 능력을 얻어야 한단 말씀이야.

나는 채플에게 말한다. "좋아, 그럼 오라고 하지. 나한테는 1천 명의 병사가 있어. 나하고 협력하는 게 좋을지, 적대하는 게 좋을지는 곧 알게 될 테고."

이번에는 채플이 웃을 차례인 모양이다. 그 반작용으로 나는 다시 놈을 후려치지만 그래도 목숨만은 붙여 둔다. 이 정도로 대담하다면 뭔가를 아는 것이 분명하기 때문이다.

나는 말한다. "좋아. 나는 바쁜 사람이야. 100단어까지 허용해 줄 테니, 그걸로 네 목숨을 구해 봐라." 내가 가장 좋아하는 게임이고, 아이들도 내가 기록을 즐긴다는 것을 알고 있다. 그래서 버클리에서 온 쿠퍼가 펜과 종이를 꺼낸다. 우리는 떠들썩하게 즐기다가 가끔 가장 재미있던 마지막 유언을 꺼내 낭독하며 웃음을 터트리곤 한다.

쿠퍼가 말한다. "시작해 보라고."

채플이 말한다. "백 단어까지도 필요 없어. 가방을 확인해 봐."

너무 멍청해서 〈앵커맨〉 등장인물 이름을 따서 '브릭'이라 부르는 놈이, 채플이 우리 문간에 등장했을 때 가지고 있던 가방을 가져온다. 배가 **빵빵**하고 역겹게 생긴 검은 가죽 서류 가방이다.

브릭은 힘겹게 가방을 들어 카운터 위에 올린다. 나는 지퍼를 열고 내용물을 바닥에 쏟는다. 학교에서 쓰던 것과 비슷한 바인더가 여럿 보인다. 내용물이 쏟아진다.

나는 묻는다. "그래서 이게 다 뭔데?"

채플이 대꾸한다. "온 세상."

나는 바인더를 들어 종이쪽을 넘기기 시작한다. 가로세로로 숫자가 늘어서 있고, 공적인 사용 설명서처럼 보이는 물건도 있다. 설명서에는 덩치만 크고 성능은 형편없던 시절의 구식 휴대폰처럼 생긴 물건의 사진이 있다.

"내가 보기엔 온 세상 같지는 않은데. 역겹게 지겨운 서류 뭉치 같지."

그는 말한다. "틀렸어. 네가 지금껏 본 중에서 가장 흥미진진한 물건일 텐데."

"엿이나 먹어." 나는 다른 사람이라면 그래?라고 말했을 의미로 이렇게 말한다.

채플이 말을 잇는다. "이런 식으로 표현해 볼까. 세상에서 가장 강한 사람이 되고 싶은 생각은 없어?"

"지금 날 놀리는 거냐? 내가 펑크인 줄 알아?"

채플이 말한다. "아니. 지금 네 손에 미합중국의 모든 전략 핵병기 발사 암호가 들어 있을 뿐이지."

나는 다시 서류를 살펴보고, 이번에는 내용이 눈에 들어온다.

이런 빌어먹을.

현실이라기에는 너무 끝내주는 일이다. "좋아, 어쩌다 내가 이렇게 운이 좋아진 거지? 그러니까, 너는 이걸 들고 제 발로 왔잖아."

채플이 말한다. "진정해. 네 도움이 필요한 거니까. 앞으로 며칠 동안 내가 살아남으려면 아주 거칠고 부도덕한 사람들이 필요할 거라서."

"앞으로 며칠 동안 뭘 할 생각인데?"

"거기 사진 보이지? 옛날 무전기처럼 생긴 거?"

나는 고개를 끄덕인다. 묵직한 검은색 전자 장비다.

채플이 말을 잇는다. "그게 비스킷이야. 그 물건하고 여기 암호를 가진 사람은 세상에서 가장 큰 핵무기 병기창을 손에 넣는 셈이지. 이 행성에 사는 모든 남자와 여자와 아이 들의 머리에 총구를 겨눈 꼴이 되는 셈이고."

마음에 드는 소리다. 부술 수 있는 물건은 다스릴 수 있는 법이니까.

"좋아. 그래서 비스킷이 어디 있는데?"

채플의 얼굴에서, 처음으로 세상 꼭대기에 앉은 표정이 사라진다. "네 오랜 친구 제퍼슨한테. 걔하고 걔 친구들한테 있지."

완벽하군.

"그러니까 우리가 저 비스킷이란 물건을 손에 넣도록 도와주면……."

"암호를 넘겨주겠어."

"나는 세상을 몽땅 날려 버리고 싶지는 않은데."

음, 엄밀히 말해 사실은 아니다. 그 많은 미사일을 전부 발사할 수 있다면 꽤나 끝내줄 테니까. 일제히 날아가는 미사일을 보면, 자동차 문짝처럼 하늘에 열쇠를 꽂는 기분이 들 거란 말씀이야. 그리고 나면 할 일이 아무것도 안 남는다는 게 문제지만.

그는 말한다. "그럴 필요 없어. 그냥 사람들에게 그럴 생각이 있다고 믿게 하면 돼. 그러면 뭐든 손에 넣을 수 있어. 세상의 모든 것을."

아까도 말했지만, 저 위쪽의 어느 분께서는 진짜로 나를 좋아하시는 모양이다. 미국의 왕 에반이라.

다음 순간 병사 한 명이 들어오더니, 내가 지시한 대로 귓가에 대고 속삭인다.

"대장, 대장 동생을 찾았습니다."

제퍼슨

한 시간이 지났지만 우리는 여전히 안전하다. 그리고 여전히 갇힌 상태다.

캐스와 나는 상점의 통로 사이를 걸어 다니며 쓸모 있을 물건을 찾아본다. 그러나 제단 같은 길쭉한 나무 탁자에 진열된 은빛 직사각형의 노트북과 휴대폰은, 통신할 대상이 없는 지금은 그저 과거의 마법일 뿐이다. 이런 매끄러운 과거의 유물들이 공기 중에서 정보를 끌어낼 수 있는 장소가 남아 있을까? 아마 그럴 것이다. 그러나 여기서 이 물건들은 그저 쓰레기를 채운 직사각형의 알루미늄 조각일 뿐이다.

캐스가 말한다. "내 말대로 저 괴짜를 버리고 갔어야 했어. 이번에는 제대로 무덤을 판 거야, 우리 귀염둥이."

"그렇게 부르지 마."

"귀염둥이가 왜? 자기가 귀엽다고 생각하지 않는 거야?"

"우리 사이가 괜찮은 것처럼 행동하지 않았으면 좋겠어."

캐스는 이 말에도 눈 하나 깜짝 않는다. 절대 당황하지 않는 것도 그녀의 초능력 중 하나다.

"음, 그래, 미안해. 화가 나서 그랬어. 네가 나를 버리고 갔으니까. 실험실에다."

나는 말한다. "네가 죽은 줄 알았어."

"그랬지. 도중에 마음을 바꿨지만. 살아야 할 이유가 생겼거든. 난생처음으로."

"그 이유가 뭔데?"

"진심으로 묻는 거야?" 캐스는 문을 걷어차던 발을 멈추고 나를 바라본다.

"우리 관계를 말하는 거야?"

"네 입으로 말했잖아. 네가 나를 사랑한다고 했잖아."

"그건……." 어떻게 말해야 할지를 모르겠다. 있는 그대로 말하는 수밖에. "네가 죽어 가고 있어서 한 소리였어."

끔찍한 기분이다. 하지만 나로서는 이렇게 말하는 게 가장 공정한 표현일 것이다. 이렇게 말하면 그녀의 감정이 상하지 않을까 걱정이 되지만, 캐스는 딱히 거북한 기색이 아니다.

"그건 네 생각일 뿐이지. 그런 말로 자신을 속이는 거야. 진실을 말하자면, 너도 자기 감정을 제대로 모르는 거라고. 하지만 나는 알지."

나는 고개를 젓는다. "돈나가—"

"돈나는 죽었어. 적어도 죽은 것이나 다름없는 상태지. 걔를 다시 볼 수 있을 것 같아? 잘 들어. 돈나는 좋은 애야. 나도 걔를 좋아해. 그렇지 않았으면 한참 전에 총알을 박아 줬을 테니까. 하지만 네가 걔를 사랑한다고 생각하는 건, 그냥 걔가 주변에 없어서인 거라고. 너는 이룰 수 없는 것만 쫓아다니잖아. 그저 방어 기제일 뿐이야."

"네가 무슨 상담사라도 돼?"

"그럴 만도 하잖아. 상담사는 지겹게 만나고 다녔으니까." 그녀는 말한다. 그리고 땀에 젖은 금발 머리카락을 입으로 불어서 눈가에서 치운다. "개인 문제든, 가족 문제든, 애인 문제든, 뭐든 상담해 봤으니까. 내가 보기에 너는 지금 수천 마일 떨어진 계집애를 그리워하면서 나하고 깊은 사이가 안 되려고 애쓰는 중이야. 그야 너한테는 그러는 편이 훨씬 쉽겠지."

나는 그 말을 곱씹는다. 지난 수개월의 시간과 엄청난 거리가 왜곡되어 심장 박동 한 번으로 졸아 들어간다. 그 말이 진실일까? 내가 돈나의 기억을, 기억을 거듭하며 왜곡되는 기억을, 그저 캐스에게서 거리를 두기 위한 수단으로 사용하고 있는 걸까?

캐스와 만났던 순간이 떠오른다. 지하철 플랫폼에서 나눈 포옹도. 메트로폴리탄의 바닥에서 보냈던 밤도. 그녀의 눈에서 흐르는 피눈물을 바라보며 작별을 나누었던 기억도.

여기 뒤편의 복도로 들어오니 문을 부수고 들어오려는 업타우너들의 소음도 물러난 것처럼 느껴진다. 캐스는 허리춤에 손을 올리고, 엉덩이를 쭉 빼고, 한쪽 다리에만 몸무게를 실은 채로, 언제나 그렇듯 환히 웃고 있다. 너무 뻔뻔한 아름다움이라 우스꽝스러워 보일 정도다. 감정이 남아 있는 것은 분명하다……. 단순히 육체적인 문제가 아니다.

어쩌면 돈나가 진짜로 영영 사라졌을지도 모른다. 어쩌면 캐스가 내 마음을 휘저어 일어나는 뒤섞인 감정이 사랑과 비슷한 것일지 모른다.

마지막으로 돈나를 본 것은 해군 헬리콥터에서였다. 탈출 계획이 엉망이 된 후에 로널드 레이건호를 이탈할 때의 일이었다. 돈나는 이륙 갑판에 누워서 우리를 바라보고 있었다. 그녀가 방금 연결을 끊은 연료 호스에서 뿜어져 나오는 불길 옆에서, 나머지 우리를 구한 그녀는 차츰 작아져 갔다. 나는 목이 터져라 그녀의 이름을 불렀지만, 헬리콥터의 날개 돌아가는 소리가 다른 모든 소리를 지워 버렸다.

돈나는 나를 포기하지 않을 것이다. 나는 확신한다. 그대로 지난 일로 치부하고 넘어가지는 않을 것이다. 내게 돌아오거나 나를 여기서 빼내려 시도할 것이 분명하다.

"어때?" 캐스가 묻는다. 고작 한순간이 지나갔을 뿐이다. 우리는 여전히 나갈 길 없이 애플 스토어 내부를 뒤지고 있다.

"어쩌긴, 여길 빠져나갈 방법을 찾아야지." 나는 말한다. 캐스는 얼굴을 찌푸리며 다시 문 쪽으로 돌아서더니 힘껏 걷어찬다. 문짝이 떨어지며 틈새로 온갖 기자재가 흘러내린다. 안쪽에는 사멸한 기계 문명의 재보만 가득할 뿐, 뒷문은 보이지 않는다.

나는 스토어 앞쪽으로 돌아와서 브레인박스의 상태를 확인한다. 정신이 들었는지 천장을 바라보며 뭔가 중얼거리고 있다. 얼굴은 차갑고 땀에 젖어 있다. 서둘러 치료를 해 주지 않으면…….

브레인박스가 문득 나를 바라보며 입을 연다. "제퍼슨. 제퍼슨."

나는 그를 향해 고개를 숙인다.

"브레인박스. 나 여기 있어. 도울 사람을 데려올게."

우리 상황을 충분히 인지하고 있는지, 그는 힘없이 주변을 돌아보더니 웃음을 터트린다. 이내 그 웃음은 온몸을 흔들어 조각낼 것처럼 격한 기침으로 변한다. "그래. 하지만 조금 시간이 있으니까. 방법이 하나 생각났어."

브레인박스

세상이 어둑해지며 창공의 축에서 해방되어 액체로 녹아내려 내 배 속 구멍으로 사라지고 있다 과거 사람들은 세상의 축을 세계의 배꼽이라고 도 불렀다 천상에서 지상으로 통하는 웜홀인 셈이다 어릴 적에는 내가 영원히 눈을 감으면 온 우주가 사뿐히 사라질 것이라 생각했다 만약 그 게 진실이라면 얼마나 놀라울까 자기네가 내 의식의 도구이자 장난감이 었다는 사실을 깨달은 다른 모든 이들은 얼마나 놀라게 될까 그러나 아 니다 나는 오래전에 깨달았다 그런 환상을 유지하는 데 필요한 에너지 와 계산력을 생각하면 오로지 나만을 위해 그런 비효율적인 낭비를 저 지를 이유는 없을 것이다 그렇다 세상은 계속 돌아갈 것이고 사람들도 계속 살아가며 거짓말과 속임수를 남발하고 살인과 절도를 저지를 것이 며 나는 그것을 경험하는 주체가 아니라 140억 개의 눈을 가진 괴물의 단순한 눈 한 쌍으로서 눈을 감을 것이다 그러나 상어의 이빨처럼 하나 가 부러지면 다른 하나가 자라나겠지 아니 나는 어린 시절의 백일몽을 현실로 옮겨서 세상을 사라지게 만들고 싶다 비스킷을 사용해서 태양의 성스러운 불길을 불러와야 한다 저들이 떨어트린 첫 번째 폭탄은 태양보다도 뜨거웠다 차라리 폭심지에 있는 편이 반 마일 떨어져 있다가 피부가 벗겨져 흘러내려 수의처럼 몸에 걸리는 경험보다는 나았으리라 그게 우라늄 폭탄이었고 그거 말고 플루토늄 폭탄도 있었고 저들은 플루토늄 폭탄의 효과도 알아보고 싶어서 적에게 항복할 기회도 주지 않고 사흘 후에 그것도 마저 떨어트렸다 항복했더라면 정당한 목적을 위해 사용한 것이 아니라 잔혹 행위를 저지른 셈이 되었을 테니 말이다 내 머릿속 숫자가 불러올 수 있는 불길에 비하면 그때 목숨을 잃은 아기들 따위는 아무것도 아니리라 당시의 원자 폭탄은 고작해야 집 하나를 태우는 정도일 테니 신형 탄두의 먼지가 대기권을 휩싸고 영원한 겨울을 불러올 것이다 그렇게 해야지 이 모든 것이 내가 죽으면 무슨 의미가 있을까 내가 왜 저들을 구해야 할까 저들이 내게 한 일이라고는 비웃고 힐끔거리는 것뿐이었는데 오직 나의 국화만이 유일한 의미였는데 그녀는 이미 떠났다 어디로 갔을지는 대체 누가 알겠는가 심지어 그녀도 모를 텐데 그녀도 그저 고깃덩이 컴퓨터 속의 소프트웨어 한 다발일 뿐이었으니까 스스로를 인간이라 생각하고 다른 한 인간을 사랑한다 생각하는 소프트웨어였다 그리고 나는 그 인간이 나였다고 생각한다 나는 이미 결정을 내렸고 그저 저들을 전부 죽여야 할지를 고민할 뿐이다 이제 일보 전진하여 창조의 서판을 깨끗이 지워 새것을 쓸 때가 되었는지도 모른다 더 나은 것이 등장할지도 모르니까 그러나 저들은 비스킷을 너무 멀리 놔두었다 1.5미터는 될 테니 내 손이 닿지 않는다 잿빛으로 변해가는 내 육신은 저기까지 나를 옮겨 줄 수가 없다 그래서 제퍼슨이 뒤편에서 등장했을 때 나는 말한다 제퍼슨 도움을 불러올 방법을 알아 비스킷을 가져다줘 그는 말한다 왜 제퍼슨은 내가 뭘 할지를 알고 있는 것일까 아니 제퍼슨은 사람을 선한 존재로 생각한다 내가 세상을 파괴할지도 모른다고 말하는 것이 무례한 짓이라 생각한다 그러나 그는 여전히 걱정하는 표정이다 나는 그에게 장비의 주파수를 조절해서 구난 신호를 보낼 수 있다고 말한다 헬리콥터에 탄 자들이 누구든 그걸 받으면 이리로 올 거라고 그의 눈에 불꽃이 타오른다 내가 저들을 위해 뭔가를 꾸며낼 때마다 늘 그랬듯이 나는 제퍼슨이 넘어갔다는 것을 깨닫는다 그는 내게 비스킷을 건네주고 나는 비스킷의 키패드 덮개를 연다 그러나 장비는 죽어 있고 나는 이 부당한 상황에 거의 울음을 터트릴 뻔한다 내 손에는 단검이 들렸고 이제 세계의 목덜미를 깔고 앉아 있는데 목을 그을 힘이 없는 것이다 그러나 문득 나는 우리가 어디 있는지를 깨닫고 노트북에서 배터리를 가져오고 기술 지원팀이나 뒷방에서 도구를 가져오라고 시킨다 저들은 즉각 움직이기 시작한다 업타우너들이 우리를 잡으려고 철문을 흔드는 소리가 들려온다 저들이 우리 뒤편의 화물 출입구를 찾을 만큼 영리할지 아니면 그냥 개처럼 사냥감의 냄새만 쫓고 있을지가 궁금해진다 한때는 내게도 부족이 있었다 그러나 그곳에서 나를 사랑해 준 사람은 나의 국화뿐 나머지 자들은 깨끗한 물과 작동하는 발전기를 사랑했을 뿐이다 저들이 치료제 이야기를 하면서는 누구를 기억할까 나는 아닐 것이다 단순히 실험용 쥐였을 뿐인 제퍼슨 이야기만 하겠지 내가 불길을 풀어 주면 그 또한 죽을 것이다 안된 일이지만 그에게는 모든 것을 제자리로 돌릴 기회가 있었는데 실패해 버렸다 나의 국화여

핵탄두가 이곳에 떨어지면 내 몸의 원자도 바람을 타고 흘러가 애스터 코트에서 네 원자와 섞이게 될까 어쩌면 백만 년 후에 우리 둘이 하나로 섞여 뭔가를 이룰 수도 있을까 확률적으로는 가능성은 별로 없다 세상에는 원자가 너무 많으니까 단 하나의 특이점만 존재했던 때가 훨씬 나았으리라 시간을 되돌릴 수 있다면 우리는 다시 서로를 만질 수 있을 것이나 그러나 그러면 만남 또한 사라지며 우리는 다시 헤어질 테고 태어남조차 되돌아갈 것이다 이 모든 것이 에너지 낭비가 아닌가 그러나 물질을 이루는 것이야말로 에너지가 꿈꿀 수 있는 최고의 성과가 아닐까 제퍼슨이 배터리와 도구를 건네주고 나는 작업을 시작한다 저들은 웃옷을 뭉쳐서 내 머리 뒤편에 괴어 주고 울적한 얼굴로 서로를 돌아본다 나는 순간 연민의 파도에 휩쓸린다 저들도 나처럼 아무것도 모르는 불쌍한 존재들일 뿐이다 아 불쌍한 나의 동족이여 예전에 너희들과 공감할수 있었더라면 뭔가 달라졌을까 왜 나를 배제했던 걸까 나는 갑자기 그들 하나하나의 얼굴을 소중하게 바라본다 내가 저들을 모두 죽여야 할까 반드시 반드시 이걸 수리해야 한다 키패드의 고무 네모판 위로 불빛이 들어와 반짝인다 그리고 나는 즉각 작업에 착수한다 안녕 내 친구들아 이제 다 끝났어 전부 완료했어

캐스

괴짜 녀석을 지켜보고 있어. 노트북 배터리를 가지고 위성 전화를 열심히 만지작거리고 있는데, 숨을 쌕쌕거리면서 움찔움찔 계속 손을 놀리는 꼴이 완전 열정으로만 움직이는 매드 사이언티스트라니까. 어쩌면 그걸로 살아 있는 걸지도 몰라. 저럴 힘으로 진짜 유용한 일을 해 줬으면 좋겠는데. 이를테면, 여기 맥 하나를 살려서 옛날에 받아 놓은 〈카다시안스〉나 그런 걸 화면에 띄워 준다거나. 옛 패거리들이 철문을 뚫고 들어와서 종말이 날아들 때까지 시간을 죽일 수는 있을 테니까.

제퍼슨은 계속 그 모습을 주시하며, 웃으며 고개를 끄덕이고 때로는 낮은 소리로 격려의 말을 중얼거려. 아니, 거의 콧노래처럼 들릴 지경이네. 브레인박스의 발치에 쭈그리고 앉아서 고개를 들고는, 모든 것이 전부 잘될 것처럼 그를 향해 웃어 보여. 영원한 낙관주의자인 셈이지.

어쩌면 내가 쟤를 폭도들로부터 구해 준 것도 그래서일지도 몰라. 머잖아 결국 붙들려 갈기갈기 찢길 운명이었는데.

원한다면 사랑이라고 불러도 좋지만, 사실 그보다는 중독에 가까울 거야. 약쟁이를 그렇게 많이 봐 왔으니 알 만하지 않겠어. 어쩌면 단순히 필요해서일 수도 있고. 배고픈 사람이라면 위기에 빠진 샌드위치를 구하는 게 당연하잖아. 내가 그런 상황이거든.

하지만 업타우너들의 손아귀에 붙들리고 당할 일을 생각하면, 굶주림 따위는 아무것도 아니겠지.

마치 이런 생각이 불러온 것처럼, 그의 목소리가 들려. 악마를 생각하면 악마가 등장한다, 뭐 그런 말 있잖아.

"동생. 어이, 동생."

철문 아래에서 들리는 소리야. 나는 주변을 둘러봐. 다른 아이들은 죄다 자기 할 일에 빠져서 상처를 핥고 있어. 쌍둥이는 인체 공학적인 러버볼 의자를 가지고 장난치고 있고. 피터는 어딘가 탁자 아래 누워서 자기 연민에 몸서리치는 중이고. 지금 벌어지는 일을 알아볼 사람은 아무도 없어.

나는 아무 말도 하지 않고서, 그냥 목소리 쪽으로 슬금슬금 움직이며 진짜로 걔가 맞는지를 확인하려고 해.

"우리 동생. 거기 있는 거 알아." 에반 맞네.

에반이 여기 있어. 나는 허리띠에서 짤막한 총신의 마우저 권총을 빼들어. 어디 있는지 확인하고 철문에 총구를 대고 발사하면, 운이 좋으면 철문을 관통해서 죽일 수 있을지도 모르잖아.

"동생, 네가 떠나니까 모든 것이 엉망이더라고. 네가 그리웠어."

에반의 목소리를 들으니 먼 옛날의 아침 식탁으로 돌아가는 것 같아. 20층 아래의 거리에서는 차들 지나가는 소리가 울리고, 아빠는 신문을 세워 인간의 접촉을 차단한 채로 팔레오식으로 조리한 팬케이크를 먹으면서 전화기 너머의 비서한테 중얼거리던 때로.

에반은 자기 아이폰을 보다가 고개를 들고 뉴욕타임스 1면 기사를 슬쩍 봤어. 나는 녀석이 무슨 기사를 보고 있는지 즉시 알아차렸지. IS에서 소수 종교의 여성들을 포로로 잡아 성노예로 쓴다는 기사였어.

에반은 신문을 달라고 청했고, 아빠는 신문을 내리고는 걔를 똑바로 바라봤지.

"너 언제부터 신문도 읽은 거냐?" 아빠가 물었어.

"온라인으로 읽는데." 에반은 이렇게 말했지만, 물론 개소리였지. 에반은 뭐든 읽는 법이 없었거든. 시청하거나 플레이하기만 했지.

"그래? 그럼 지금 부통령이 누구냐?" 아빠가 물었어.

"흠, 어디 보자……. 아, 기억났다. 쌉처물어 꼰대야 씨였던가. 맞지?"

보통은 여기서 아빠가 벌떡 일어나서 에반의 낯짝을 후려쳐야 하지만 그때쯤에는 에반도 상당히 덩치가 커져서 자제하고 있었어. 대신에 에반이 상속받을 몫을 줄이는 식으로 대처했지. 미식 축구에서 반칙하면 페널티 야드를 주는 것처럼 말이야.

"방금 그걸로 1만 달러를 잃은 거다, 아들아." 그는 이렇게 말하며 가죽 장정의 크림색 수첩을 꺼내서 만년필로 기록까지 남겼어.

에반은 뭔가 말대꾸하고 경멸의 수위를 올리고 싶은 기색이었지만, 돈을 더 잃고 싶지는 않았는지 거기서 닥쳤지. 그리고 침묵에 대한 보상으로—한동안 우리 남매에게 침묵이란 그런 식의 교환용 재화였거든—아빠는 수첩에 적기를 끝낸 다음 에반에게 신문을 넘겼어. 행동 순응이라고 불러도 될라나.

나중에 보니까 그 성노예 기사를 정성스럽게 스크랩해 놓았더라고. 자기가 가장 좋아하는 단검을 써서 가장자리를 잘라 냈지. 그리고 '끝내주는 짓거리'라고 이름 붙인 파일 폴더에 넣어 놓았어. 헤지펀드에서 인턴하다가 분석가들에게 코카인을 팔고 쫓겨나면서 훔쳐 온 물건이었던가.

나는 그때 이렇게 말했어. "고독한 밤에 홀로 자위할 때 쓰시려는 걸까나?"

"닥치고 꺼져, 매춘부 년이." 욕설이 정말 언제나 독창적이라니까. 그리고 방금 욕한 주제에 나한테 슬쩍 이렇게 묻는 거야. "야, 너, IS 애들한테 트위터로 말 거는 법 알아?"

"돌았어? 정부에서 추적할 거야."

"병신아, 내가 진짜 이름 쓰겠냐. 진리를 찾아가는 구도자인 척할 거라고. 물질적인 삶의 방식이라는 환상에서 벗어나서 이슬람으로 개종하려 한다고 할 거야. 그 새끼들은 그런 거 좋아하잖아."

"테러범들이랑 트위터 해서 뭐 하게?"

"좆같으니까." 마치 그거면 이유로 충분하다는 것처럼 말하네. "그래, 물론 그 새끼들을 완전히 몰살해 버리기는 해야지. 하지만 놈들 생각 중에 괜찮은 것도 있다고."

그래서 나는 생각했지. 그래, 네가 좋아할 만한 게 뭔지는 잘 알아. 그리고 아름다운 마법의 숫자를 되뇌었어. 18. 18세만 되면 신탁 자금이 들어와서 여기서 빠져나갈 수 있을 테니까. 부모님도 에반도 나를 막지 못할 테니까. 그리고 제발 그때까지는 주님께서 에반이 내키는 대로 행동할 힘을 얻지 못하도록 막아 주시기만을 빌었지.

그래, 빌어먹을 주님아. 제대로 저질러 버렸잖아. 그래서 나는 이번에는 스스로 뭔가를 해내기로 마음먹어.

나는 말해. "나 여깄어, 에반."

정말로 감동한 듯한 목소리가 들려. "그래. 알고 있었어. 네가 나를 영영 떠날 리가 없지."

가까이 있다는 게 느껴져. 나는 마우저를 든 손을 문 쪽으로 뻗어.

"우리 동생. 내 말 들어. 한동안 곰곰 생각해 봤는데 말이야."

네가 생각해 봤자 누구 코에 붙이겠어. 나는 속으로 중얼거려.

"그런데?"

"다시 시작해 보는 게 어때. 지금까지 내가 한 행동은 전부 사과할게. 그냥 문만 열어 주면 아무도 널 해치지 않을 거야."

"계속해 봐." 나는 이렇게 대꾸해. 제대로 조준하고 싶거든.

"정말 이러고 싶은 거야? 쥐새끼처럼 사냥당하다가 패배자 새끼들하고 같은 구멍에서 죽고 싶어? 그만하고, 얼른 열어. 너를 미국의 여왕으로 만들어 줄 테니까."

나는 방아쇠를 당겨. 쾅! 귀가 먹을 듯한 소리가 울리네. 충격 때문에 귀가 치직거려. 나는 다시 방아쇠를 당겨서 총알을 전부 써 버려. 이제 한 발도 안 남았네.

고요 속에서 화약 냄새만 자욱해. 제퍼슨과 피터는 깜짝 놀라서 나를 바라봐. 아벨과 애나는 달려와서 나한테 달라붙고.

그리고 금속 문 너머에서 에반의 웃음소리가 들려. 소리가 마치 더러운 공기처럼 침묵 속에서 거품을 뿜으며 고이네.

"이야. 그거 아마 싫다는 뜻이겠지? 젠장, 네가 맥을 죽였잖아. 맥 기억하지?"

당연하지.

"더 착한 애가 안 죽은 게 다행이네."

"좋아, 동생, 이건 진짜로 못 봐줘. 이젠 최고의 대접을 해 줄 거야. 난 충분히 경고했어."

그리고 그 말과 함께 흥 하고 뭔가 점화하는 소리가 들려. 그리고 밝은 불꽃이 철문 반대편에서 이글거리기 시작해.

피터가 말해. "젠장. 용접용 토치잖아."

불똥이 바닥으로 타닥거리며 튀더니, 그대로 춤추다 잦아들어.

그러는 동안 괴짜한테 무슨 일이 생겼나 봐.

"브레인박스? 브레인박스?" 제퍼슨이 불안정하게 떨리는 목소리로 말하고 있어. 손으로 걔 얼굴을 감싸 쥐고 있네. 나는 그쪽으로 가서 살펴봐.

어라, 애 죽었잖아.

 돈나

구경꾼들이 나무와 길게 자란 잡풀 사이로 힐끔거리고 있어. 그래도 부대원들이 경고 사격을 하니까 얼른 내빼네. 수갑을 풀어 달라고 열심히 웨이크필드를 설득하는 도중에, 그가 고개를 돌려 아이어스 상병 쪽을 바라봐.

웨이크필드: "알아낸 게 있나?"

아이어스 상병: "우리 주파수를 사용했습니다, 각하. 짤막한 모스 부호가 전부였습니다."

그게 되게 이상한 것처럼 말하네. 웨이크필드는 고개를 끄덕이고, 병사는 말을 이어.

아이어스 상병: "피스트가 아주 끔찍했습니다. 어눌한 말투에 가깝다고 할까요. 잡음을 길이를 다르게 끊은 느낌이었습니다. 장비의 준비 상태를 고의로 끊는 식으로 신호를 보낸 겁니다. 잡음으로 통신을 시도한 거지요. 제법 영리한 행동이었습니다."

나: "'피스트'가 뭐예요?"

아이어스 상병: "모스 부호를 보내는 방식을 뜻하는 겁니다, 아가씨. 사람마다 다르게 마련이죠. 점과 선이 일반적인 경우보다 길거나 짧다 든가, 사이를 더 많이 띄우든가, 그런 것들 말입니다."

웨이크필드: 내용은 뭐였나?

아이어스 상병: "처음 몇 개 신호는 놓쳤습니다만, 받은 내용은 이렇 습니다. '11-AppleSt-FAO-WS.'"

웨이크필드(나를 돌아보며): "애플가라는 곳은 들어 본 적 없는데. 그 쪽은 어떤가?"

나: "우와, 나 이제 개집에서 내보내 주는 건가요?"

웨이크필드: "부디 대답해 주게."

나: "애플가라는 곳은 없어요. 적어도 맨해튼 안에는요."

웨이크필드: "나머지 신호에서 알아들을 수 있는 내용은 없나?"

나는 아이어스를 바라보고, 그는 자기 수첩을 들여다보며 통신 내용을 다시 읊어. 나는 머릿속으로 글자들을 굴리기 시작해. FAO라. 문득 해 답이 떠올라.

나: "'애플 스토어'예요. FAO는 FAO 슈워츠. 장난감 가게였죠. FAO 슈워츠 근처에 애플 스토어가 하나 있어요. 그 뭐냐, 같은 거리에 바로 옆에 있었죠. 정말 가까워요. 대령님, 거기로 가야 해요."

웨이크필드: "우리가 왜 가야 하나?"

온몸이 떨리기 시작해.

나: "우리 부족이에요. 내 친구들이라고요. WS는 워싱턴스퀘어예요. 그리고 11은―911의 뒷부분인데 앞부분을 못 들은 거겠죠."

웨이크필드의 표정을 보면 흥미가 동한 게 분명해. 내 친구들을 걱정해서는 아니겠지만.

티치: "이건 군사 전용 주파수로군."

웨이크필드는 고개를 들어 티치를 보고는 고개를 끄덕여. "그 물건일 수도 있을 거요."

아마 비스킷으로 보낸 신호일지도 모른다는 뜻이겠지.

우리 부족에서 모스 부호를 알 만한 사람은 하나뿐이야. 그리고 걔는 세계 멸망용 장비를 이용해 전파 신호를 보낼 수 있을 정도로 영리하기도 하지.

브레인박스가 신호를 보낸 거야. 그 말은 제퍼슨도 나를 부르고 있다는 뜻이겠지.

캐스

제퍼슨은 눈물을 줄줄 흘리면서 괴짜를 아기처럼 끌어안고 있어. 내가 죽었을 때도 이 정도로 흥분했기를 빌어야 하려나.

브레인박스의 눈은 감겨 있어. 하지만 잠든 것처럼 보이지는 않아. 그냥 물건처럼 보일 뿐이지. 그 있잖아, 시체처럼.

시체 안에 들었던 것은 이제 사라져서 다시는 돌아오지 않을 테지. 따라서 지금은 감상적으로 굴 때가 아니라는 소리야.

나는 입을 열어. "제퍼슨, 지금 기분이 고약하단 건 알겠는데, 해결해야 할 문제가 있거든. 지금 당장. 쟤들이 문을 자르고 들어오고 있어."

그가 반응하기도 전에 비스킷이 삑삑거리기 시작해. 나는 무릎을 꿇고 그 물건을 집어 들어. 1970년대 낡은 계산기처럼 쪼끄만 화면이 붙은 형편없는 물건이야. 화면에는 '전송 완료'라고 적혀 있고.

어라라.

"저기, 제퍼슨? 거기 있는 거시기 씨가 방금 3차 대전을 일으킨 것 같은데."

걔가 나를 노려봐. "브레인박스는 그런 짓 안 해. 미친 소리 하지 마."

"미친 건 피차 마찬가진데." 나는 대부분의 사람보다 판단력이 좋은 편이라고 자부하거든. 그리고 솔직히 말해서, 죽은 사람의 험담을 하거나 뭐 그러고 싶은 건 아닌데, 쟤는 언제나 꼭 필요한 뭔가가 빠져 있는 사람 같았단 말이야. 특히 북극곰 발톱이 작대기처럼 삐쩍 마른 여자 친구의 천국행 차표에 구멍을 뚫어 준 다음에는 말이지. 나라면 절대 개한테 뭐랄까, 세계를 통구이로 만들며 매드 사이언티스트식 화려한 퇴장을 할 빌미는 안 줬을 텐데.

그리고 제퍼슨도 느끼고 있어. 말로 옮기고 싶지 않다는 건 알겠는데 마음속에서는 미사일이 발사되는 장면을 감상하고 있을 테니까. 미사일이 모스크바와 베이징으로 향하는 머나먼 여정에 오르는 모습을.

마치 신호라도 받은 것처럼, 순간 뭔가 타오르는 소리가 들려.

하지만 우리 머리 위를 날아가는 폭탄 소리는 아니야. 마침내 철문을 뚫은 아크 용접기가 내는 소리지. 주름 잡힌 반원형의 금속 조각이 바닥으로 떨어지고, 그 자리에 커다란 쥐구멍이 남아. 용접기의 불길이 공기를 빨아들이면서 만족스러운 쉿쉿 소리를 울려.

웃음을 터트릴 수밖에 없네. 이보다 더 나빠질 수 있겠어? 아니, 더 고약한 일이 일어나 봤자 어차피 종말이 코앞이잖아. 아마 30분 정도만 있으면 러시아 애들이 맞대응을 개시해서 뉴욕을 노릇노릇하게 구워 버릴 자기네 핵무기를 대기권으로 쏘아 올릴 거라고.

업타우너들이 들이닥치기 시작하자 쌍둥이가 앞으로 나가서 골통을 부수지만, 걔들도 곧 수에 밀려 버려. 피터가 위장복을 입은 남자애들에게 붙들려 쓰러지는 게 보이네. 제퍼슨이 일어나서 내 손을 잡아. 다른 손에는 권총이 들려 있어.

나는 걔한테 격하게 키스해. 제퍼슨도 마주 키스하고. 그리고 나는 총으로 시선을 돌리며 말해. "끝내."

제퍼슨은 내 머리에 권총을 가져다 대. 그리고 나는 안 될 게 뭐야? 라고 생각하고. 쟤 손으로 끝난다고 나쁠 건 없잖아? 문득 나는 웃음을 터트려. 이런 생각이 들었거든. 처음에 쟤가 지하철 승차장에서 나를 만났을 때 바로 죽였더라면, 상당히 시간을 절약할 수 있었을 거라고.

나는 그의 눈을 바라보며 눈빛으로 말해. 얼른 해 달라고.

갑자기 밖에서 웅성거리는 소리가 들려. "뭐야! 저것 좀 봐!" 그리고 제퍼슨은 총을 내려. 나는 아하, 누군가 인류를 말살하러 떠나는 우리 ICBM의 하얀 꼬랑지를 목격한 모양이로군, 하고 생각하고.

그런데 그것도 아니야. 어디서 확성기로 영국식 억양의 목소리가 들려오거든.

"주목. 즉시 이 영역을 떠나지 않으면 발포하겠다. 지금 즉시 이곳을 떠나라."

이게 무슨 상황인지 파악할 시간은 없어. 에반이 싱글벙글 웃으며 내 앞에 등장했거든. 다른 남자애를 하나 데리고 있는데, 이름이 채플인 모양이야. 제퍼슨이 그 이름을 소리 지르고—동시에 에반이 오른팔을 휘둘러 펀치를 날리고, 나는 비틀거리며 물러나.

에반한테 맞은 게 처음은 아니지만, 가장 세게 맞은 축에는 들겠어. 입가에서 피맛이 느껴지고 머릿속을 솜뭉치가 채우는 것 같아.

나머지 상황은 조금 흐릿해. 어디서 총성이 좀 들리고 뒤이어 잘 모르는 종류의 총에서 나는 '브르르릅' 소리가 들려. 애들이 사방에서 쓰러지고 달려가고 비명을 지르고 있고, 뒤이어 작은 검은색 용기에서 쏟아져 나오는 연기가 스토어 안을 가득 메워.

업타우너 한 놈이 큼지막한 알루미늄 야구 방망이를 들고 나를 내려다보며 서 있어. 그리고 왜 있잖아, 죽기 직전에 종종 일어나는 시간이 느려지는 감각 속에서, 나는 방망이의 상표를 읽어. 허공으로 높이 쳐든 방망이 옆면에 적힌, '미카사'라는 각진 파란색 글자를…….

그러나 걔가 나를 제대로 후려치기 전에, 묘하게 생긴 작은 남자가 연기를 뚫고 등장하더니, 손에 든 곡선형 마체테를 휘둘러서 걔의 손을 잘라 버려. 방망이는 여전히 손잡이를 붙든 손과 함께 바닥으로 떨어져서 뎅그렁 소리를 내.

뭐야, 이건 좀 특이한 상황이네.

업타우너 남자애는 자기 손이 어쩌고 하면서 계속 비명을 지르다가 마침내 훨씬 덩치 큰—그러니까, 몸집이 프로레슬링 선수 같은 남자가 등장해서 얼굴을 후려갈긴 후에야 정신을 잃어버려.

"괜찮아요, 아가씨?" 커다란 남자가 말해.

이 남자는 대체 뭐야? 큰 게 문제가 아니야. 나이를 먹었잖아. 서른 살은 돼 보인다고.

"물건은 어디 있나?" 아까 확성기에서 들었던 목소리가 들려. 다만 이번에는 실제 사람의 입에서 나오고 있네. 사각턱의 영국인인데, 회색으로 날염한 옷이 시가전용 위장복처럼 보여.

그리고 이제 환각까지 보이기 시작하는 것 같네. 내 눈앞에 돈나가 등장하거든. 헤어스타일은 여전히 처참해도 몸무게는 좀 불어난 느낌이야. 그러니까, 예전만큼 10대 소년스럽지는 않다는 소리지. 어디선가 삶을 만끽하고 온 것 같아.

게다가 병사 한 무리를 이끌고 왔어. 일부는 아까 내 목숨을 구해 준 사람처럼 흰 칼을 들고 펄쩍펄쩍 뛰어다니는 키 작은 남자들이야. 나머지 절반은 덩치 크고 창백한 얼굴의 백인들이고.

마지막으로, 나머지보다 군대 분위기가 덜 풍기는 구릿빛 피부의 남자애가 하나 있어. 세상에, 나 정도면 예쁜 줄 알았는데. 쟤는 진짜 미인이잖아.

이 시점에서 지난 몇 주 동안 벌어진 사건이— 플럼아일랜드에서 숨어 돌아오고, UN에서 탈출하고, 미드타운에서 숨어 지내고, 친오빠를 암살하려 했던 일들이—내게 타격을 주기 시작해. 내가 평소에 기절하는 타입은 아니지만, 이걸 내 문제로 돌리는 건 좀 너무하지? 배수로 물을 떠 마시고 유통기한이 지난 프로틴바를 씹으면서 버텨 왔단 말이야. 다행스럽게도 쓰러지기 전에 머릿속이 울렁거리는 느낌부터 찾아와. 덕분에 완전히 기절하기 전에 잠깐의 여유가 생긴 셈이지. 얼른, 뭔가 끝내주는 한 마디를 떠올릴 때야.

"뉴욕에 잘 오셨어요, 여러분." 나는 이렇게 말하고 그대로 쓰러져.

돈나

내 눈앞에서 옛 절친 캐릭터인 캐스가 바닥으로 쓰러지는 모습이 보여. 매력을 뽐낼 기회를 놓치지 않는 랍은 얼른 그녀를 붙들어서 부드럽게 머리를 땅에 내려 주고. 제퍼슨도 당장이라도 쓰러질 것처럼 보이지만, 랍이 쟤를 도와주려 할지는 잘 모르겠네. 그래서 나는 직접 그 일에 착수해. 제퍼슨은 내 품 안으로 쓰러져. 할리퀸 로맨스가 아니라 벽돌 더미처럼 말이야. 나는 걔를 붙들려다가 그대로 허리가 삐어 버려. 솔직히 내가 고대하던 상황은 아니네. 리아나 뮤비처럼 극적인 장면을 기대하고 있었거든. 뭐, 그래도. 내 몸의 모든 세포가 갑자기 온기로 가득차는 느낌이 들어. 모든 미토콘드리아가 저마다 같은 감정을 깨달은 것처럼 말이야. 나는 그 애의 목덜미 우묵한 곳에 내 볼을 묻고 그 애의 온기를 들이마셔.

나는 제퍼슨을 부축해서 묘하게 아무도 건드리지 않은 목제 전시용 탁자로 향해.

제퍼슨: "진짜 왔구나."

나: "응."

이것보다는 조금 더 로맨틱하게 재회할 줄 알았는데. 그러니까 나는 '세월의 대양을 건너고 죽음마저도 물리치고 그대를 찾으러 왔소'라고 말하고, 제퍼슨은 '내 사랑이 당신을 내게 이끌 줄 알고 있었어요'라고 대답하는 식으로. 그래도 일단 '진짜 왔구나'와 '응'이면 대충 비슷한 뜻은 되겠지. 어쨌든 예전에도 연기한 장면이기는 하잖아. 이미 아는 것들 외에는 딱히 할 말이 없더라고. 그냥 그러고 있기만 해도 충분하니까. 게다가 아주 사소한 문제가 하나 남아 있기도 하고.

나: "그거 가지고 있어, 제퍼슨? 비스킷 말이야."

제퍼슨: "브레인박스한테 있어."

말하는 투가 뭔가 이상한데…….

분대 의무병인 레자가 브레인박스를 굽어보고 있어. 마지막으로 몇 번 가슴을 압박해 보는데, 아마 나를 배려해서 하는 일 같아. 아니면 일종의 의식일 수도 있겠지. 신의 피조물의 넋을 달래는 의식.

마지막으로 숨이 빠져나가는 소리가 들려. 유령 같은 쌕쌕 소리야. 하지만 나는 그게 레자가 방금 불어넣은 숨결이라는 것을 알고 있어.

나는 브레인박스 곁에 앉아서 손을 잡아. 점토처럼 차갑네.

시스루 곁으로 가라고, 나는 속으로 생각해.

분대원들이 웨이크필드와 숙덕거리고 있어. 비스킷을 찾지 못하겠다는 소리 같아.

웨이크필드: "그만 갈 때가 됐네, 짐머만 양."

나: "쟤도 데려가요." 브레인박스를 말하는 거야.

웨이크필드: "기분은 이해하지만, 지금 상황에서는—"

나: "안 데려가면 나도 안 가요."

웨이크필드는 구자를 바라봐. 나한테 목줄을 묶어서 돼지처럼 끌고 갈 경우와 브레인박스를 데려갈 경우의 투자 대비 효용을 계산하는 모습이 분명하지.

웨이크필드: "시체를 수습하게, 병장."

 **피터**

영국인과 키 작은 군인들이 도착한 이후에, 그 애를 정확하게 포착한 순간이 있었어. 쓰러져 누워 있다가 얼른 몸을 일으키며 권총을 들었는데, 조준선 너머에 브레인박스의 손에서 비스킷을 억지로 빼내는 채플이 보인 거야.

그는 고개를 들고 나를 보지만, 아무 말도 안 해. 뭔가 말했다 해도 내 주변의 반향음과 비명과 총성에 휘말려 사라졌겠지.

그리고 나는 방아쇠를 당기지 못해.

왜냐고? 그를 사랑하기 때문은 아니야. 사랑하는 만큼 증오하기도 하거든.

아직도 내가 함께하고 싶다는 마음이 남아서일까? 그거 비참하네. 어쩌면 이성적으로 생각할 시간이 조금만 있었더라면 쐈을지도 몰라. 하지만 바로 그 한순간이 지나자 그의 모습은 수많은 사람 속에 파묻혀 버렸고, 기회는 영원히 사라져 버린 거야.

나는 그냥 다시 자리에 누우면서, 나 없이 파티가 계속되도록 방치해.

쌍둥이는 얼른 일어나서 캐스가 정신을 차리게 돕고 있어. 병사들은 스토어 내부를 수색하고. 제퍼슨과 돈나는 브레인박스의 시체 옆에 앉아서 울고 있고.

조금 시간이 지나고 남은 자존심을 조금이나마 긁어모은 후에, 나는 슬금슬금 돈나 옆으로 다가가.

"이게 대체 얼마만이야, 얘. 어떻게 지냈어?" 마치 서로 다른 곳에서 방학을 보내고 온 것 같은 소리지.

돈나는 웃음을 터트려. 억지웃음이지만. "뭐 그냥, 그럭저럭 지냈지." 그리고 숨을 들이쉬고는 말해. "브레인박스 이야기 할 거야?"

"아직은 조금." 돈나도 이해해. 우리가 종종 하던 대로야. 잠시 문제를 회피하며 머리가 차가워질 때까지 기다리는 거지. 그리고 차가워진다는 이야기가 나왔으니 말인데……. "저기 핫한 남자애는 누구야?"

"아, 걔. 랍이야."

나는 돈나의 표정을 살펴. "흐으으음. 얼마나 오래 사귄 거야?"

돈나는 나를 잡아먹을 것처럼 쳐다봐. 눈빛으로 포를 뜨겠네. "이 못된 자식. 제퍼슨한테는 말하지 마."

"이야아아……." 이거 뭔가 재밌어지는데.

"그러니까, 내가 직접 말할 거라는 소리야. 어쨌든 그쪽하고는 끝났어. 실수였거든."

"그럼 내 실수도 바로잡아 주는 게 어떨까."

그래서 돈나는 지난 몇 개월 동안 일어난 일을 알려 줘. 감금, 영국으로의 이송, 새로운 신원, 멋쟁이 대학에서 몇 개월을 보내면서 영국인들에게 유도 신문을 당한 것까지. 얘는 전부 비극적이라는 투로 말하는데, 솔직히 나는 그런 식으로 유혹당하고 배신당할 수 있다면 완전 환영이라는 생각부터 들더라.

나는 돈나한테 섬에서 맨해튼으로 돌아온 과정, 브레인박스가 내가 직접 모은 비둘기똥으로 폭탄을 만들었던 일, 업타우너들한테서 워싱턴스퀘어를 되찾은 일, UN 회합, 그리고 마지막으로 채플 이야기를 해.

"정말 유감이야, 페트라."

"운명의 사랑인 줄 알았는데."

"운명의 사랑 같은 건 없을지도 몰라. 네가 결정해야 하는 걸지도."

"그래, 어차피 당장은 데이트할 시간도 없거든. 물론 어느 분께서는 2분에 한 명꼴로 영혼의 단짝을 만나는 모양이지만." 나는 랍을 바라봐. 지금 우리 쪽을 힐끔거리고 있거든. 돈나가 자신에 대해 무슨 소리를 하는지 알고 싶은 모양이지.

"닥쳐." 그리고 돈나는 말을 이어. "채플 일은 정말로 유감이야. 그러니까 그 뭐냐, 지정학적 결과 때문만이 아니라 말이야."

나는 괜찮다고 말하고 싶지만, 솔직히 괜찮지가 않아. 어느 한구석도 괜찮은 데가 없어. 괜찮아의 정반대라고 해야겠지. 완전 아찮괜이야.

"그 자식이 나를 이용했어, 돈나."

"어떤 기분인지 알아."

그를 쏴 버렸어야 하는데. 그럴 수가 없었어. 정말 터무니없는 일이지만, 어쩌면 실연과 분노의 정신 나갈 듯한 귀울림 너머에 사랑과 호의가 남아 있기 때문일지도 몰라. 나 자신이 자랑스럽지는 않아. 채플은 브레인박스를 죽였잖아. 바로 그것 때문에 증오스러운 거야. 그런데도 내 머릿속 한쪽 구석에서는 여전히 채플 앱이 배경에서 돌아가고 있거든. 우리가 어떻게든 전부 조율할 수 있으리라 생각하고 있어. 그리고 당연하게도, 그쪽으로 진전하기 위한 첫 번째 단계는 그의 뇌수를 터트리지 않는 행동이었고.

분명 뭔가 의미가 있었겠지? 그렇게까지 확실한 신뢰를 보였는데?

스토어 바깥은 비디오게임 속의 버그 걸린 화면 같아. 사방에 엉망이 된 시체들이 기면 발작증이라도 일으킨 것처럼 끔찍하게 널브러져 있거든. 영국인들은 완전히 〈다운튼 애비〉 스타일로 급습했고, 업타우너들은 단 한 명도 영원한 잠 속으로 함께 끌고 들어가지 못했어. 사실 이렇게 탁 트인 공터에서 싸우지 않았더라면 상황은 달라졌을 거야. 바자의 지하 통로나 소호의 미로에서 싸웠더라면 영국인들도 이점을 상실했겠지. 하지만 여기서는 정규군이 말끔하게 상황을 정리해 버렸어.

구르카—돈나가 이렇게 불렀던 것 같아—한 사람이 불쌍한 브레인박스를 응급용 운반법으로 어깨에 걸머지고 일어나. 우리는 그 뒤를 따라 줄지어 센트럴파크로 들어가. 거리는 고요하지만, 업타우너들이 지켜보고 있는 건 분명해. 고층 건물 창문으로 밖을 엿보면서 어떻게 해야 할지를 생각하고 있을 거야. 뉴욕의 남자애들은 패배를 쉽사리 털어 버리지 못하거든.

센트럴파크로 반 마일 정도 들어왔더니, 두 대의 흉측한 검은색 헬리콥터를 둘러싸고 작은 주둔지가 만들어져 있어. 우리는 길게 자란 잡풀을 대충 원형으로 잘라놓은 가운데로 들어가. 구르카 몇 명이 무시무시한 곡단검을 휘두르며 원을 넓혀 가고 있네. 이곳의 지휘관인 웨이크필드라는 남자가 작업을 멈추고 이동할 준비를 하라고 지시해.

"아직 안 돼요. 사망자를 묻어야죠." 돈나가 말해.

"그럴 시간 없네."

"그럼 날 쏘고 가요."

웨이크필드는 진지하게 고려하는 얼굴이야.

"인정을 베푸는 게 어떻겠소." 백인 덩치가 끼어들어. 어째 돈나에게 약한 느낌이야.

웨이크필드는 곰곰 생각하다가 말해. "정보를 확인할 필요는 있겠지요. 우리……." 여기서 '포로들'이라고 말하려는 것 같았는데, 말을 멈추더니 '정보원들'로 표현을 바꾸네. "정보원들이 생겼으니."

내가 입을 열 때까지 잠시 먹먹한 긴장이 흘러. "걱정 말아요, 내가 전부 말할 테니까. 돈나, 너는 브레인박스 쪽을 맡아."

이 정도면 괜찮게 협의가 된 셈이지. 제퍼슨과 돈나와 거대한 남자는 브레인박스를 한쪽으로 데리고 가고, 나는 병사들과 함께 머물러.

나무 아래에서 눈을 좀 쓸어 내고 있는데 아까의 구릿빛 아름다운 남자애가 내 쪽으로 다가오네.

"안녕. 나는 랍이야. 너 피터 맞지."

그래, 물론이지. 나는 그에게 바람이 들이치지 않는 옆자리를 제공해.

"안녕, 랍. 네가 내 '정보'를 확인할 사람이려나?"

"네 정보가 아니라 이곳에 대한 정보지. 어차피 알고 한 소리겠지만."

솔직히 말해서 나는 이렇게 말하면 애가 음, 완전히 돌아 버릴 줄 알았어. 어떻게 반응하는지 확인하고 싶었는데. 그런데 웃고 있네. 천부적인 바람둥이겠지. 선을 넘기 직전까지는 양쪽 모두에게 친절하게 반응하는 사람. 적어도 지금 휴면 상태에서 빠져나와 자동으로 재부팅 중인 게이 레이더가 알려 준 바에 따르면 그래.

아주 오랜 옛날에, 인터넷이라고 불리는 물건이 존재했던 시대에 읽은 적이 있어. 이런 상류층 영국 남자애 중에서는 그런 부류가 있다는 거야. 그러니까 기숙 학교 같은 곳에서는 살짝 서로에게 게이스럽게 구는 전통이 있지만, 나중에 기업체의 수장이나 뭐 그런 게 되면 편리하게 전부 잊어버린다는 거지.

게다가 이 정도 급수의 남자애면 기회가 한두 번이 아니었을 테고. 묘한 점은 앤 아무리 봐도 돈나 취향은 아니라는 거야. 하지만 이만큼 잘생겼으면 O에 Rh- 혈액형이나 다름없거든. 누구에게든 먹힌다는 거지. 나라면 얘 사진만 보고도 좋아요를 연타했을걸. 무슨 뜻인지 알겠지.

좋아, 사실을 말하자면, 나는 지금 채플밖에 눈에 안 들어와. 맞아, 내가 남자라는 건 사실이야. 그러니까 당연히 성욕구 스위치가 고장 나 있다고 생각하겠지? 하지만 나는 상처를 성욕으로 메꾸는 단계는 한참 예전에 거쳤거든. 이제 정말 오래전처럼 느껴진단 말이야. 지금 나는 랍하고 사랑 때문에 정신 못 차리는 동성애자 놀이를 하는 정도로 기꺼이 만족할 수 있어. 그걸로 현재 상황을 어느 정도 파악할 수만 있다면.

물론 이 모든 것이 풋볼 때문에 벌어진 일이겠지. 비스킷. 발사 버튼. 폭탄. 저들이 치료제나 위기에 처한 10대에 아무리 관심 있는 척해도, 결국 그걸 가지러 온 거잖아. 여기서 '저들'이란 영국인하고, 운이 좋거나 부유했거나 양쪽 모두여서 미합중국을 탈출한 사람들이겠지. 우리 해군이 그 뒷배를 서 주면서 세계 무역을 실질적으로 운영하고 있고. 저들은 멸망 후의 청소년인 우리들에게는 아무 관심도 없을 거야. 그 점만은 나도 채플의 말을 믿을 수 있어.

세계 멸망용 카폰을 위해서라면 우리 똥강아지들이야 얼마든지 희생할 작자들이 분명하다고. 게다가 그 물건은 방금 채플이 브레인박스의 손에서 빼내 갔지. 추가로, 비명을 지르며 도망치기에는 최악의 존재인 백인 소년들과 함께 있어. 채플이 업타우너 쪽에 붙다니, 전 남친이 새 친구들과 어울린다는 상황 설정 중에서도 최악이라 할 수 있겠는데.

나는 랍에게 대충 사실 그대로를 알리면서, 브레인박스가 발사 암호를 외우고 있었다는 점은 일부러 빼먹어. 죽은 애 이야기를 굳이 파고들 필요는 없잖아. 게다가 그걸 알면 종이에 적을 시간이 있었을지를 궁금해하기 시작할 거라고. 물론 시간은 있었지. 내가 받아적었다는 점이 다르지만. 물론 우리 친구는 사경을 헤매고 있었으니까 당시 기억력을 얼마나 신뢰할 수 있을지는 다른 문제기는 해. 나로서도 비스킷에다 대고 그걸 확인하고 싶지는 않았고. 무슨 말인지 알지? 내가 종종 문제를 일으키기는 해도, 아직 3차 대전을 시작할 정도까지 추락하지는 않았다고.

어쨌든 그런 상황이라서, 내 바지 뒷주머니에 그 길고 긴 문자열을 적은 종이쪽이 들어 있다는 사실은 랍에게 알리지 않아.

분명 지금 비스킷은 채플의 손에 있지. 따라서 내 전 남친은 지금 이 행성에서 가장 위험한 사람인 거야. 웃기는 건 그 점이 상황을 더욱 고약하게 만든다는 거지. 거대한 악이 꿈틀거리는 마당이니, 어느 순간에는 질투 정도는 사라져야 마땅하지 않겠어. 나랑 깨진 것보다 훨씬 큰 문제인 게 분명한데 말이야.

하지만 나한테 지금 상황은, 데이트하던 사람이 갑자기 모두에게 인기 만점인 히트작 영화에 출연하게 된 것만 같단 말이야. 그래, 세상을 통째로 날려 버리는 따위의 더 크고 멋들어진 흥미로 옮겨 갔다니, 정말 들을수록 끔찍한 소리지.

적어도 나는 걔가 그걸 원한다고 생각해. 아니, 어쩌면 채플은 폭탄을 위협 수단으로 사용해서 세상을 바꾸고 싶은 걸지도 모르지. 정부를 끌어내리거나 세상을 더 평등하게 만들거나, 뭐 그런 것들. 예전에 저항군을 돕도록 우리를 포섭하려 했던 때에는, 내 기억이 맞으면 걔는 분명 "불의를 바로잡고 권력을 쥐고 있는 금권주의의 손아귀를 쳐내기 위해서" 따위의 소리를 했었거든. 어쩌면 진짜로 세상을 보다 나은 곳으로 만들려는 걸지도 몰라.

아니면 그냥 있는 대로 전부 쏘아 올려서, 세상을 정말로 박살 내서 빈 서판으로 돌리고 싶은 걸지도 모르고.

누가 알겠어? 뭐가 맞든 나하고 관계를 그런 식으로 끝내면 안 되는 거였지만.

진실을 말해 줄까? 우리 사이에만? 내 마음 일부는 아예 신경도 안 쓰고 있어. 핵무기에도 정치 따위에도 신경조차 안 쓴다고. 내게 중요한 건 그가 나를 떠났고 이제는 원하지 않는다는 것뿐이야. 실제로 원하는 게 뭔지는 몰라도, 완전 큼지막한 막대기로 그걸 얻어 내려 한다는 건 분명하고.

돈나

티치는 무덤을 파는 작업을 순식간에 끝내. 얼어붙어 단단해진 땅을 덩이째 퍽퍽 파 내네. 정말 야수 같은 사람이야.

물론 티치가 브레인박스를 만난 적은 없지만, 어떤 애인지는 알 거야. 내 심문 기록을 읽었을 테니까. 티치는 근육덩어리 덩치에 슈렉처럼 생겼어도 영리하고 철저한 사람이거든. 물론 나는 현실을 명확하게 인지하고 (케임브리지의 내 친구들 말투네) 있어. 브레인박스가 우리 부족민이라는 사실을 알기 때문에 그가 도왔다는 걸 말이야. 거기에 랍을 이용한 미인계에 대해서 전부 알고 있었다는 사실에 대한 죄책감도 있고, 브레인박스가 그 병을 치료했다는 사실도 이해하고 있는 것 같아. 우리는 영웅을 매장하고 있는 거지. 기념비는 없겠지만. 그저 센트럴파크 시프 메도의 한 뼘 땅뙈기로 남을 뿐이지.

나: "티치." 그는 구멍 안에서 나를 올려다봐.

티치: "아가씨."

나: "한 가지 알려 줄 수 있어요? 비스킷을 가지고 있는 채플이라는

남자요. 그는 재건 위원회가 우리한테 신경 쓰지 않는다고 했어요. 그러니까, 우리 '아이들'한테요. 당신들이 뭐라고 부르고 싶은지는 모르겠지만. 그는 당신들이 우리가 전부 죽도록 방치한 다음에 남은 것을 가져갈 생각이라고 했어요."

티치는 뭔가 말하려고 입을 열다가, 문득 생각을 바꿔. 그리고 삽을 무덤 한쪽에 비스듬히 걸쳐 놓아.

티치: "이 정도면 충분히 깊은 듯하군요, 아가씨." 그는 결국 이렇게 말하고는, 무덤가를 짚고 몸을 끌어 올려. 그리고 우리가 '마지막 인사를 하도록' 자리를 피해.

제퍼슨과 나는 수술용 알코올 솜으로 브레인박스의 몸을 닦는 작업을 끝내. 제퍼슨은 무덤 안으로 뛰어들고, 나는 시체 내리는 일을 도와. 너무 쉬워서 힘들 지경이야. 그 뭐냐, 감정적으로 말이지. 브레인박스의 몸은 순간 울컥할 정도로 가벼워. 좋았던 시절에도 종종 식사를 잊던 애였어. 해결할 문제가 있으면 끼니도 거르면서 며칠을 매달리곤 했지.

나는 제퍼슨이 나올 수 있도록 구덩이 속으로 손을 뻗어. 같이 끌려 들어가지 않으려면 거의 넘어질 정도로 무게 중심을 뒤로 옮겨야 해. 그리고 제퍼슨이 무덤가를 딛고 나오는 순간, 우리는 한데 뭉쳐서 바닥을 뒹굴어. 여기서는 내밀한 느낌이 들어야겠지. 애한테 돌아오기 위해서 온갖 일을 겪었으니 집으로 돌아온 느낌이 들어야 해. 하지만 우리는 그저 어색한 기분만 느껴. 우리 사이에, 적어도 아직은 좁힐 수 없는 간극이 존재하는 게 느껴져. 어쩌면 나한테서 다른 남자의 냄새가 풍긴 걸지도 모르지. 나도 모르겠네.

우리는 거기 서서 땅 밑으로 들어간 브레인박스를 내려다봐. 파리들이 시체를 시식해 보려는 듯 하나둘 내려앉기 시작하네. 뭔가 할 말을 찾고 싶어. 브레인박스가 듣고 있다면 조금이라도 편해질 말을 찾고 싶어. 물론 걔라면 의미 없는 일이라고 지적했겠지만. 의식이란 죽음과 함께 끝난다고 말했을 거야. 그러니까 죽은 사람을 어떻게 다루든, 무슨 말을 하든, 신경 쓸 존재는 아무도 남아 있지 않다고.

제퍼슨도 할 말을 찾지 못하는 것 같아. 할 수 있는 말은 이미 전부 해 버렸거든. 우리의 다른 친구들 앞에서. 제퍼슨의 형인 워싱턴 앞에서. 우리 부족민 절반 앞에서.

그래서 우리는 그냥 한동안 그렇게 서 있기만 해.

———✶———

브레인박스에 대해 생각하고 싶어. 지금껏 한 일에 감사하고 싶어. 그러나 내 생각은 계속 티치가 입에 올리지 않은 답변 쪽으로 돌아가.

랍이 말한 게 사실이라면 나쁘지 않을 거야. 걔는 자기가 맡은 임무가 관련 담당자 접선이라고 했지. 긍정적인 소리야. 일단 담당자라는 게 존재하기는 하는 데다, 존재한다면 연락도 취할 수 있다는 소리니까. 그리고 '재통합' 작업도 시작할 수 있을 테고. 뉴욕의 버려진 소년 소녀와 질병에 파먹힌 이 대륙의 나머지 아이들을 전부 재건 위원회가 품어 주겠다는 뜻이잖아.

하지만 나는 그 말을 못 믿겠어. 랍은 아마 나를 다루는 담당 요원이겠지. 위쪽 권력자들은 아직도 내가 걔한테 애틋한 마음을 품고 있는 줄 알 거야. 당연히 사실이 아니지만.

그리고 지금 일행 구성은 외교 사절이라기에는 조금 화력에 편중되어 있잖아. 이번 여행의 목적은 내가 보기에는 꽤나 명확해. 비스킷을 찾아내서, 세계의 운명이 비행 청소년 패거리 손에서 끝나지 않게 하려는 거지. 아마 그 문제가 아니었더라면, 저들도 채플이 깔끔하게 설명한 해결책을 선호했을 거야. 모두가 죽을 때까지 기다렸다가 찌꺼기를 긁어내는 방식 말이지.

웨이크필드가 특수 부대와 구르카들에게 짤막하게 명령을 내리는 꼴을 보니, 비스킷이 코앞에 있는 상황에 몸이 달아오른 게 빤히 보여. 물론 나도 그 물건이 채플과 에반의 손에 있는 상황이 100퍼센트 만족스럽다고는 할 수 없지. 혁명가와 가학 성애자의 조합에서 그럴듯한 결론이 나오기는 힘들지 않겠어.

웨이크필드는 우리를 슬쩍 바라보며, 이 장례식이라고도 부르기 힘든, 비참하게 한심한 광경을 얼마나 용납해 줘야 할지 가늠하고 있어. 움직일 때라는 거지. 나는 장례식 핑계를 댈 수 있는 지금이 제퍼슨과 둘이서만 대화를 나눌 수 있는 마지막 기회일지도 모른다는 사실을 깨달아.

나: "저 사람들은 비스킷을 찾으러 온 거야, 제퍼슨."

제퍼슨: "나도 알아."

그는 내게서 몸을 돌려 하얀 눈이 내려앉은 삭막한 초지를 바라봐.

제퍼슨: "너는 왜 온 건데?"

나: "그걸 물어봐야 알아?"

제퍼슨: "나는…… 그냥 아무것도 넘겨짚고 싶지 않아서."

얘가 제퍼슨 맞아? 항공모함의 작은 금속상자 한쪽 구석에서 오붓한 보금자리를 꾸렸던 그 애인 거야? 천국을 그린 열람실 천장화 아래에서, 나를 향한 변치 않을 사랑을 읊었던 그 애가 맞냐고?

아니. 제퍼슨은 그동안 나이를 먹은 거야. 패배도 맛보았고. 얘 얼굴을 보고 피터가 말한 걸 들었으니 그 정도는 파악할 수 있어. 유토피아의 꿈은 끝났고 이제는 사냥감으로 전락했지. 그렇다면 직접 들려줄 수밖에.

나: "제퍼슨. 나는 널 만나러 왔어."

이 정도면 얘의 눈빛이 바뀔 줄 알았는데. 꿈쩍도 않네. 대체 무슨 일이 있었던 거야?

나는 지금껏 외면하고 있던 질문 하나를 꺼내.

나: "우리 부족은. 우리 부족은 어떻게 됐어?"

대답에는 시간이 조금 걸려. 얼굴에 묘한 표정이 떠오르네.

제퍼슨: "워싱턴스퀘어는 끝났어, 돈나. 우리 부족원 대부분이 어디로 갔는지는 나도 몰라. 적어도 홀리, 엘레나, 아이샤는 회합이 시작될 때까지는 살아 있었어."

나: "회합이라니?"

제퍼슨: "나는 모든 부족을 하나로 모으려 했어. 나는—우리는—어른들이 도착하기 전에 공동 전선을 구축하고 싶었거든."

좋아, 이건 제퍼슨답네. 항상 세상을 수선하려 애쓰는 모습 말이야.

제퍼슨: "게다가 거의 성공했어. 그런데 테오와 캐스가 등장해서 아이들한테 그 병에 휩쓸리지 않은 곳들도 존재한다고 말해 버린 거야."

나: "잠깐, 뭐라고? 다른 애들한테 말하지도 않은 거야?"

제퍼슨: "곧 말할 생각이었어. 조금 시간이 필요했을 뿐이야. 우리는 우선 헌법부터 만들어야 했거든."

나는 그 말의 의미를 마음속으로 곱씹어 보지만, 그래도 일단은 다른 아이들이 어떻게 됐는지를 아는 게 먼저야.

나: "그럼 스퀘어의 나머지 아이들은?"

제퍼슨: "남자애들은 많이 죽었어. 그리고 안 죽고 남은 여자애들은 업타우너들이 데리고 있어……."

제퍼슨은 멍하니 허공을 바라봐. 그리고 나는 얘 얼굴에 떠오른 기묘한 표정의 정체를 깨달아. 수치심이야. 우리가 내뱉는 숨결이 차가운 공기 속에서 증기처럼 뿜어져 나와. 웨이크필드는 근처에서 얼쩡거리고 있어. 우리 장례식을 중단시킬 순간을 가늠하고 있는 거겠지.

나: "그게 무슨 소리야. 업타우너들이 애들을 데리고 있다니?"

제퍼슨: "우리가 스퀘어로 돌아오기도 전에 우리 애들을 데려가 버렸어. 스퀘어를 점령했거든. 브레인박스가 폭탄을 만들어서…… 우리는 북쪽 면에 있는 건물 하나를 통째로 무너트려 버렸어. 업타우너도 좀 죽었고. 하지만 여자애들은 이미 사라진 상태였어." 제퍼슨은 신발 끝으로 발치에 쌓인 눈을 긁어내서, 아래의 검은 진흙을 드러내. 쌍둥이가 웃고 환호성을 지르면서 서로 눈덩이를 던지는 소리도 들려. 그리고 캐스는 정말 놀랍게도 아이들한테 머리를 겨누지 말라고 소리치고 있어.

나: "애들을 어디로 데리고 갔는데?"

제퍼슨은 고개를 돌려서 주변을 훑어봐. 마치 그러면 사라진 여자애들이 우연히 어디선가 등장하기라도 할 것처럼. 하지만 장비를 챙기고 있는 특수 부대원들밖에 없지.

제퍼슨: "나도 몰라. 바자일지도. 나도 모르겠어."

나: "네가 모았다는 '회합' 말이야. 거기에 업타우너들도 있었어?"

제퍼슨은 나와 눈을 마주치지 못해. 나는 두려운 마음으로 답을 기다리고 있어. 만약 제퍼슨이 업타우너 놈들과 협력했다면, 그들과 타협했다면…….

다음 순간, 제퍼슨은 나와 눈을 마주쳐.

제퍼슨: "응."

순간 가슴이 내려앉는 것 같아. 수천 미터 아래 심해로 가라앉는 기분이야. 몸이 우그러들지 않도록 특수 잠수복을 입어야 하는 그런 곳으로.

나: "그리고 너는…… 너는 놈들이 우리 부족민을 데리고 있는 걸 알고 있었고?" 제퍼슨은 여기에 답을 하지 않아. 긍정이라는 뜻이지. "제퍼슨…… 너 걔들을 되찾으려고 시도도 하지 않은 거야?"

제퍼슨: "할 거였어."

나: "대체 언제?"

제퍼슨: "서류에 서명만 하면. 헌법 말이야. 우선 그것부터 처리해야 했다고. 업타우너들도 우리의 일부로 받아들일 수밖에 없었어, 돈나. 아니면 전체 체제가 작동하지 않았을 거야."

나: "그래서 너, 뭐야, 그냥 그…… 괴물들하고 어울리고 있었다는 소리잖아? 우리 부족민들이 어디선가…… 아무도 모를 끔찍한 일을 겪고 있는 동안?"

제퍼슨: "그럴 수밖에 없었어. 그쪽하고 타협할 수밖에 없었다고. 우리 모두를 위해서."

나는 업타우너들이 어떤 생각을 하는지, 그리고 여자애들에게 어떤 짓을 저지르는지를 떠올려. 바자에서 보았던 뚜쟁이와 매춘부들도. 캐스조차 입 밖에 내지 않는, 그녀가 겪어야 했던 일들도. 그리고 굴복하지 않았기 때문에 말 그대로 지하로 쫓겨 들어갔던 두더지족도 떠올려. 그래, 이제야 내가 이곳으로 돌아온 진짜 이유를 알 것 같네.

나는 그의 손을 붙들어. 차가운 공기 속에서 우리 숨결이 섞여.

나: "좋아, 제퍼슨. 정말로 너 때문에 온 것 같네. 너를 위해서 말이야. 이 상황에서 빠져나가고 싶지? 잘못을 만회하고 싶지? 그럼 내 말을 들어. 큰 그림 따위는 잠시 잊어버리라고." 나는 부드러운 말투를 쓰면서도, 제퍼슨이 의심하거나 질문을 던질 여지는 조금도 남겨 두지 않아. "꿈은 그만. 우리 친구들을 생각해. 너하고 내가, 우리가 함께 친구들을 찾는 거야. 단 한 가지만 할 수 있다면, 하다가 죽어도 좋은 일이 있다면, 그건 업타운에서 우리 여자애들을 구해 내는 일이야. 무슨 말인지 알겠지?"

제퍼슨: "하지만 핵폭탄이—"

나: "미뤄 둬야지. 우선 우리 가족부터 구해야 해. 세계를 구하는 일은 나중이야."

랍: "사실 같은 일 아닐까?"

나는 랍이 근처에 서 있었다는 사실을 뒤늦게 알아차려. 흥미로운 눈길로 브레인박스의 무덤을 들여다보고 있었으니, 모든 이야기를 들을 만큼 근처에 있었을 거야. 딱히 몰래 다가온 것처럼 보이지는 않아. 언제나 그랬듯이 쿨한 분위기로 자신감 있게 거기 서 있었을 뿐이지. 말빨만 있으면 어떤 파티장이나 대화에도 끼어들 수 있다는 자신감 말이야. 그는 경쾌하고 활기찬 태도로 말을 이어.

랍: "핵무기 위협과 백인 노예상 사이에서 선택할 필요는 없잖아? 우리 목표는 채플하고 걔가 데리고 다니는 정신병자 아니야. 걔들을 찾으면 너희 여자애들도 찾을 수 있지 않겠어?"

캐스: "아니, 그렇지는 않을걸." 얘도 눈싸움 현장에서 슬쩍 돌아와 있네.

좋아. 이제 모두 동참하게 된 셈이야. 경건한 분위기가 깨지자, 티치가 우리를 빙 돌아 다가와서 브레인박스의 무덤에 흙을 퍼 넣기 시작해. 일을 서두르는 느낌이 명백하지.

캐스가 이어서 말해. "너희 여자애들은 아마 박물관으로 데려갔을 거야."

나: "어느 박물관?"

캐스: "공룡 있는 박물관. 거기에 노예 시장이 있거든."

제퍼슨: "미국 자연사 박물관이야. 센트럴파크 웨스트에 있어. 그러니까, 여기서 1킬로미터 정도 될 텐데."

캐스: "여자애들은 거기로 데려가서 '즐기는 여자'로 만들어." 그러고는 나를 힐끔 보고는 설명을 덧붙여. "노예 말이야. 거기 사는 징그러운 웨스트사이드 광신도들이 그 일을 담당하거든. 한동안 데리고 있으면서 정신을 부수는 거야. 그런 다음에 팔아넘기지."

나: "그럼 난 거기로 가야겠어."

웨이크필드가 우리 쪽으로 다가와. 장례식이 말다툼으로 변하는 모습을 눈치챈 모양이야.

웨이크필드: "이제 출발할 때일세. 앞으로 한 시간 안에 그랜드 센트럴 역사를 습격할 예정이야."

티치는 웨이크필드를 돌아보지만, 설명은 내게 맡긴 채 그대로 물러나 있어.

나: "계획이 변경됐어요, 대령님. 우리는 우리 친구들부터 먼저 구해야 해요."

웨이크필드: "나는 다른 명령을 받았는데."

나: "나는 명령 안 받았죠."

웨이크필드: "자네는 내 보호를 받는 입장이지."

나: "당신 보호는 필요 없어요."

웨이크필드: "내 감찰을 받는 입장이라고 할까."

나: "업타우너에 맞서 싸우려면 인원이 더 필요할 거예요."

웨이크필드: "자네들한테 군사 문제에 끼어들 자격은 없을 텐데."

그래, 엄밀히 따지면 맞는 소리겠지? 하지만 실전에서는? 우리도 우리 나름의 경험과 연륜이 있거든. 바로 이곳의 혼돈 속에서 온갖 것들에 맞서 2년이나 살아남았으니까 말이야. 식인종에, 파시스트에, 심지어 10대 초반 꼬맹이들까지.

나: "죄송하지만 난 이미 결정을 내렸어요. 나를 돕든가, 여기서 나를 기다리든가, 아니면 당신네 일을 처리하러 가요."

티치: "그럴 계획이 아니었잖습니까, 아가씨."

나: "그래서요? 당신네 여기 얼마나 오래 있었죠? 반나절? 이곳에서 계획 따위가 얼마나 오래 버틸 수 있을 것 같아요? 이곳에는 이곳만의 규칙이 있어요. 그러니까 나는 이제부터 나만의 계획을 세울 거예요. 당신들도 해야 할 일이 있다는 건 잘 알아요. 거기에는 불만 없어요. 당신도 이제 나를 지켜 줄 필요 없고요, 티치." 나는 캐스와 피터와 제퍼슨을 돌아봐. "너희가 원한다면 따라와. 너희 판단에 맡길게."

나는 사람들이 결정을 내리는 동안 희망을 품은 채 기다려. 이거 꼭 〈반지의 제왕〉 같잖아? 한쪽 일행은 모르도르로 가고, 다른 일행은 커다란 성 있는 곳으로 가는 상황 말이야. 일행의 모두가 결정해야 하는 거야. 플롯 A와 플롯 B, 어느 쪽에 들어갈까? 글쎄, 어쩌면 나는 결정의 주체가 자신이라고 생각하면서 빠져나갈 수 있을지도 모르겠어. 내 임무는 세상의 파괴를 막는 쪽은 아니지만 말이야. 좋아, 과연 누가 따라올까?

어쩌면, 정말 어쩌면 다른 애들보다 제퍼슨의 행동에 조금 더 신경이 쓰이는 것도 같아. 그리고 어쩌면 걔의 결정은 우리가 함께하는 미래가 존재할지의 여부로 이어질지도 몰라. 그리고 어쩌면, 걔가 큰 그림에만 신경 쓴다는 사실을 알고 있으면서도, 나는 걔가 작은 그림에도 관심을 가지기를 원하는 걸지도 모르겠어. 사실 그 작은 그림이라는 것도 우리가 구할 수 있는 사람들의 입장에서는 충분히 큰 그림이거든.

제퍼슨: "너랑 가겠어." 그리고 손을 뻗어서 내 손을 가볍게 건드려.

어쩌면 이게 의미가 있을지도.

캐스: "나도 가야겠네. 저기 꼬맹이들도 함께 간다고 생각해도 좋을 거야." 그리고 쾌락 살인마 쌍둥이를 가리켜. 말 그대로 꼬리를 흔들고 있네.

구르카 병사가 내 쪽으로 한 발짝 다가와.

구자: "웨이크필드는 당신이 우리와 함께 간다고 말했습니다." 그는 자기 권위의 상징인 단검 쪽으로 손을 뻗다가, 순간 흠칫해. 티치의 거대한 손이 자기 어깨에 올라와 있거든.

티치: "그건 아닌 것 같군, 구자. 이건 저 아가씨가 결정할 일이야."

구자는 웨이크필드를 돌아봐. 대령은 갑자기 좌절한 표정을 짓고 있네. 이곳의 명령 체계가 어떻게 돌아가는지 확신을 못 하겠어. 어쩌면 내가 웨이크필드가 명령권자라고 생각한 이유가, 티치는 거대한 체구에 노동계급 분위기고, 웨이크필드는 보통 인간 크기에 멀끔한 생김새여서 일지도 몰라. 하지만 티치는 재건 위원회 쪽에서 일하는 사람이잖아. 아니, 적어도 재건 위원회와 협업하는 첩보부 쪽 사람이기는 하지. 근데 웨이크필드는 평범한 군인 같거든.

웨이크필드: "지금은 시간을 낭비할 여력이 없소. 그리고 현지 안내인도 필요하고. 애초에 저들이 여기 있는 이유도 그 때문 아니오."

다음 순간 깜짝 놀랄 일이 일어나.

피터: "제가 그쪽으로 가죠, 대령님." 피터는 나와 눈을 마주치지 않고 자기 발치를 내려다보고 있어. 사실 딱히 볼 것도 없는데. 진흙 범벅에 너덜너덜해진 해군 지급품 운동화를 신고 있거든.

나: "진짜로?"

그는 마침내 고개를 들어.

피터: "저 사람 말이 옳아. 저쪽에도 안내인이 필요할 거야. 어차피 해야 하는 일이야. 무슨 뜻인지 알지?"

처음에는 이해가 안 돼. 하지만 잠시 후 나는 깨달아. 얘는 채플을 마주해야 한다고 생각하는 거야.

나: "페트라—"

피터: "조언은 그만. 엄격하게 다그칠 필요도 없어. 나도 알아. 그 사람은 나를 이용하고 있었지. 만나도 할 말도 없어. 그래도…… 이런 거야. 그는 나를 속였어. 우리 모두를 속였어. 그렇지? 그에게 죄를 물을 사람도 필요할 거 아냐. 그러지도 못한 채로 멍청한 에반 자식이, 그 있잖아, 슈퍼빌런 비슷한 거라도 되어 버린다면, 나는 고개를 들고 살 수 없을 거야."

젠장. 나 또 울고 있잖아. 구 세계에서 날아온 터프가이들하고 내가 전투 속으로 이끌어야 하는 사람들 앞인데. 하지만 내 감정은 그런 건 신경 안 써. 내 눈도 신경 안 쓰고. 사실 생각해 보면, 나 자신도 신경 안 쓰는 것 같아. 관리자에게 어울리는 행동인지를 신경 쓰기에는 지금껏 너무 많은 일이 일어났거든.

게다가 울 만한 이유가 있잖아. 어쩌면 두 번 다시 페트라를 보지 못할지도 모르니까. 이 동네에서는 작별 인사를 하면 영영 못 보게 될 수도 있으니까.

웨이크필드는 이 조건에 만족한 듯해. 어쩌면 나를 떨궈 내서 안도한 걸지도 모르지. 나는 피터와 한참을 포용하고 있어. 그리고 출발하려 몸을 돌리는 순간, 새로운 놀라움이 나를 습격해.

랍: "나도 너하고 가겠어."

아니, 설마 농담이겠지.

나: "이건 네 문제가 아닐 텐데."

게다가 얘를 데리고 가고 싶은 건지도 확신이 안 들어. 삼각관계를 어깨에 짊어지고 가지 않아도 이미 충분히 힘든 작전이라고. 게다가 나는 얘를 싫어한단 말이야. 그렇지?

랍은 눈을 가늘게 떠. 계산하는 것처럼.

랍: "우리는 너한테 투자를 했으니까. 나는 그냥 그걸 감독할 뿐이야." 하지만 말은 저렇게 하면서도, 진짜로 그렇게 생각하는 건 절대 아니라는 투로 이야기하고 있잖아. 내가 아니라 티치와 웨이크필드가 들으라는 것처럼. "게다가 연락을 계속할 수단도 필요할 거야. 내 통신기로 티치 씨하고 계속 연락할게. 그러면 네 친구들을 구출한 다음에 합류할 수도 있겠지."

랍은 티치를 바라보고, 티치는 고개를 끄덕여.

티치: "잘 감독하게." 말투는 꼭 '잘못된 행동을 하지 못하게 제대로 감시해' 같지만, 자신이 할 수 없으니 랍에게 내 보호를 맡긴다는 뜻이겠지. 적어도 내 느낌은 그래.

티치는 애들 야구 글러브만큼 큼지막한 손을 뻗어. 나는 발끝을 들고 그의 볼에 입을 맞추고.

나: "고개 좀 숙이고 다녀요, 한심한 덩치 씨."

티치: "몸조심해요, 아가씨."

그리고 나는 피터를 돌아보면서 말을 이어. "그럼 다들 이따 봐." 아마 거짓말이 되겠지만.

우리는 서리에 누렇게 변한 무성한 풀숲을 뚫고 서쪽으로 움직여. 걸음을 내디딜 때마다 눈 속으로 푹푹 빠지네. 이 근처는 놀라울 정도로 평화로워. 우리가 전진하는 모습을 지켜보는 시체 한두 구 외에는 아무것도 없어.

그것도 혼비백산해서 도망가는 아이들 한 무리를 마주치기 전까지였지만. 나는 그중 하나를 붙들어. 손에 총이 있으면 사람을 붙들고 말을 시키기가 상당히 수월하거든. 대체 왜 그렇게 도망치는지를 물어.

여자애1 : "어른들이야. 밖에서 온 어른들. 제대로 무장하고 있어."

아마 나머지 영국군 부대를 말하는 거겠지.

나 : "얼마나 되는데?"

여자애1 : "나도 몰라. 스물? 서른? 너희도 이대로 가면 금방 보게 될 거야. 이쪽으로 오고 있어."

나는 랍을 돌아봐.

내가 랍에게 : "다른 부대도 왔어? 특수 부대가 추가로 온 거야?"

랍 : "내가 아는 한은 없어." 그리고 내 눈빛을 읽어 내고는 덧붙여. "아는 그대로 말하는 거야. 누군지 짐작도 못 하겠어."

우리 앞쪽에는 붉은 벽돌 건물이 있어. 아직 센트럴파크의 담장 안쪽이지. 앞뜰에는 뒤집힌 탁자가 보이고, 안쪽에는 '태번 온 더 그린'이라는 식당이 하나 있어. 반짝이던 목조 장식하고 녹색 양탄자는 전부 너덜너덜해졌지만. 우리는 눈을 크게 뜨고 귀를 쫑긋 세운 채로 창가에서 기다려.

5분이 흐르자 신발의 고무 밑창이 깨진 유리를 밟아 부수는 소리가 들려와. 꼭 커다란 짐승이 시리얼을 통째로 씹어 삼키는 소리 같네. 깨진 유리창 너머로 살짝 시선을 들어서 보니, 분대 하나 정도의 병사들이 식당을 지나 시프메도의 서쪽 끝까지 이어지는 아스팔트 도로를 행군하는 모습이 보여. 깔쭉깔쭉한 깨진 유리 너머에서 흐릿하게 위장복이 보이네. 비전문가의 눈으로 봐도 영국군 제복과도, 업타우너들이 상점에서 가져와서 짜맞춘 물건과도 다르다는 걸 알겠어.

누군가 거칠게 단음절의 구령을 내뱉고, 유리 밟는 소리가 멈춰. 이제는 휘어진 반짝이는 창문틀에 근처의 병사들이 보이네. 녹회색의 위장복에 경사진 헬멧을 쓰고 있고, 얼굴은 스키 마스크로 가리고 있어. 총신이 길쭉한 소총을 들고 있는데, 내가 모르는 종류야.

나는 랍을 바라봐. 걔도 고개를 흔들어. 모른다고.

이내 병사들이 입을 열기 시작해. R 발음이 명확하고 이중 모음이 두드러지는 러시아식 어조야. 뭔가를 조심하는지 주의 깊게 목소리를 낮추어 중얼거리고 있어. 하지만 센트럴파크(친트릴 피야르크에 가깝지만)라는 단어가 종종 튀어나오는 건 확실히 알 수 있네. 병사 한 명이 지도의 접힌 부분을 반듯이 펴는 모습이 눈에 들어와. 그러다 갑자기 모든 병사가 동시에 입을 다물어. 누군가 숨죽여 명령을 내리고, 병사들은 사방으로 흩어져.

나는 순간 최소한 한 명의 병사가 이쪽 건물로 일직선으로 향하고 있다는 사실을 깨닫고 겁에 질려. 이제 병사는 식당 입구 바깥의 담벼락에 붙어 있어. 그러니까 정체불명의 러시아 슈퍼 솔져와 우리 사이에 20센티미터 두께의 벽돌밖에 없다는 소리지. 느리고 절제된 호흡까지 다 들려. 창문틀 위로 비죽 튀어나온 소총의 총신 끄트머리도 보이고. 나는 긴 의자 옆의 바닥에 엎드려 꼼짝도 못 하고 있는 다른 애들을 돌아봐.

저들은 아직 우리를 발견하지 못했지만, 우리는 실질적으로 옴짝달싹 못 하게 된 상태야. 러시아인들이 식당 안을 들여다보기로 마음만 먹으면 아주 간단하게 우리를 발견하겠지. 입안에서 공포의 쓴맛이 감돌기 시작해.

나는 아무 소리도 내지 않으려 애쓰면서 떨림을 막을 만한 다른 집중할 거리를 찾아봐. 바닥 저편에 버려진 플라스틱 인형 하나가 흐린 푸른색 눈으로 나를 올려다보고 있어. 벌거벗었지만 성별을 판별할 수 없는 외양에, 손을 번쩍 들고 있는 모습이 마치 구걸이나 축하를 하고 있는 것 같아.

문득 나는 제퍼슨이 인형으로 손을 뻗고 있다는 걸 깨달아. 제퍼슨은 인형의 팔을 조금 덜 불편한 자세로 돌려 준 다음, 깨진 유리를 피해 부드러운 쿠션 위에 올려. 쟤는 언제나 불편한 자세로 있는 동물 봉제 인형 따위에 묘하게 집착하곤 했지. 그래, 물론 팔을 저렇게 반짝 들고 있으면 가상의 플라스틱 등 근육이 정말 힘들기는 할 거야. 제퍼슨은 고개를 들다가 내 시선을 알아채고는 얼굴을 붉혀.

진입로 쪽에서 소리가 들리고, 녹회색의 움직임이 제퍼슨의 눈동자에 어른거려서 내게도 보여. 고개를 들어 보니 젊은 병사 하나가 나를 내려다보고 있어. 자세를 보니 총기가 손에 익은 듯하네. 얼굴에는 당황한 표정이 떠올라 있어.

나는 손을 들어. 다른 애들도 마찬가지야. 사실 별달리 할 수 있는 일도 없고. 그런데 다음 순간 멀리서 투둑 하는 소리가 들리고, 우리 앞에 서 있던 러시아 병사는 그대로 앞으로, 식당 안쪽으로 쓰러져. 목에서 피를 흘리는 채로, 말 그대로 나를 덮쳐 버린 셈이지.

교전을 시작한 머저리가 누군지는 몰라도, 러시아인들이 응사를 시작하면서 총성과 폭발음이 이어지기 시작해. 그러는 동안 부상당한 병사는 위장복의 목깃 속을 헤집고 있어. 공황에 빠진 눈이 순간 내게 머물더니, 공포와 희망 사이를 왕복하기 시작해.

이 친구가 그리 오래 살아남기는 어려울 것 같아. 목은 비좁은 택지에 중요한 배선이 잔뜩 들어차 있는 장소거든. 기도도 있고, 식도도 있고, 외부 경동맥과 심경동맥도 있고……. 하지만 내가 어째야겠어. 이대로 숨막혀 죽도록 방치해? 이 사람은 업타운이나 워싱턴스퀘어나 현재 상황과는 아무 관계도 없잖아. 아예 E.T.나 다름없는 인간이라고.

나는 병사의 위로 몸을 숙이고 상처를 압박하기 시작해. 작고 깔끔한 구멍이 뚫렸는데, 신체 말단을 제대로 움직이고 있으니 경추는 무사한 것 같아. 구멍에서 손을 떼고 안을 들여다보니, 세상에, 안쪽에 금속의 일부가 보이네. 총알의 끄트머리가 청보라색의 외부 경동맥 근처에 닿아 있는 거야. 최대 탄속으로 명중하지 않았다는 뜻이니, 아마 도탄이었겠지. 그렇다고 고통이 덜할 리는 없지만. 몸을 뒤트니까 총알도 따라 움직이는 모습이 보여.

밖에서 총성이 폭풍우처럼 몰아치고 있어서 집중하기가 힘들어. 하지만 내 진단으로는, 총알이 운 좋게 멈추기는 했어도, 얼른 빼내지 못하면 깔쭉깔쭉한 슬러그탄이 언제 경동맥을 터트릴지 모르는 상황이야.

물론 내가 성공해도 감사 인사를 듣기는 힘들겠지.

나는 대충 제퍼슨이 있는 쪽을 바라보며 말해.

나: "이 사람 움직이지 못하게 좀 눌러 줘!"

제퍼스는 기어서 다가오다가, 마찬가지로 다가오고 있던 랍과 거의 부딪칠 뻔해. 둘은 아주 잠깐 서로를 노려보더니, 제각기 한쪽 팔을 붙들어서 불쌍한 병사의 몸을 고정시켜.

손에 익은 응급 치료 도구가 없는 상황이니—실험실에서 뺏긴 지도 거의 백 년은 지난 것 같네—나는 심호흡을 하고는 피에 젖어 번들거리는 상처에 조심스레 내 손가락 끝을 밀어넣어. 이를 악문 비명이 흘러나와. 나는 손가락을 놀려 탄환을 붙들 부위를 찾아. 어째 갑자기 찾기 힘들어진 느낌이네. 겁에 질린 생쥐처럼 헤집어진 살점 속으로 숨어든 것 같아. 나는 역겨움과 병사를 향한 동정심을 억누르고 손가락을 더 깊이 집어넣어. 그리고 마침내 총알을 잡아서 그대로 빼내.

병사의 눈에서 눈물이 흘러나와. 당황해서 말문이 막힌 눈빛으로 나를 바라보면서. 나는 그의 손을 붙들어서 상처에 대고 눌러 줘.

나: "이거 떼면 안 돼요."

나는 가방 속을 뒤져서 귀중한 덕트 테이프 말이를 꺼내. 헬리콥터에서 슬쩍해 온 물건이야. 그리고 그의 셔츠 끄트머리로 상처를 닦은 다음, 은빛 테이프를 네모나게 잘라서 그대로 구멍 위에 붙여.

방금 일어난 일을 깨달은 표정이 떠오르더니, 그는 갑자기 몸을 놀려서 우리 쪽으로 들어와. 그동안 창문틀에 어색하게 몸을 늘어뜨린 상태였는데 말이지.

총격전의 혼돈 한복판이어서인지, 놀랍게도 나머지 러시아 병사들은 우리를 발견하지 못해. 아마 내 빈민가식 응급 처치를 발견하면 엄청나게 깜짝 놀라겠지.

부상병은 마지막으로 창문의 구멍을 다시 바라보고는, 몸을 놀려 자리를 떠나. 어딘지는 몰라도 러시아인들의 퇴각 지점으로 따라가는 거겠지. 이내 총성도 잦아들기 시작해. 먹먹하고 위태로운 정적 속에는 다시 우리만 남아.

피터

우리는 구보로 셰리든스퀘어를 가로질러 돌아가. 금빛 말에 앉은 누군지 모를 금빛 남자도 지나치고, 플라자 호텔도 지나치고. 구르카들과 스포츠머리 병사들은 몸을 숙인 채로 번갈아 앞서 나가며, 건축물 뒤편의 위치를 확보하며 뛰어나가고 있어. 하늘에서 보면 거대한 아메바가 꿀렁거리며 앞으로 기어 나가는 것처럼 보일 거야. 전부 아주 믿음직스럽고 〈콜 옵 듀티〉스럽고 뭐 그런 광경이지.

그래도 나는 이렇게 거리에 나와 있으면 안 된다는 생각이 들어. 애플스토어에서 몸싸움을 벌인 직후라 업타우너들도 바짝 긴장하고 있을 거아냐. 나는 41번가를 걸어가는 웨이크필드를 붙들고 내 의견을 전달해.

"의견 개진에는 감사를 표하네." 어딜 봐도 안 그런 표정인데. "하지만 우리는 800미터의 거리를 빠르고 안전하게 이동할 능력 정도는 충분히 갖추고 있다네."

"음, 저도 대령님 의견은 고마운데요? 하지만 으스대며 그랜드 센트럴로 돌진하려 들다가는 별로 안 빠르고 안 안전하게 될 수도 있어요."

문제는 이거지. 내가 생각을 조금 더 제대로 표현할 수 있었으면 좋겠는데. 내 말이 맞으니까. 하지만 웨이크필드는 나를 17세 게이 깜둥이로밖에 안 본단 말이야. 저 사람 세계에서는 신뢰를 얻기 힘든 분류지. 내 조언을 들을 시간이 전혀 없다는 걸 그냥 봐도 알겠거든.

"처음 만났을 당시의 정황으로 저들의 능력을 판단하자면—"

"판단 못 해요." 나는 그의 말을 끊으며 이렇게 말해. 아마 자기 말이 끊기는 데도 익숙하지 않겠지. "그때 업타우너들은 기습당한 거잖아요. 자기네 거주지에 있지도 않았고요. 하지만 지금은 당신들이 여기 있다는 걸 알아요. 뭘 뒤쫓는지도 알고. 게다가 걔들 영역으로 들어가는 중이고요."

그는 조금 더 생각을 곱씹는 척을 하다가 내뱉어. "물론 그렇기는 하지만, 그래도 직접적인 공격이 가장 유효할 걸세. 마주치는 적들을 충분히 압도할 수 있을 정도로 화력이 우세하니까."

"벙커 힐이라고 아나요, 형제." 내가 평소라면 형제라고 말하고 다니는 사람은 아니긴 한데—나는 그 형제 부류에 속하지 않으니까—조금 남자답게 말하면 들어줄지도 모른다는 생각이 들어서.

"뭐라고?"

"벙커 힐이요. 기억해요? 레드코트들이 일렬로 늘어서서 상대방을 전부 몰살해 버리려고 했던 전투? 한 줌의 식민지인들이 그 사람들을 사격장 과녁 취급했잖아요? 탄환이 떨어진 다음에야 간신히 떠났다고요."

아무래도 웨이크필드는 벙커 힐을 들어 본 적도 없는 것 같아. 아니면 독립 전쟁 전투를 기반으로 결정을 내릴 생각은 전혀 없을 수도 있고.

나는 전략을 바꿔. "빨리 그랜드 센트럴에 도착하고 싶죠? 그럼 지하철 터널을 이용하자고요. 59번가하고 5번 애비뉴 교차점에 역이 하나 있어요. 아마 경비도 거의 없을 거예요. 서두르면 10분 안에 저 업타운 바보놈들 발밑에서 기습해서, 아무도 모르게 풋볼을 가로채 올 수 있다고요."

지하철에서 보냈던 시간을 되새기고 싶은 마음은 조금도 없어. 마지막으로 지하로 들어갔을 때는 두더지 부족의 영역에서 업타우너들에게 쫓겼으니까. 모든 일이 완전히 모리아 갱도처럼 돌아갔지. 혼란에 폭력에 비극에 기타 등등. 착한 애들이 여럿 목숨을 잃었고.

심지어 제퍼슨조차도 잠시 놓쳐 버렸어. 곧 캐스를 데리고 돌아왔지만. 잘나가는 미녀인 데다 사람 죽이는 일에 익숙한 여자애 말이야. 방금 내가 말한 지하철역에서 있었던 일인데, 그 애가 남자애한테 키스를 하면서 그대로 찔러 죽였다니까. 정말 격렬한 애야. 아니, 말 그대로 격렬하다고.

그런 문제를 고려해도, 바자를 습격하려면 지하철 터널을 이용하는 편이 안전할 테니까.

웨이크필드: "사려 깊은 조언 고맙네. 할 말 끝났으면 이동하지."

눈이 대지를 모포처럼 뒤덮어 소음을 흡수하고, 덕분에 주변 거리는 고요하고 평화롭게만 보여. 싸구려 기념품 안에 들어온 것처럼 계속 눈이 내리고, 불타 버린 자동차와 우체통과 우그러진 쓰레기통이 전부 하얀 조각 작품으로 변해. 나는 떠오르는 어린 시절의 추억을 머릿속에서 지우려고 안간힘을 쓰고 있어. 삭스피프스 애비뉴 백화점 창문을 기웃

거리던 기억, 록펠러센터의 스케이트장에서 핫초콜릿을 마시던 기억, 말이 끄는 마차의 기억. 그 말들은 전부 총으로 쏴 잡아서 먹어 치웠지. 스케이트장은 늪에 가까운 웅덩이가 되었고.

한동안 사람 목소리도 안 들리는 가운데 센트럴파크를 나와 슬금슬금 거리를 내려가고 있자니, 병사들과 구르카들도 조금 풀어진 모양인지 거리 한복판에서 소리 죽여 걸어가고 있어. 하지만 매디슨 애비뉴에 도착하니 문제가 심각해져. 내가 이미 그럴 줄 알았던 것처럼.

처음에는 조용히 시작돼. 종잇조각 하나가 터무니없이 커다란 눈송이처럼 팔락팔락 하늘에서 떨어져 내려오는 거야. 이 구역에는 하늘에서 뭔가를 뿌릴 수 있는 공간이 수도 없이 많지. 구멍이 퐁퐁 뚫린 시멘트와 화강암과 사암 절벽이 늘어서 있고, 창문은 죄다 깨진 데다, 누더기가 된 깃발이며 광고 현수막이 사방에 늘어져 펄럭이고 있거든.

나는 종이를 주워 들어. '전몰 장병 추모일부터 쓰레기 수거일이 수요일에서 목요일로 변경됨을 고지하오니 참고하여 주시기……' 나는 웃음을 터트려. 쥐와 벌레로 들끓는 쓰레기가 거리마다 쌓여 있는데 이게 무슨 소리야.

다른 종이쪽이 하나 펄럭이며 떨어져. 하나 더. 이내 떨어져 내리는 종이쪽은 하늘을 자욱이 뒤덮으며…… 폭풍이 되어 버려. 병사들은 소총의 조준경을 위로 향하고 누가 이런 짓을 벌이는지 알아내려고 애써.

갑자기 종이가 아닌 것들도 하늘에서 쏟아지기 시작해. 평면 스크린 텔레비전, 탁자, 의자, 컴퓨터 서버나 뭐 그런 것이었을 금속 직육면체. 위에서 떨어지고 있으니 피하기 어렵지 않지만, 그래도 우리 시선을 전부 끌어가는 데는 성공해.

그리고 다음 순간, 지상에서 공격이 시작돼. 내 옆에 있던 남자가―여드름 많은 붉은 머리였는데―풀썩 쓰러지고, 어디선가 대형 기관총이 우레처럼 울부짖는 소리가 들려. 가열찬 비명과 함께 건물을 때리는 총알 소리도 들리고. 파편 하나가 내 어깨를 때리는 바람에 나는 그대로 쓰러져 버려. 그리고 내 눈앞에서 먼저 쓰러진 붉은 머리의 눈에서 빛이 사라지는 모습이 보여. 내가 아니라 다행이지.

나는 게걸음으로 가장 가까운 현관으로 다가가지만, 낡은 기병대 장검을 든 업타우너가 내 길을 막고 있어. 놈은 그대로 돌진하며 검을 높이 들어 올리고, 나는 간신히 배낭을 들어 검을 막아내. 휘두르는 검에 배낭은 그대로 열려 버리고, 내가 자세를 바로잡으려 애쓰는 동안 물건들이 사방으로 떨어져 내려. 남자애는 계속 나를 향해 칼을 휘두르고 찔러대지만, 내가 열심히 피하자 칼은 계속 도로를 때려. 그런데 갑자기 얘가 하늘로 떠오르기 시작하네. 이게 무슨 일이람.

처음에는 얘가 갑자기 초능력이라도 생긴 줄 알았는데, 그건 아니었어. 돈나의 전직 보디가드가 얘를 허공으로 들어 올린 거지. 거대한 남자는 업타우너를 프로레슬링 기술처럼 그대로 벽에 메다꽂아 버려. 무슨 인형 다루듯. 업타우너는 그대로 화강암 위에 끔찍한 붉은 자국을 남기며 바닥으로 흘러내려.

나는 서둘러 문안으로 들어가고, 거인 남자도 곧 나를 따라와. 앞쪽 거리에서는 재빠르게 대응한 병사들이 2개 조로 나뉘어 거리 양옆으로 바싹 붙어 있어.

그랜드 센트럴역이 있는 앞쪽에서 다시 고함이 들리고, 기관총의 라타타타 소리는 한층 격하게 울려. 단검을 든 키 작은 남자 하나가 등장해. 얼굴이 피범벅이네. 그는 자기 바지에 단검을 문질러 닦아.

"바깥 상황이 고약해요!" 그가 말해.

나는 우리가 온 쪽을 돌아보다 오렌지색의 화염과 검은 연기를 목격해. 화염 방사기가 분명하지. 길모퉁이에서 대기하고 있었을 거야. 우리가 퇴각할 때를 노려서 산 채로 구워 버리려고.

나는 입을 열어. "좋아요. 우리 완전히 망했네요."

"그런 것 같군요." 이제 기억이 나네. 이 사람 이름이 티치였지.

나는 육중한 황동 문에 달린 판유리를 통해서 바깥을 내다보고, 순간 전구 하나가 내 마음속에서 반짝여. 먼 옛날에 이쪽으로 쇼핑 원정을 나왔던 때가 떠오른 거야. 돈나와 함께 지루한 오후를 즐겁게 만들려고 애쓰던 때였지. 우리는 그랜드 센트럴 역사 근처를 어정거리다, 근처 몇몇 건물로 연결되는 통로가 존재한다는 사실을 알았어. 사람들이 추운 겨울날 길거리로 나가지 않고도 통근 열차에서 바로 사무실로 들어갈 수 있도록 말이야. 운이 좋으면 이 건물에도 그런 통로가 있을지 몰라.

나는 말해. "좋아, 이쪽으로 가 보죠."

낡은 사무 건물의 로비는 휑하지만 복잡한 공간이야. 아치형 천장에 대리석이 가득한 모습이 마치 고담 시티나 그런 동네처럼 보이네. 벽

에 붙은 우묵한 공간마다 위층의 사무실 사람들을 먹이기 위한 상점들이 빽빽하게 들어차 있어. 우리는 버려진 카페테리아 하나, 신문 가판대 하나, 그리고 마치 버려진 옥좌처럼 서 있는 구두닦이용 의자를 지나쳐. 빛과 총격전에서 도망치는 우리 눈앞에서 화려한 바닥이 어른거려. 여기서 우리란 나, 티치, 구자라는 이름의 구르카 병사를 말하는 거야.

이내 우리 눈앞에 지하철로 통하는 통로가 등장해. 길고 어둡고 완만하게 아래로 향하는 터널이야. 지그재그식 통로를 두 번 내려가니 한 명이 통과할 수 있는 회전식 요금소로 이어져. 그런데 강철 갈빗대를 이어 만든 셔터가 통로를 막고 있잖아. 나는 그걸 들어 올리려 애쓰지만, 녹슨 자물쇠는 꿈쩍도 하지 않아.

구자는 내 쪽으로 다가와서 말해. "우리 돌아가야 해요."

"어디로 돌아가요? 다시 저 위로 가자고요? 지금 똥통이 된 저곳으로요? 무엇 때문에?"

"웨이크필드 대령이요. 임무를 수행해야죠."

"내 말을 들었어야 하는 웨이크필드 대령 말이죠."

구르카 병사는 이 말에 대답하지 못해. 다시 "우리 돌아가야 해요."라고 말할 뿐.

"다들 살아 있는지 아닌지도 모르잖아요."

구자는 소형 통신기를 꺼내더니 전원을 넣어. 잡음밖에 안 들리네. 우리가 지하에 있어서일 수도 있고, 위쪽 사람들이 전부 죽었기 때문일 수도 있겠지.

티치가 입을 열어. "구자, 만일 위쪽 사람들이 전부 죽었다면 우리가 돌아가 봤자 할 수 있는 일은 없어. 만일 살아 있다면 임무를 완수하려 할 테고, 따라서 원래 하던 대로 바자 쪽으로 향할 테지. 인질로 잡혔다 해도 어차피 그쪽으로 끌려갈 거고. 그러니 우리도 그리로 가야 해. 알겠나?"

구르카 병사는 곰곰 생각하기 시작해. 갈등하는 얼굴이네. 내 말이 옳지 않기를 바라는 거겠지. 결국 그도 고개를 끄덕여.

나는 말을 이어. "아주 좋아요. 우리가 여기 발이 묶였다는 문제만 빼면요. 혹시라도 강철 절단기를 가진 사람은 없겠죠."

티치는 철문 앞으로 다가서서 잠시 구조를 확인하더니, 다리를 높이 들어 연결 고리를 군화 뒷굽으로 누르고, 보강용 철심 두 개를 거대한 손으로 붙들고는 그대로 끌어당겨. 몇 번에 걸쳐 끙끙대고 나니 금속 구조물 한쪽이 그대로 뽑힌 채 바닥에 덜렁거리게 되어 버려.

"가실까요?" 그가 말해.

랍

러시아인들은 철수하면서 돈나가 침과 셀로판테이프로 치료해 준 남자도 데려간다. 그나저나 너무 섹시하지 않은가?

돈나의 기술 이야기다. 테이프로 덧댄 러시아놈 말고.

우리는 안전한 위치를 확보하고 러시아군을 추적하는 자들을 주시한다. 거의 비슷하게 위험해 보이는 자들인데, 아무래도 중국군 특수 부대인 듯하다. 적어도 빠르게 속삭이는 단음절 어조는 그런 느낌이다. 그렇다면 영국군과 우리 미국인 사촌들을 임무상 동맹으로 간주할 경우, 비스킷을 찾아 뉴욕을 헤집고 다니는 세력이 넷으로 불어난 셈이다. 전략적인 관점에서 좋은 일은 아니겠지.

이 상황에서 굳이 도박을 하자면, 나는 본부 사람들이 미국의 모든 핵무기가 호전적인 러시아인이나 불경한 중국 공산당의 손아귀에 들어가는 사태를 달갑지 않게 여기리라는 쪽에 걸겠다. 생각할수록 확전의 가능성이 커진다는 생각밖에 들지 않는다. 항모전단과 상륙 강습 부대가 투입될 것이고, 상상조차 하기 힘든 거대한 똥통이 눈앞에 펼쳐질 것이다. 저쪽 특수 부대가 향하는 방향을 보니, 아무래도 오늘 밤에는 유명한 구 시가지의 환락을 마음껏 즐길 모양이다. 여기서 구 시가지란 그랜드 센트럴역을 뜻한다. 계속 모습을 숨기고 있는 풋볼이 마지막으로 목격된 장소다. 그런 다음에는? 누가 알겠어. 어쩌면 세상의 권력 구조에 변화가 올지도 모른다. 아니면 세상이 끝나거나.

나는 무전기로 티치를 불러서 러시아인과 중국인 이야기를 하려 하지만, 연결이 되지를 않는다. 바쁘거나 죽었다는 뜻이겠지. 그 정도의 크기와 공격성을 갖춘 인간 개체를 죽일 수 있는 존재가 있으리라고는 생각하기 힘드니, 아무래도 나하고 이야기하는 것보다 중요한 일이 있는 모양이다.

나는 쉽사리 감사하지 않는 부류의 인간이지만, 그래도 티치가 나를 이 겉가지 임무로 보내 준 것에 진심으로 고마워하고 있다. 그러니까, 그리고르 클리게인 같은 그 두툼한 손으로 내 머리를 으깨는 대신에 말이다. 어쩌면 내가 최선을 다해 돈나를 보호하리라는 사실을 알고 있는지도 모른다.

방금 무슨 소리를 한 거야? 돈나가 나를 보호해야 할 판인데.

우리는 서쪽으로 향하는 여정에 올라서, 눈과 탄피를 헤치고 걸음을 옮긴다. 오른쪽으로는 툰드라처럼 보이는 거대하고 황량한 센트럴파크가 펼쳐져 있다. 왼쪽의 나무 너머로는 수많은 고층 건물이 산처럼 솟아있다. 마치 석유와 과두정의 힘으로 번영하던 시절의 런던에서 가장 높은 건물을 전부 가져다 비좁은 공간에 풀어놓고, 토끼처럼 번식시킨 듯한 모습이다.

우리는 잿빛 돌벽으로 표시된 센트럴파크의 서쪽 경계에 도착해서 업타운 쪽으로 방향을 튼다. 동네의 명물인 들개들이 미각적 호기심을 품고 우리를 바라본다. 아직 관광객들이 헤집지 않은 눈밭은 은빛으로 반짝이고 있다. 폐허로 변한 섬 전체를 적막이 내리덮는다.

나는 함께 걸음을 옮기는 제퍼슨과 돈나를 관찰한다. 아무 말 없지만 다정한 느낌이다. 다시 하나가 되었는데도 그들 사이에는 모종의 느낌이 남아 있다. 지금까지 눈에 띈 명백한 것들을 말하는 게 아니다. 뭔가 유독한 감정, 내가 쐐기처럼 들어가 박힐 수 있는 틈새가 존재한다는 소리다.

나는 함께하는 두 사람의 모습이라는 불쾌한 광경에서 억지로 눈을 떼어 주변 건물들을 돌아본다. 한때는 흥미진진한 도시였을 것이다. 이런 좁은 공간에 그 많은 인간과 산업이 몰려 있었으니, 그 밀도만으로도 그렇게 칭할 만하다. 그러나 이제는 거석이 늘어선 무덤일 뿐이다. 나는 이곳에 오기로 한 끔찍한 결정을 다시 한 번 떠올린다. 100퍼센트 끔찍해서, 너무 처참해서 도리어 좋을 지경인 결정이었다.

물론 온전히 내 결정이었다는 소리는 아니다. 2년 전쯤, 내가 열여덟이라는 싱그러운 나이에 재건 위원회에 포섭되었을 때, 저들은 내가 흔히 말하는 '마지막 하나의 임무'를 수행하기 전까지는 우리 고귀하신 고용주들을 위해 영원히 물심부름이나 하게 되리라고 단언했다. 내가 늙은 심부름꾼 랍 노인이 되고, 훨씬 내밀한 곳까지 타협한 랍이 되고, 모든 영혼을 철저히 제거당하고 비참하고 지친 라빈드라나스 타고르 탄든이 될 때까지. 고향 땅에 있는 내 취급자인 웰시와 정보부 인간들은, 겉으로 보기에는 하나같이 경쾌하다. 그러나 매끄러운 외양과 퍼블릭 스쿨 억양의 대화 아래에는 정치적 광신도답게 상대방의 목을 죄는 강철의 손톱이 도사리고 있다. 저들은 내가 함께했던 온갖 괴짜나 여가 삼아 시위하는 작자들이나 기타 까탈스러운 저항 세력보다도 훨씬 자기네 신념에 몰두하고 있다. 겉으로는 세련되어 보일지 몰라도, 웰시와 그 부류는 위험한 짐승 같은 자들이다.

나는 주변의 아이들을 둘러본다. 호르몬을 공장처럼 뿜어내는 10대들이 중화기로 무장하고 있다. 제퍼슨과 돈나. 캐스와 그 꽁무니에 줄줄 붙어 다니는 꼬마 정신병자들. 문득 내가 완전히 잘못된 곳에 온 느낌이 든다.

젊은 라빈드라나스는 광신도가 아니다. 정직하고 겸손하고 부드러운 랍은, 파리 한 마리는 고사하고 그 끔찍한 파리들이 해치는 존재조차도 해치지 못한다. 언제나 특정한 원칙에 지나치게 얽매인 적이 없는 사람이다.

그렇다고 해서 내게 아무런 원칙도 없다는 소리는 아니다. 아니, 도리어 지나치게 원칙에 충실하다고 해야겠지. 당신들의 국민 시인인 휘트먼의 말을 인용하자면, "나 자신은 거대하고 수많은 면면을 품고 있으니." 나는 양면을 볼 줄 안다. 내게 삶이란 흑백이 아니다. 그렇다고 회색도 아니고. 삶이란 무지개이며, 다양한 윤리와 맥락으로 구성된 풍경을 비출 때마다 그 색과 강도가 변하는 존재일 뿐이다.

내가 이 난장판에 끼어든 건 다 재건 위원회에서 '정치적 안정'이라는 개념을 조금 고려해 봐도 되지 않겠느냐고 나를 설득했기 때문이다.

그래, 물론 저들이 나를 구속한 이후에 일어난 일이기는 했다. 내가 재건 위원회의 살생부 암호 파일을 와이파이 디스크에 내려받으려다 벌어진 일이었다.

나를 처음 만난 날, 웰시는 찻잔을 접시에 내려놓고 정부 지급품인 의자를 금속 탁자 쪽으로 끌어오며 이렇게 말했다. "내 마음속 일부는 기쁘게 생각하고 있다네. 배반이라는 트리니티의 전통이 굳건히 이어지는 셈이니 말일세. 전통의 영속이란 반가운 일 아니겠나. 하지만 상당히 작은 일부라는 점도 말해 두겠네. 라빈드라나스, 내 마음속 나머지 부분은 자네를 어떻게 처리할지를 고심하고 있거든."

그래, 어떻게 처리했을까? 저들은 내게 두 가지 선택을 제시했다. 여왕 폐하께서 제공하는 상당히 불편한 건물에 틀어박혀 한동안 숙식을 해결하든가, 아니면 재건 위원회를 위해 노동력을 제공하든가. 그래서 나는 필연적인 결정을 내렸다. 흔히 말하듯, 모든 것을 털어놓았다. 전향했다. 넘어갔다. 배신자가 되었다.

야유와 조롱은 이제 그만! 이걸 내 탓이라 할 수 있을까? 처음부터 나는 영웅의 재목이 아니었다. 나는 안락한 삶을 누리며 값진 것들을 누려 마땅한 사람이다. 희열의 꼭대기에 오른 여인의 얼굴이나, 지나치지 않고 적절한 정도의 음주나, 캠 강변에서의 온화한 저녁나절 같은 것들 말이다.

그래서 어느 운명적인 날, MI5에서 나를 담당하던 웰시는 내 적성에 딱 맞는 일거리를 가져왔다. 역병 구역에서 방금 날아와서 우리 땅에 도착한 미국인 소녀를 유혹하라는 지령이었다.

처음에는 그런 제안 자체가 충격이었다. 우리는 그 병의 치료제가 존재하지 않는다는 정보를, 아니 거짓 정보를 믿어 왔기 때문이다. 역병 구역 출입을 사형으로 처벌하는 것도 그 이유로 정당화되어 왔다. (정신 조종 능력을 지닌 원주민이 살던 탈로스IV 행성의 여행 금지령을 떠오르게 한다. 이 행성은 최초의 스타트렉 드라마 방송과 나중에 새로 찍은 에피소드에서 등장했는데, 처음에는 '우리', 다음에는 '동물원'이라는 제목으로 방영되었다.)

그래, 어쨌든 나는 지금 탈로스IV 행성의 지면에 착륙한 셈이다. 죽음과 멸망의 행성이다. 수백 군데의 불길에서 연기가 피어오른다. 시체를 먹는 새들이 하늘을 맴도는 모습이 반액 할인 기간의 롤러스케이트장을 떠오르게 한다.

좋은 소식이 있다면 재건 위원회의 용감무쌍한 과학자들이 그 병의 백신을 제작했을 뿐 아니라, 대재앙 이후의 뉴욕에 사는 거리의 부랑아들도 자기네 나름대로 치료제를 만들어 냈다는 것이다. 그리고 나쁜 소식은, 미국 인구의 상당수가 영국 당국을 완벽하게 거부한다는 것이다. 그저 충분한 시간을 들여 죽은 이들을 애도한 다음, 식민 성향을 발휘해서 과거의 신대륙에서 새롭게 시작하기를 원할 뿐인데 말이다.

따라서—내 임무는 그곳을 탈출한 말괄량이의 호의를 사는 일이었다. 그 아이는 가짜 신분을 들고 케임브리지의 트리니티 칼리지에 입학할 예정이었다. 내 임무는 그 사랑스러운 아이에게 들키지 않고서 친구 사이가 되고, 가능하면 농밀한 관계까지 된 다음, 알아낸 것들을 날 조종하는 인형술사에게 보고하는 것이었다.

돈나는 상당히 골치 아픈 임무 대상이었다. 타락천사처럼 비탄에 시달리면서도, 이제는 없는 자기 부족과 연인에게 충직하게 신의를 지키고 있었으니까. 그런 상황에서 내가 뭘 할 수 있었을까? 심지어 나조차도 그렇게 엉망으로 얽힌 매듭을 풀기는 쉽지 않았다.

나는 상급자들에게 하소연했고, 그들은 그녀를 완전히 홀로 만들어 나를 비탄의 망망대해에 남은 유일한 항구로 만들 방법을 생각해 냈다. 그녀의 친구들을 죽인 것이다. 정확하게 말하자면 돈나가 자기네 부족원들이 죽었다고 믿게 만든 거지만. 어차피 미합중국의 엉망인 상황을 고려하면 죽었을 확률이 높기도 했고. 어쨌든 돈나도 마침내 무너졌다. 그리고 아이러니하게도 나도 마땅한 벌을 받았다. 그녀의 깊고 순수한 고통을 마주하면서, 그녀의 고뇌를 바라보면서, 예기치 못하게 그녀에게 반해 버렸으니까.

바로 이것이 나의 당황스러운 고백이다. 이런 모든 일을 겪고 난 후인데도, 지금의 나는 애석하게도 돈나를 사랑하게 되었다는 사실을 인정할 수밖에 없는 것이다. 당연히 가망 없는 사랑일 것이다. 그녀는 내 모습이 연기였다는 사실을 상당히 힘들게 받아들였으니까.

힘들어? 힘든 건 격렬한 운동 같은 것들이지. 이건 좀 다른 문제다.

부디 불쌍한 랍을 조금이라도 애틋하게 여겨 줬으면 한다. 말쑥한 위장복 파카에서 깨진 유리창 조각을 털어 내면서, 이곳을 무사히 빠져나갈 방법을 생각하느라 애쓰고 있는 사람 아닌가. 내가 사랑에 빠질 줄 누가 알았겠는가? 지금껏 이런 사고에 대처할 방법은 전혀 배운 적도 없었는데.

그래서 지금 나는 탄탄대로에서 벗어나서, 화강암 벽 뒤의 진흙과 눈을 헤치고 기어가고 있다. 붙잡힌 아가씨들을 구해 낸다는 터무니없는 임무를 도우려고. 딱히 흥미 있는 아가씨들도 아닌데. 전혀 관계도 없고, 쓸모도 없고, 아마도 선머슴 같은 아가씨들일 텐데. 하지만 다른 도리가 없다. 나는 사랑에 빠져 버렸으니까.

그리고 나의 그녀는 다른 남자를 사랑하고 있다.

추적대는 잠시 휴식을 취하려 멈추고, 돈나와 제퍼슨은 서로의 곁을 맴도는 일을 아주 잠시 멈춘다. 그리고 돈나가 대화가 안 들릴 정도로 멀어지자마자, 나는 제퍼슨 쪽으로 슬쩍 다가선다.

"내 이름은 랍이야." 나는 이렇게 말하며 손을 내민다.

제퍼슨은 내 손을 보더니 웃음을 머금는다. 마치 내가 깃털 모자를 허공에서 빙 돌리면서 고개가 땅에 닿을 정도로 깊숙이 절하기라도 한 것 같다. 그는 지저분하고 못 박힌 손으로 내 손을 붙든다.

"나도 알아. 돈나의 친구지."

딱히 도발하려고 '친구'라고 말한 건 아니겠지. 하지만 어쩔 수 없이 경계하게 된다.

"여기 제법 괜찮은 동네인데." 나는 악취를 풍기는 도시의 폐허를 손짓하며 말한다.

"그렇게 생각해?"

"아니, 미안. 반어법으로 말한 거야."

"그럴 줄 알았지. 한때는 괜찮은 동네였어." 우리는 잠시 걸음을 옮긴다. 왼쪽에는 벽이 솟아 있고, 땅은 울퉁불퉁하게 이어진다. 돈나는 미심쩍은 표정으로 이쪽을 보고 있지만, 대화에 어울리고 싶지는 않은 것 같다. "예전에 영국에 갔던 적이 있어. 형하고 내가 어렸을 적에."

"뭘 봤어? 근위병 교대식? 마담 투소?"

그는 고개를 젓는다. "존 소언 박물관에 갔어. 브릭 레인. 클라큰웰." 심지어 '클라큰웰'도 제대로 발음하잖아. 그는 어깨를 으쓱하고 말을 잇는다. "부모님이 좀 괴짜셨거든. 솔트비프 베이글은 마음에 들더라."

애를 정말로 싫어하고 싶기는 한데, 쉽지가 않군.

"어쨌든, 돈나를 도와줘서 고마워. 정말로…… 특별한 애거든. 그렇지 않아?"

뭔가 영리하고 기를 꺾을 수 있는 말을 하고 싶다. 그러나 내 입에서 나오는 말은 "그렇지."뿐이다.

그는 가방을 뒤지더니, 권총을 꺼내 내게 건넨다.

"이 동네는 위험해. 무장 없이 돌아다니면 곤란할 거야." 그는 이렇게 말하며, 손을 저어 내 항의를 물리친다. "됐어, 나는 많으니까. 일이 다 끝나면 돌려주기나 해."

"이게 언제 다 끝나는데?"

"나도 모르지."

나는 총을 바라본다. 웨이크필드를 비롯한 '우리 편'의 다른 사람들은 총을 줄 정도로 나를 신뢰하지 않았다. 그리고 지금 자기 총을 건네는 이 남자애를 내 손으로 죽이기를 원한다.

내가 받은 명령이 그거였다. 나 또는 내 동료들이 피해를 입지 않는 한도 내에서, 무슨 수를 써서라도 풋볼이 가지는 핵무기 투사 능력을 무력화시키거나, 그 임무에 실패하는 경우 발사 암호의 모든 사본을 제거할 것. 여기에는 내가 만나는 모든 이들의 기억도 포함된다. 물론 나도 그 진의는 알고 있었다. 풋볼과 아주 잠시라도 접촉한 모든 사람을 죽이라는 명령이다. 누구든 암호를 암기할 수 있었을 테니까. 따라서 돈나의 젊은 연인 제퍼슨도 단두대에 올라 있는 셈이다. 어쩌면 돈나가 안 보는 데서 처리할 시간과 장소가 있었다면 웨이크필드가 집행했을지도 모른다. 아니, 그냥 공적인 손에는 피를 묻히기 싫었을 수도 있고. 원래 그런 작자들이니까.

내가 할 수 있을까? 이 정도면 내 경험의 영역에서는 한참 벗어난 일이지만, 본부에 머물면서 작고 귀여운 단검을 사용해 상대방을 빠르고 고통 없이 보내는 방법을 배우기는 했다. 마지막 부분은 그들의 주장일 뿐이고, 확인할 수는 없었지만. 내가 받은 무기는 편지 봉투를 뜯을 때 사용하는 나이프와 똑같이 생겼는데, 단면이 삼각형이라는 점이 다를 뿐이다. 아마 찔린 자리에서 출혈이 멈추지 않도록 고안한 물건일 것이다. 육체적으로는 충분히 가능한 일이다. 하지만 도덕적으로는?

이 아이를 싫어해야 마땅하다는 사실은 알고 있지만, 제퍼슨에게도 나름의 명분이 있다. 내가 여름을 겨냥한 대자본 블록버스터 영화라 친다면, 제퍼슨은 그에 맞설 능력을 갖춘 훌륭한 독립 영화 같은 아이다. 나와 같은 건물에 사는 사이였다면 내 단짝 자리에 완벽한 적임자였을 것이다. 어쩌면 내 미숙함을 본능적으로 알아차릴 정도로 현명한 일부 여자애들이, 내가 곤경에 처한 상황을 목격하여 확신하고는 대신 그에게 접근했을지도 모른다.

그리고 당신이 옳고 그름에 대해 집착하는 부류라면, 나는 제퍼슨이 수많은 일에서 '옳은 방식으로' 처신했음을 지적하고 싶다. 물론 그렇다고 해도 내 파우스트적이며 제임스 본드적인 살인 계약에 윤리적 하자가 발생하는 것은 아니다.

그런데 이제 내 목표물이어야 하는 아이가 나한테 그 행위에 필요한 도구를 건네고 있다. 감정적 측면에서 유용한 상황은 아니다. 시간과 상황에 따라 그를 죽이게 될지도 모르지만, 지금 당장은 영 내키지가 않는다. 갈수록 그가 마음에 들기 때문이라는 이유도 있다. 차인 남자가 연적을 살해한 것으로는 보이고 싶지 않다는 이유도 있지만.

제퍼슨은 다시 돈나 곁으로 붙고, 나는 시선을 돌릴 곳을 찾는다. 무너진 건물이 늘어서 있는 고요한 거리를 훑어보면서, 센트럴파크를 메운 백색의 황야를 바라보면서, 나는 그 모든 것을 뚫고 다시 돈나의 정신 속으로, 어쩌면 돈나의 마음속으로 돌아갈 수 있는 길을 가늠해 본다. 고색창연하지만 훌륭한 킹 제임스 성경의 구절을 빌자면, 지금 이곳의 나는 '뒤틀린 황폐함'의 구렁텅이에 빠진 셈이니까.

그러나 이곳의 산과 언덕은, 아니 고층 건물과 마천루는, 아직 그 허리를 낮추지 않았다. 화염과 폭풍과 야만스러운 10대들의 파괴 행각에 살짝 상처 입었을 뿐이다. 재건 위원회에서는 이곳의 모든 주택과 아파트와 사무실을 되찾기를 원한다. 그 모든 것을, 나라 전체를 손에 넣어서 석유와 강철과 기타 빨아먹을 수 있는 것을 다 빼내려 한다. 내가 보기에는 신성 모독에 가까운 일이다. 물론 신성 모독 따위를 겁낸 적은 한 번도 없기는 하다. 하지만 이곳에 얼마나 많은 망령이 살고 있을까? 도시 전체가 유령의 집이나 다름없는 곳인데.

우리는 귀를 쫑긋 세운 채로 센트럴파크 웨스트라는 거리를 따라 전진한다. 상상력이 부족한 이름이다. 무엇을 주의해야 할지 알지도 못하는 나는 시간을 죽이며 캐스라는 아이를 생각한다. 꼬마 금발 하수인 둘을 매달고 다니는 터무니없이 아름다운 금발 여자애 말이다. 과거의 어린 랍은 저런 매력적인 여자를 만나면 오붓한 시간을 보내려고 모든 에너지와 기술을 남용했을 것이다. 그러나 지금은 놀랍게도 아무런 흥미가 일지 않는다. 개념의 뼈대는 변하지 않았다. 그녀가 얼마나 매력적인지도 이해하고, 신체의 굴곡과 부피와 빈 공간도 내가 잘 기억하는 언어로 말을 걸어 온다. 그러나 본능적인 추진력은 사라져 버렸다.

나는 오직 돈나만을 갈망한다. 그녀의 검은 눈, 높은 콧대, 늘씬하고 작은 발에 이르기까지. 하지만 그 안에 들어 있는 것들은 더욱 매력적이다. 그녀의 웃음. 그녀의 생각. 정신. 영혼. 내 온갖 재능이 가장 필요한 단 한 가지에만 미치지 못하다니 참으로 끔찍한 일이다. 세상의 온갖 문을 열 수 있으면서도 내가 지나가야 하는 단 하나의 문만은 열지 못하는 만능열쇠가 된 듯한 기분이다.

그만, 내 영혼이여. 그런 생각은 덮어 두자. 지금은 살해당하지 않는 일에 집중하는 편이 나을 것이다.

적당히 따로 떨어져 있는 거대한 신 고전주의풍 건물이 눈에 들어온다. 앞서 들은 박물관이 분명하다. 영국에 있는 비슷한 박물관처럼 다양한 공룡 해골과 박제한 야생 동물과 네안데르탈인의 가정생활 모형이 있겠지.

그리고 우리의 정보가 옳다면, 현대판 노예 시장도 있을 것이다. 정말 매력적이군.

우리는 공원의 담장에 몸을 숨긴 채 전진하면서 잠시 잡담을 나눈다. 제퍼슨이 입을 연다. "캐스, 이제 아는 걸 전부 말해 줬으면 좋겠어."

"나도 자세히는 몰라. 가 본 적이 없거든. 그러니까, 나한테도 나만의 문제가 있었잖아? 진심으로 알고 싶지 않았다고."

돈나는 말한다. "너는 괜찮게 지내고 있었으니까, 다른 사람에게 무슨 일이 일어나는지는 신경 안 썼다는 이야기지."

캐스는 반박할 것 같은 표정을 짓다가, 그냥 이렇게만 대꾸한다. "그래, 그런 셈이네."

그녀는 아는 것을 전부 털어놓는다. 맨해튼 서부를, 따라서 박물관을 지배하는 부족의 이름은 오리지널 갱스터다. 랩과 정형화된 흑인 영화들이 떠오르는 이름이지만, 사실 OG 애들은 백인이다. 업타우너들은 평화를 유지하기 위해 OG에게 노예 시장의 관할권을 넘겼다. 가장 가까운 적인 할렘 부족을 상대해야 했기 때문이다. 그리고 할렘 부족은 진짜 흑인, 여기 말로 하면 아프리카계 미국인이다. 업타우너들은 휘발유와 식량 시장을 장악하고 있다. 거주지는 그리 문제가 되지 않아 보인다. 수천 채의 단독 주택과 아파트가 빈 채로 남아 있기 때문이다. 하지만 집만 있다고 겨울을 날 수 있는 것은 아니다.

문득 의문이 하나 떠오른다. "그래서— 이건 좀 순진한 질문일지도 모르는데, 여기서 노예를 정확히 어떤 일에 사용하는 거야? 여기서 목화를 재배하거나 하는 사람은 없을 거 아냐?"

문득 침묵이 흐른다. 어쩌면 잘못된 질문을 한 것일지도 모르겠다. 나는 미국의 노예 제도가 어떤 식으로 현재 사람들과 상호 작용하는지 세세한 내용은 모른다. 그저 대부분의 미국인이 그 이야기를 피하려 한다는 정도만 알 뿐이다. 물론 영국도 모든 면에서 연루되어 있긴 하다. 인간을 화물처럼 지구촌 이곳저곳으로 실어 나르며 행복하게 이득을 챙겨 갔으니까. 적어도 채산이 맞지 않게 될 때까지는. 그렇지만─

"일을 시키는 게 아냐." 캐스가 말한다.

"그러면……."

"섹스야. 강간이라고."

캐스는 내 표정에서 충격을 읽어 냈는지 웃음을 터트린다.

"아, 정말. 설마 놀란 거야?"

"놀랐냐고?" 나는 곰곰 생각한다. "아니, 놀라지는 않은 것 같아. 역겨울 뿐이지."

캐스는 '프프프풋!'과 비슷한 소리를 낸다. 아마도 자신의 회의적인 태도를 표현하는 듯하다.

"꼭 너라면 안 그랬을 것처럼 말하네. 너희 사립 학교 등신들은 다 똑같거든."

캐스 또한 경험으로 알고 있는 듯하다. 말이 되는 소리다. 쿠시벨 리조트의 애프리 스키 축제장 느낌이 나니까. 전용 제트기를 타고 다니는 사람의 분위기다.

"젊은 숙녀분, 내가 가장 진화한 축에 드는 남성은 아닐지 몰라도, 적어도 동의가 없이는 도저히 기분이 안 나기는 하거든. 그게 없으면 우린 그냥 짐승일 뿐이니까."

하얗게 불타는 분노나, 아니면 적어도 황백색의 분노는 아닐지 몰라도, 멋들어진 황갈색의 분노가 나를 사로잡는다. 그리고 총을 들고 저 박물관에 들어가면, 이후 이어질 덜 정당한 살인의 예행 연습 기회를 얻게 되리라는 생각을 한다.

우리는 벽을 따라 조심스레 전진하다가 박물관 입구 계단이 보이는 위치에서 발을 멈춘다. 총을 든 남자애들이 한 무리 몰려 있다. 나는 정부 지급품 망원경을 꺼내서 보초들을 살핀다. 좋았던 옛 시절에 정문 현관 위에서 학생들을 매혹하고 퇴치하던 커다란 거미 모형 아래에는, 흥미롭게도 누더기 로브를 걸친 보초들이 얼쩡거리고 있다. 더 괴상한 점은 여전히 젊고 콜라겐이 풍부한 얼굴 아래로 길게 턱수염을 기르고 있다는 것이다. 마치 IS가 주제인 수상쩍은 가장 무도회에 가는 것처럼 보인다. 그런 짓을 했다가는 나중에 공개적으로 사과하게 되는 법인데.

"정면으로 뚫고 들어갔다 퇴각하기에는 화력이 부족해." 제퍼슨이 말한다.

"잘됐네. 나는 초대받지 않은 장소에는 가고 싶지 않거든. 특히 총에 맞을 수도 있는 곳에는."

그러니까 수염은 가짜라도 총은 분명 진짜라는 소리다. 물론 '그 병'이 덮치기 전의 이 나라에 모든 남자와 여자와 아이들이 하나씩 들 수 있을 정도의 총이 있었다는 점을 생각하면 놀라운 일은 아니다. 이 나라가 어쩌다 그런 괴상한 상황에 이르렀는지는 100퍼센트 확신하기는 힘들다. 아마 거슬러 올라가면 전부 우리 영국인들의 문제였겠지. 과도하게 무장한 포악한 농부들한테 신나게 얻어맞았으니까. 동네의 모든 사람과 골골거리는 제베디야 삼촌까지 화승총을 들고 나선 덕분에 데뷔한 나라 출신이라면, 총이라는 물건을 높이 쳐 주는 것도 당연한 일일 것이다.

인간의 예속에도 같은 논리가 적용된다. 현대의 혁신적인 기술 국가인 인도에서도 수백만의 인간이 예속되어 있다. 잘못된 카스트로 태어났다는 끔찍하고 용서받지 못할 원죄 때문에 노동이나 범죄에 묶여 있는 것이다. 이론적으로는 19세기에 노예 제도를 청산한 영국인들은 그저 그 이름만 바꾸었을 뿐이다. 나는 그 사실을 아주 잘 알고 있다. 우리 가문은 제국의 크고 작은 사회 기반을 담당하는 관료이자 행정가, 인도의 진정한 톰 아저씨들이었으니까. 덕분에 나는 다른 여러 조상님들처럼 이튼과 케임브리지에 들어갈 수 있었다.

좋아, 랍, 아주 섬세하게 자신의 도덕적 위치를 포장해 냈잖아? 앞으로 닥칠 고난의 세월에도 그걸 끌어모아 뻣뻣하게 버텨 보자고.

"다시 말해 줄래?" 나는 말한다. 제대로 듣고 있지 않았기 때문이다.

돈나는 짜증난 표정이다. "그러니까 저기 들어갈 다른 방법을 생각해야 한다고 했어."

"정말로 그래야 해?" 이 시점에서 물어볼 만한 질문이다.

돈나가 대꾸한다. "너야 이해 못 하겠지. 너희 부족이 아니니까." 혐오조차 아닌 무심하기만 한 시선이 내 뱃속을 헤집는 듯하다.

나는 말한다. "좋아, 그럼 속임수를 쓰는 게 어때? 츄바카 작전을 쓰는 건? 가짜 죄수를 호송하는 식으로?"

"그건 통할지도 모르겠는데." 제퍼슨이 말한다.

"그래, 그런데 널 알아볼 사람이 없으리라고는 확신할 수 없지. 너는 공공의 적 1호니까." 돈나는 제퍼슨을 향해 미소를 짓는다. 빌어먹을.

"내가 가겠어." 나는 문득 이렇게 말하고는 즉시 후회한다. 솔직히 조금 지나친 행동이다. 영웅적인 위업으로 돈나를 감탄시켜 봤자, 그 와중에 목숨을 잃는다면 무슨 소용일까. 나는 살아서 노동의 결실을 즐기고 싶다. 나는 누군가 등장해서 '아니, 이건 네 싸움이 아니야!'라고 말해 주기를 간절히 바란다.

그러나 나서는 사람이 없다. 대신 캐스가 "그럼 내가 츄바카 할게."라고 말한다.

"안 돼요, 엄마! 우리랑 있어요!" 그림자처럼 붙어 있던 금발 꼬마들이 소리친다.

돈나가 말한다. "우리 부족이잖아. 내가 가겠어."

"네가?" 캐스가 코웃음을 친다. "비꼴 생각은 없는데, 너랑 나랑 어느 쪽이 상품으로 인기가 좋을 것 같아?"

캐스의 논조는 지금껏 내가 본 중에서도 가장 비뚤어진 부류지만, 그래도 틀린 소리는 아닐 듯하다. 아마빛 머리카락과 발그레한 볼이 어딜 봐도 하렘의 일원으로 딱 들어맞는 모습이니까. 그렇다고는 해도 돌발 행동을 일삼는 사람은 위험하다. 물론 다른 꿍꿍이도 있지만.

"돈나가 가야 해." 내가 말한다.

다른 아이들이 나를 바라본다. 나는 그들을 바라보며 생각한다. 그래, 나도 제멋대로 결정을 내릴 줄은 안다고.

"돈나네 부족이고, 내 목이 걸려 있잖아. 그러니까 돈나가 나하고 함께 가야지."

어쩌면 일이 잘못 돌아가서, 돈나를 겨누는 석궁살 앞에 몸을 던질 기회가 올지도 모른다. 그래서 눈에 잘 띄면서도 쉽게 회복할 수 있는 상처를 얻을지도 모른다. 돈나의 어여쁜 손길이 붕대를 감아 줄지도 모르는 일이고. 그렇게 된다면 여론의 바늘도 내 쪽으로 기울어질 것이다.

그러나 돈나는 별로 내키는 기색이 아니다. 나와 그녀 사이에 일종의 동반자 관계가 형성된다는 뜻이니까.

그렇다고 대놓고 반대하지도 않는다. 이건 돈나가 나와 함께 침대에 드는 사이였다는 점을 제퍼슨에게 아직 털어놓지 않았다는 소리다. 내 입장에서는 나중에 말다툼에서 써먹을 용도로 아껴 둔 것이었으면 좋겠다. 그 이야기를 꺼내서 빌어먹을 재회의 기쁨을 망칠 수 없다는 단순한 이유였을 가능성이 더 크겠지만.

뭐, 그렇다고 해서 암시를 슬쩍 던지면 안 되는 건 아니잖아?

나는 경험해 봐서 안다는 느낌을 슬쩍 섞어서 말한다. "그리고 내 의견을 말하자면, 돈나도 충분히 매력적인 사람이거든."

돈나는 철저히 경멸하는 표정으로 나를 바라본다. 어쩔 수 없지. 오믈렛을 만들려면 달걀을 휘저어야 하는 법이니까.

제퍼슨은 딱히 대꾸하지 않는다. 아무래도 허세가 나름의 효과를 낸 듯하다.

그래서 우리는 벽을 넘어서, 포석이 깔린 공원 옆길을 따라 걷다가, 거리를 건너 웅장한 계단과 현관 앞으로 다가선다. 수염을 매단 소년들이 영화 속 총잡이처럼 차분하게 방아쇠를 매만지며 무심히 우리를 바라본다. 돈나는 케이블 타이로 헐겁게 묶인 채 고개를 숙이고 끌려 온다. 보초들이 내게 말을 건다.

"경매는 일요일이야." 한 명이 말한다. 그리고 나는 저 외모의 정체가, 애써 기른 솜털 수염에 붙임 머리를 덧대어 진짜 수염처럼 보이려고 애쓴 결과물이라는 사실을 깨닫는다.

나는 웃음을 터트리고 싶은 욕구를 애써 억누르며 속으로 생각한다. 랍, 네가 뭐라고 여기 젊은 신사분의 수염 스타일을 무시하려 드는 거야? 얘도 똑같은 사람이니, 다른 모두와 마찬가지로 다름의 가치를 존중받아야 하지 않겠어? 게다가 칼라시니코프를 들고 있는 사람 앞에서는 웃으면 안 되는 법이라고.

그의 동료들도 마찬가지로 수염을 붙이고 있다. 힙스터보다는 극단주의자 쪽에 가까워 보이지만. 문득 나는 뭔가 수상쩍은 낌새를 알아챈다. 아이들의 목에서 온갖 금속 도형들이 부적처럼 짤랑거리고 있다. 십자가에, 다비드의 별에, 초승달에. 마치 '그 병'이 터지기 전에 런던에서 유행하던 '공존'을 외치던 범퍼 스티커 같다. 흥미로운 일이다.

어쨌든 나는 돈나가 저 부랑자들의 말에 반응하지 않으리라는 사실을 깨닫는다. 돈나의 역할은 주눅 들고 억압된 희생양이니까. 그래서 나는 말한다. "그래, 나도 알아. 경쟁 상품이 어떤지를 확인하려고 조금 일찍 왔지. 값을 얼마나 받을지 알고 싶거든."

"말투가 좀 이상한데." 다른 꼬맹이 노예 상인이 말한다. 그러는 저 자식은 말투가 상당히 느끼한 편이다. 콧구멍에 클라리넷 끄트머리를 밀어넣고 콧바람으로 말하면 날 법한 소리다. 하지만 지금은 외교적 수사가 필요한 때다.

"뉴저지에서 왔거든." 들은 바에 의하면, 뉴욕에서는 이렇게 말하면 모든 종류의 변칙 행위를 납득시킬 수 있다고 한다.

그리고 실제로 먹혀든다. 이 역겨운 놈들은 뉴저지에서 유행하는 취미나 유명한 지형지물을 묻는 대신 교양인스럽게 답하는 편을 택한다. 물론 〈소프라노스〉를 접한 나는 뉴저지 사람들이 시체를 유기하고 모짜렐라 치즈를 질겅거리며 돌아다니는 작자들이라는 사실을 잘 알고 있다.

"뉴저지 쪽 계집들은 수준이 어때?" 보초 하나가 묻는다.

"직접 보라고." 나는 이렇게 말하며, 손으로 돈나의 턱을 잡고 위로 올린다. 그녀의 눈빛에 아주 잠깐 스쳤던 증오가 진짜인지 연기인지 판별할 수가 없다. 연기라면 아주 뛰어난 것은 분명하다. 그러나 그녀도 내가 설득력과 일관성을 위해 이런 짓을 벌인다는 정도는 이해하고 있을 것이다. 어쩌면 내 능숙한 거짓말 때문에 과거의 사소한 잘못이 떠오른 걸지도 모르지만.

수염 소년들은 돈나를 슬쩍 위아래로 훑어본다. 모든 사회적 제약을 벗어던진 수컷의 시선이다.

"얼마야? 우리가 거둬 가서 처리해 줄 수도 있는데."

"흐으음. 시장의 가격 결정력 쪽을 믿는 편이 나을 것 같아서."

"그럼 한 시간만 빌려주는 건 어때?"

능숙하고 매끄러운 거짓말쟁이인 나조차도 이 질문에는 잠시 머뭇거리며 분노를 삼키게 된다.

"제안은 고마운데, 내 상품을 최상의 상태로 유지하고 싶어서. 게다가 그쪽은 조금 거칠어 보이거든."

그들은 웃음을 터트린다. 가장 가까운 놈이 손을 들어 주먹 인사를 청하고, 나는 끔찍한 수치심 속에서 그 인사를 받아들인다. 그리고 머릿속으로 그 손의 그래픽 렌더링 영상을 만들어서, 그대로 터져서 붉은 안개를 남기는 모습을 그려 본다.

"그럼 들어가라고, 형씨."

돈나와 나는 계단 쪽으로 향한다. 그녀는 나를 슬쩍 돌아보며 소리를 낮춰 말한다. "저 새끼들을 하나도 안 남기고 전부 죽여 버리겠어."

나는 순간 깜짝 놀란다. 소파에 나란히 앉아서 역성어와 민간 어원의 차이에 대해 설명하던 돈나와는 너무도 다른 모습이었기 때문이다.

"그거 끔찍하게 싫다는 의미의 관용구인 거야, 아니면 진짜로 죽이겠다는 소리야?"

그녀가 나를 바라보는 눈빛을 보니 잘못 알아들을 구석이 없다.

나는 돈나를 위해 문을 열어 준다. 물론 내가 신사기도 하지만, 돈나가 팔을 뒤로 돌려서 묶여 있기도 해서. 우리는 널찍한 로비로 들어선다. 전면을 대리석으로 두른 공간이 19세기 미국인의 열등의식을 잘 드러내 보인다. 온통 터무니없이 사치스럽고 허세만 가득하다. 다른 끔찍한 수염 소년 하나가 과거 매표소였던 곳에 발을 올리고 앉아 있다. 학생과 고령자에게는 할인도 제공된단다.

수염 소년은 멍한 눈으로 우리를 바라본다. 초능력을 주는 물건을 피우고 있었던 모양이다. 이 장소 전체에 그 냄새가 자욱하다. 그는 돈나에게 추파를 던질 수 있을 정도로 잠시 몸을 일으켜 앉다가, 곧 손을 흔들어 우리를 들여보낸다.

우리는 어젯밤 광란의 파티를 즐기고 아직도 잠들어 있는 전사들을 지나쳐 대기실로 향한다. 전부 똑같은 수염을 달고 있다. 때론 떨어져 나온 붙임 수염 조각과 애들 연극 수준의 장난감 수염이 벗어 던진 옷가지처럼 옆에 떨어져 있는 모습도 보인다.

그리고 우리는 높은 아치를 통과해서 상당히 웅장한 중앙 홀에 들어선다. 나름 종교적인 분위기를 풍기는 이 공간에는 브론토사우루스(그래, 너희 공룡 힙스터들은 아파토사우루스라고 부르겠지)와 친애하는 T. 렉스가 기다리고 있다. 모두가 좋아하는 사나운 육식 공룡 말이다.

과거에 나는 정말로 저 공룡을 좋아했다. 사납고 난폭하고 자기 식욕 외에는 무엇에도 신경을 쓰지 않는, 어린 시절의 나와 같은 공룡이었으니까. 채식을 강요받아서일까, 나는 언제나 육식동물을 좋아했다. 콜카타에 있는 우리 가족의 집에서 (사실은 복합 건물이나 다름없었지만) 나는 낡은 제니스 텔레비전으로 자연 다큐멘터리 프로그램을 보는 걸 즐겼다. 엄마는 내가 동물에게 공감하는 아이라고 생각하며, 그게 내 영적인 깊이와 성장을 반영하는 것이라고 여기셨다. 나는 엄마에게 내가 그런 프로그램을 좋아하는 진짜 이유를 털어놓지 않았다. 나는 그것들을 지켜보며 사회 계약을 재구성하고 있었던 것이다. 이웃을 간식처럼 주워 먹고, 누나를 제거하고, 모든 여성의 관심을 한데 모으고……. 그런 모든 가능성이 다섯 살 유아론자에게는 매력적으로 보였으니까.

멀리서 소음이 들려온다. 통로의 벽돌 바닥에 잦아들고 되울리면서. 문득 "먹이 주는 시간이다!" 비슷한 소리가 들린 것 같다.

설마 진짜로 그런 뜻은 아니겠지?

"방금 그거 들었어?" 나는 돈나에게 묻는다.

돈나는 나하고 말하고 싶지 않은 모양이다. "그래."

"뭐라고 하는 것 같아?"

"먹이 주는 시간." 뒤이어 "가서 확인하자."

"나도 조금 배가 고픈 것 같은데."

 돈나

소리를 향해 걸음을 옮기다 보니, 우리는 아치형 천장 아래의 커다란 홀로 나서게 됐어. 천장의 유리창에서 칙칙한 푸른 빛이 들어오기 때문 인지 마치 커다란 허파 같은 느낌이야. 군데군데 이가 빠진 창문 때문에 비현실적인 풍경이 되네. 서까래에 매달린 실물 크기의 대왕고래 주변 으로 눈이 내리고 있거든. 30미터는 되어 보이는 거대한 고래의 몸이 방 의 끝에서 끝까지 가득 채우고 있고, 아래로 기울어진 턱은 우리를 향하고 있어.

벽면에는 큼직한 전망창처럼 거대한 수족관 수조 같은 것들을 일렬로 배치해 놓았어. 한때는 안쪽에 조명을 비추어 두었겠지만, 지금은 어둡 고 불길해 보이기만 하네.

랍과 나는 가장 가까운 쪽으로 접근해. 얘는 내 손목을 붙든 채야. 나 를 여기다 팔아넘기려 한다는 위장을 유지하고 싶은 거지. 얘의 피부가 내 피부에 맞닿을 때마다 찌릿한 느낌이 들어. 짜증 때문인지 끌리기 때 문인지는 알 수 없지만. 내 감정의 나침반은 완전히 엉망이 되어 버려서, 마치 북극점에 놓은 자침처럼 사랑과 증오 사이를 오락가락하고 있거든.

플렉시글라스의 물속에서 헤엄치다 얼어붙은 돌고래 무리가 보여. 참다랑어는 도망치고 있고, 하늘에는 갈매기들이 머물면서 음식 찌꺼기를 노리고. 뒤편으로는 칵테일 색으로 낙조를 그려 놓았어. 아마 예전에는 상당히 매력적인 디오라마였겠지만, 이제는 바다의 딱딱한 수면에 쓰레기가 널려 있고, 새 한 마리는 투명한 지지대에서 반쯤 떨어져서 어색하게 걸려 있네.

가짜 석양을 바라보고 있는데, 문득 디스플레이 뒤편에서 움직이는 것이 보여.

건너편 구석에 웅크린 채로 빛을 피하려 애쓰는 뭔가가 있어. 계속 바라보니 이윽고 눈이 어둠에 적응되고, 내 눈에는—

"이런 세상에." 랍이 말해.

여자애들이 한데 웅크리고 있어. 반쯤 헐벗은 채로, 한 무리의 청개구리처럼 서로 몸을 맞대어 온기를 찾고 있어. 땟국물이 흐르는 얼굴에서 정처 없이 흔들리는 사냥감의 눈이 밖을 내다봐. 나는 우리 부족원을 찾으려 애쓰지만, 안이 너무 어두워. 저런 어둠 속에서 겁에 질리고 핼쑥한 얼굴을 알아볼 수는 없어.

디스플레이 위편에 네모나게 뚫어 놓은 구멍에서 쓰레기 덩어리가 떨어져 내려. 그리고 그대로 해수면 위로 떨어져서, 멈춰 있는 돌고래에 튕겨서 바닥으로 떨어져.

그리고 여자애들은 먹을 것을 찾아서 비척이며 앞으로 기어 나와.

남자애 목소리: "나는 먹이 주는 시간이 좋더라."

몸을 돌리니 테이프로 이어 붙인 안경을 쓴 남자애가 있어. 랍에게 말을 걸면서, 가끔 내 가슴을 힐끔거리고 있네.

남자애: "먹이 주는 시간에나 가까이서 제대로 볼 수 있거든."

나머지 애들처럼 수염을 달고 있지만 놀랍도록 쾌활한 투야.

랍: "건강에는 별로 안 좋을 것 같은데."

남자애: "뭐, 솔직히, 요즘 제대로 먹고 사는 사람이 누가 있어?"

그는 옆걸음으로 전시장 쪽으로 다가와서 여자애들을 힐끔거리더니 창을 두드려.

그리고 곁눈질로 나를 바라봐. 아마 내 역겨워하는 표정을 걱정으로 착각한 것 같아.

남자애: "아, 걱정 마. 일요일에 경매가 있으니까. 여기서 그리 오래 지내지 않아도 될 거야. 너처럼 예쁘장한 년은."

나는 랍을 바라봐.

나: "애도야."

랍은 고개를 끄덕여. 소년은 당황한 얼굴이야.

남자애: "방금 무슨 소리 한 거야?"

랍: "한 가지만 알려 줄 수 있어?" 그는 소년의 배까지 늘어지게 매달린 초승달, 십자가, 별을 가리키며 물어. "이거 말이야. 상징물들. 이건 무슨 의미야? 내 무지는 용서해 주면 좋겠는데. 뉴저지에서 여기까지 온 참이거든."

남자애(웃으며): "아, 이거. 이건 펀더먼츠야."

랍: "그게 뭔데?"

남자애: "여기서 우리가 믿는 신앙이지. 펀더먼츠. 근원 신앙. 생각해봐. 사람들은 신앙 때문에 서로를 증오하느라 시간을 낭비했잖아. 우리는 세계의 모든 종교가 가지는 근본적인 유사성을 발견해야 한다고 생각했다고."

랍: "뭐야, 평화나, 이웃 사랑이나, 자비나, 그런 것들?"

남자애: "아니, 그거 말고. 남성의 우월성을 말하는 거야."

랍: "아하."

뱃속에 구멍이 뚫린 것 같아. 폭력으로 이 구멍을 메우고 싶네.

남자애: "평화와 사랑과 자비가 우리에게 무슨 도움이 됐는데?"

랍: "삶의 의미나 뭐 그런 걸 줬던 것 같은데."

남자애: "그럴 리가. 우리를 연약하게 만들었지. 덕분에 우리가 이 꼴이 된 거고."

랍: "누군가 살인 바이러스를 풀어서 우리가 이 꼴이 된 줄 알았는데."

남자애: "그래. 하지만 그게 왜겠어? 우리 적들을 절멸시키지 않았기 때문이라고. 놈들을 완전히 제거했다면 바이러스를 풀 상대도, 우리에게 바이러스를 풀 자들도 존재하지 않았을 거야. 우리는 펀더먼츠로 모든 민족을 하나로 묶은 거지."

랍: "하나로 묶지 못한 사람들만 빼고 말이지."

그 애는 어깨를 으쓱해.

남자애: "시간이 필요하겠지." 손목시계도 없는데 시계 보는 시늉을 하더니, 그 아이는 이렇게 말해. "그럼 가 봐야겠어. 하지만 또 보게 될

거야. 그거 때문에라도 경매장에 들를 테니까."

나를 말하는 거지.

나도 정말로 다시 만나고 싶네.

랍: "고마워."

나는 어슬렁거리며 자리를 뜨는 소년을 눈으로 좇다가, 다른 수염 붙인 불량배 한 무리와 합류하는 모습을 지켜봐.

랍: "그럼 여길 나가자."

나: "아직 안 돼. 우리 부족 애들을 못 찾았다고."

랍: "무슨 상관이야? 여기 병력이 얼마나 많은지 보라고." 그는 위쪽 복도를 향해 고갯짓을 해. 총을 든 노예 상인들이 갈수록 많이 몰려드는 모습이 보여. "여기 사람들은 정신병자야. 무장도 했고. 우리가 감당할 수 있는 이상이라고."

겁쟁이라는 이유로 랍을 증오하고 싶지만, 문제는 애 말이 옳다는 거야. 이곳을 박살 내려면 상당한 화력이 필요할 테니까. 하지만 애한테 동의할 기분이 아니네.

나: "어차피 다 알고 왔잖아?" 나는 줄지어 늘어선 전시장을 따라 걸어. 그중 하나에서는 향유고래가 대왕오징어와 싸우고 있어. 다른 하나에는 얼음 조각 위에 바다코끼리 가족이 올라앉아 있고.

그러다 나는 걸음을 멈춰. 그리고 지저분한 유리창 쪽으로 천천히 걸음을 옮겨.

안에 있는 벌거벗은 여자 한 명이 위를 올려다보더니 먹던 손을 멈춰. 그리고 유리창 쪽으로 기어와.

유리창 너머에서 끔찍하게 쉰 목소리가 들려와. 캐롤린이야. 우리 부족민이야. 아름다운 머리카락은 떡져 있고, 볼은 움푹 들어가 버렸어. 달콤한 목소리도 망가져 버렸고.

캐롤린: "돈나! 돈나!"

나는 고개를 저으며 조용히 하라고 말해. 그러나 캐롤린은 말을 멈추지 않아. 계속 울부짖으며 손바닥으로 유리창을 때리기만 해.

캐롤린: "너도 잡혔구나. 아, 너도 잡힌 거야. 세상에, 돈나."

나는 주변을 둘러봐……. 소리가 홀 전체에 울려 퍼지고 있어. 노예 상인 몇 명이 고개를 들어.

나는 울면서도 자부심 넘치게 몸을 꼿꼿이 세워서, 안에 있는 여자애들한테 내가 굴종하지 않았다는 점을 보이려고 해. 그리고 유리창 너머로 속삭이려 시도해.

나: "아냐. 계획이 있어. 돌아올게. 돌아올 테니까 기다려."

마침내 캐롤린은 유리창을 때리던 것을 멈추고 다른 애들과 함께 음식을 긁어모으러 돌아가. 내 말을 이해했는지는 모르겠어.

노예 상인들이 어슬렁거리며 우리 쪽으로 다가오고 있어. 안전장치를 푸는 모습이 보여.

랍은 내 팔을 붙들더니 갤러리에서 끌어내.

저들은 랍이 나를 거칠게 다루는 모습을 보자 모든 의심을 푼 모양이야. 그리고 내 눈물이 위장을 완성해 준 듯해. 노예 상인들은 나를 보며 관대하게 웃음을 지어. 마치 타인의 감정이라는 흥미로운 현상이, 거래에 방해가 되는 사소한 불편에 불과하다는 것처럼.

제퍼슨

캐스와 나는 센트럴파크의 벽 너머에서 기다린다. 쾌락 살인마 쌍둥이는 나무 옆에서 눈 뭉치를 던지고 있다. 나는 눈싸움에 끼어들고 싶은 묘한 충동을 느낀다.

몇 년 전만 해도 나도 저 나이대였다는 사실이 떠오른다. 어린이와 어른, 어느 쪽도 될 수 있는 나이. 심지어 하루를 살아가는 동안에도 양쪽을 왕복할 수 있는 나이. 나는 눈싸움이라는 무해한 폭력을 생각하며, 진짜 돌멩이를 서로에게 던지는 일에 무슨 이점이 있을지 고민한다. 내손은 무심코 눈덩이를 만들고 있다. 가루눈을 그러모아 구체로 다듬고 있다. 너무 깊게 파 들어갔는지 눈덩이가 지저분해진다.

"떠나기엔 아직 늦지 않았어." 캐스가 말한다. 그녀는 지금껏 나를 관찰하고 있었다.

"어디로 떠나?"

"섬으로. 애니호에서 본 거 기억나지? 해협에 있던 작은 초소들……. 엉망으로 채소를 가꾸던 모습도?"

"자동화 농업이 아니라 손으로 직접 가꿔서 엉망처럼 보이던 거야."

"뭐, 맛은 좋았으니까. 그리고 닭고기도…… 훌륭한 포도주도……."

"그래." 나는 떠올린다. 거의 자유에 가까웠던 순간을.

"그리로 갈 수도 있어. 너하고 나만. 가서 그런 농장에서 일하는 거야. 삶을 누릴 수 있다고."

생존이 아닌 삶.

나는 그녀를 돌아본다. "다른 애들을 버리고 갈 수는 없어."

"걔를 버릴 수 없다는 뜻이겠지." 전혀 적의는 없는 말투다.

나는 그 말에는 대꾸하지 않는다.

"하지만 가능할 텐데. 보고도 모르겠어?"

그녀는 내가 생각을 마무리하기를 기다린다. 내가 뭘 보고 모른다는 걸까?

그녀가 도움의 손길을 건넨다. "랍 말이야. 걔하고 랍."

나도 그 말이 사실이라는 것을 알고 있다. 명확하게.

그걸 돈나 탓으로 돌릴 수 있을까? 천만에. 하지만 그렇다 해도 내 마음속에는 깊은 생채기가 남는다. 지금껏 느껴 본 적 없는 굶주림 같은 고통이다. 그 무엇도 이제는 정상으로 돌아갈 수 없을 듯하다.

"너하고 내가 떠나도 걔는 괜찮을 거야. 랍이 있을 테니까. 네가 머물고 걔가 랍하고 같이 떠나면 어떻겠어? 너 혼자 감당하면서 남겨지고 싶어? 지금 떠나는 편이 나아."

"우리 부족 여자애들은—"

"제퍼슨, 그건 어차피 불가능해. 노예 상인 쪽 세력이 너무 크다고. 우리 꼴 좀 봐. 고작 여섯 명에, 탄약도 부족하고, 반쯤 굶주린 꼴이잖아. 이건 무리야."

그녀는 시선을 돌렸다가, 다시 나를 돌아본다.

"그리고 나는 너를 사랑해. 그 점도 고려해 줘."

나는 이제 캐스를 보고 있다. 검댕 속에서 그녀의 파란 눈이 반짝인다. 그녀의 심장을 내 손에 쥐고 있는 것만 같다. 그 위를 가로지르는 모든 상처와 박혀 있는 못들을 내 손으로 만지고 있는 듯하다.

나는 입을 연다. "네 말이 맞을지도 몰라. 어쩌면 이미 날 떠났을지도 모르지. 어쩌면 너와 나밖에 안 남았을지도 몰라."

그녀는 얼굴을 찌푸린다. "이제 '하지만'이 나올 차례네."

"하지만. 목숨을 잃을지라도 한 가지만은 끝내야 해. 그게 옳고 정직한 일이니까. 우리 부족 애들을 풀어 줘야 해. 지금은 그다음 일은 생각할 수도 없어."

그녀는 땅바닥을 내려다보며, 고개를 끄덕인다. "그럼 나는 머물 수가 없겠네. 여긴 내 부족이 아니니까. 너는 날 사랑하지 않고. 그러니까 나도 널 사랑하지 않을 거야. 가야겠어."

그러나 그녀는 떠나지 않는다.

나는 손을 뻗어 그녀의 손을 붙든다.

담벽 건너편에서 눈을 밟아 잦아든 발소리가 들린다. 우리는 총을 들고 담 너머를 살핀다. 돈나와 랍이 있다. 랍은 돈나 쪽으로 몸을 숙이고 그녀의 손을 묶은 케이블타이를 잘라 내고 있다. 그의 머리카락이 흘러내려 그녀의 머리카락에 닿는다.

돈나는 담장을 넘어와서 가까이 붙어 있는 캐스와 나를, 눈싸움을 멈춘 다른 아이들을 바라본다. 얼굴에는 수심이 서려 있다. 비탄일까? 혼란일까?

"어때?" 캐스가 묻는다.

돈나가 대답한다. "수가 너무 많아. 화력을 추가로 확보하지 않고는 애들을 빼내 올 수가 없겠어."

"그 정도는 나도 알려 줄 수 있었는데." 캐스는 이렇게 말하며 나를 바라본다. 자신의 논지를 강화하려는 것처럼.

돈나가 말한다. "애들을 유리 진열장에 가둬 놨어. 짐승처럼. 벌거벗고 굶주린 채로."

"경매 전에는 씻길 거야." 캐스가 끼어든다.

"넌 대체 누구 편이야?"

"오래전에 말했을 텐데. 나 혼자 편이라고."

랍이 말한다. "그럼 이제 어떻게 하지?"

아무도 할 말을 찾지 못한다.

"우리 애들을 사들인 사람을 추적하는 건 어때." 내가 말한다.

돈나가 대답한다. "그런 다음에는? 우리 애들을 전부 그렇게 구할 수는 없잖아. 구할 거면 전부 구해야 해."

모든 것을 걸어야 할 때라는 소리다.

마침내 나는 입을 연다. "뭘 해야 할지 알 것 같아." 다들 쳐다본다.

그러나 이쪽이 박물관보다 위험할지도 모른다.

쌍둥이는 우리를 앞서 웃고 떠들면서 센트럴파크 웨스트의 거리를 달려간다.

"엄마! 봐요! 엄마! 봐요! 나 차에서 차로 뛰어넘을 수 있어요!" 소녀는 그렇게 말하며 BMW의 뒤편으로 뛰어올라 쿵쿵대며 달려가서, 땅을 딛지 않고 바로 앞에 주차된 자동차로 건너뛴다.

캐스가 소리친다. "당장 그만두지 못해! 그러다 발목이라도 부러지면 그대로 두고 갈 거야." 진심으로 하는 소리 같다.

"아우, 엄마 진짜 재미없어!" 남자애 쪽인 아벨이 말한다.

"재밌으라고 온 게 아니거든." 이렇게 말하는 캐스의 얼굴에는 흥미롭게도 엄마다운 짜증이 떠올라 있다. 우리가 할렘으로 가기로 결정한 후로, 그녀는 계속 기분이 나쁜 상태다.

나는 묻는다. "너 괜찮아?"

"완전 괜찮지."

어리석은 질문이었다. 나는 항상 안 괜찮은 게 분명한 여자애한테 이렇게 묻는다. 그런 다음 '괜찮다'는 답을 제대로 이해하는 데 실패한다. '날 내버려 둬'라는 뜻일 뿐인데.

나는 한동안 조용히 그녀 옆에서 걸음을 옮긴다. 그러다 문득 마음을 다잡고 말문을 연다. "우리 말이야, 업타운이 실제로 어떤 곳인지에 대해서는 별로 얘기해 본 적이 없지?"

"그러게." 그녀가 말한다. 투 스트라이크다.

"그래서— 네 친구들 중에서 놈들이, 그 있잖아, 노예로 만든 애들도 있어?"

"'노예'가 생사 여탈권이 다른 사람 손에 있고 항상 명령에 따라야 하는 사람을 말하는 거라면, 그래, 있지."

"다른 뜻이 있어?"

"테오하고 비슷한 논쟁을 한 적이 있어. 걔는 내가 그 용어를 쓰는 걸 좋아하지 않았거든. 미국인의 맥락에서 노예란 '특정한 공감'을 불러일으키는 단어라는 거야. 걔가 그렇게 말했던 것 같아. 걔는 업타우너들이 노예를 부린다고 말하면 '노예'라는 단어의 가치가 퇴색된다고 했어. 걔한테 '노예'라는 건 미합중국이 몸소 만들고 섬세하게 가꾼 경제 및 행정 시스템을 의미하는 거거든. 내 오빠하고 나머지 놈들이 바자에서 하는 짓거리는 그냥 총 든 정신병자 놈들의 방종일 뿐이라는 거지."

"나는 뭐가 다른지 정확히 모르겠는데."

"뭐, 내가 형편없는 대접을 받았다고 자기네 조상과 같은 처지라고 생각하는 게 마음에 안 든 거겠지. 나는 걔가 신경 쓰기 싫어하는 이유가 착취당하는 대상이 백인 여자애들이기 때문일 뿐이라고 말해 줬고."

"별로 잘 어울려 지내지는 못한 것 같은데. 테오를 보는 게 겁나?"

캐스는 눈앞에 닥친 가능성을 잠시 생각해 본다.

"사실 우리는 제법 잘 어울렸어. 서로 관점이 달랐을 뿐이지, 나를 사람으로 대우하지 않은 건 아니니까. 걔가 아직 안 죽었으면 좋겠는데."

나는 말한다. "우와. 너치고는 상당히 감성적인데." 조금 더 걸음을 옮기자, 어퍼 웨스트사이드의 중산층 상업 구역이 모습을 감추며 옛 컬럼

비아 대학교 인근의 잡화점과 기숙사들이 그 자리를 메운다.

　나는 잠시 그녀를 관찰한다. 연한 청색의 눈이 자신이 보호하는 꼬맹이들의 뒤를 쫓고 있다. 어딘가 변한 것은 분명하다. 나는 먼 옛날 지하에서 우리가 만났던 때를 떠올린다. 처음에는 서로 총을 겨누고, 다음에는 몸싸움을 벌였던 때를. 어쩌다 보니 그 다툼은 키스로 이어졌다. 정말로 당황스러운 입맞춤이었다. 당시 나는 돈나와 사랑에 빠졌다고 생각하고 있었으니까.

　아직도 그렇다.

　정말로.

돈나

나는 겨울의 하얀 어스름 속에서 제퍼슨과 캐스를 지켜봐. 걸음을 옮기는 둘의 그림자가 때로 겹치고 있어. 서로 만나지만 만나지 못하는 셈이지. 둘의 숨결 속 습기가 서로 섞여. 나는 쟤들이 과거 이야기를 하는 건 아닐지 생각을 해.

내가 없던 동안을 말이야.

쟤들을 탓할 수 있을까? 무슨 일이 일어났는지는 몰라도? 때론 내 시야가 한참 뒤로 물러난 것만 같아. 마치 신이 엄지와 검지를 화면에 대고 쭉 벌려서 시야를 넓힌 것처럼.

1년 전에 나한테 제퍼슨 말고 다른 사람이 존재할 수 있겠냐고 물었다면, 나는 절대 천만에, 라고 대답하고 그런 질문을 던진 놈을 개자식이라 여겼을 거야.

그런데 랍이 등장했지. 랍이 내 삶에 들어왔다고 해서 내가 제퍼슨에 대해 잘못 생각했다는 뜻이 될까? 아니. 어쩌면 아주 잠시 그런 생각을 했을지도 몰라. 케임브리지의 내 침실에서, 랍의 품에 안긴 채로. 그리고 너무 끔찍한 죄책감에 그만 울음을 터트렸지.

하지만 난 이제 자신을 탓하지 않아. 나는 정말 외로웠거든. 뭐든 눈앞에 있는 걸 이용할 수밖에 없었어. 누구든 이용할 수밖에 없었다고.

나는 성큼성큼 긴 다리를 놀려 걸어가는 랍을 바라봐. 고개를 빼고 이곳저곳을 둘러보는 모습이, 완전히 폐허가 된 이곳에 아직 익숙해지지 못한 듯해. 그런 모습을 보고 있자니 마음속 분노를 온전히 유지하기가 힘들어.

어떻게 보면 우리는 서로를 이용한 셈이야. 서로를 제대로 알지 못했으니까. 어떻게 행동하더라도, 결국 일어나는 모든 사건과 모든 생각과 상대방에 대한 감정은 자신의 감각을 통해, 그러니까 자기 본연의 모습으로 걸러서 받아들이기 마련이거든. 타인의 입장이 어떤지 느낄 수는 있어도, 진짜로 타인이 될 수는 없는 법이잖아.

그래서 누가 너를 사랑해, 하고 말할 때면, 실제로 그게 무슨 의미인지는 알 수가 없는 거야. 자기가 상대방한테 같은 말을 할 때는 그 뜻을 안다고 생각하면서도, 반대의 경우에는 모르는 거라고. 심지어 상대방이 진심이라고 생각하는지조차 알 수가 없어. 확실히 알 수 있는 거라고는 상대방이 그 말을 입에 올렸다는 것뿐이지. 그렇다면 마지막까지 남는 것은 뭘까? 자기 머릿속에 든 것뿐이겠지.

학교에 다닐 때 인도네시아 인형극단이 방문한 적이 있었어. 실을 달아서 위에서 조종하는 게 아니라, 막대기를 달아서 아래에서 조종하는 방식이었지. 인형들은 하나같이 아주 훌륭한 예술 작품이었어. 가죽을 오려 내 화려하게 색을 입혔거든. 하지만 실제로 인형극을 볼 때는, 그 인형이 아니라 인형이 화면에 드리우는 그림자를 보는 거더라고. 어두운 곳에서 기름 등잔의 불빛에 비추어 공연을 하거든.

내 생각에, 우리는 거의 모든 경우에 그 정도만 보는 게 고작인 것 같아. 다른 사람의 생각이나 행동의 이미지를, 화면에 드리운 그림자처럼 보는 거지. 세상의 온갖 법칙 때문에 사물의 실제 색깔은 볼 수 없고, 형상도 일그러질 수 있는 거야. 어쩌면 가끔가다 한번쯤은 사물의 진실을, 인형의 아름다움을 보게 될지도 몰라. 그러나 대부분의 경우 우리는 그냥 화면만 보고 있는 거지. 그리고 화면은 세계가 아니야. 우리가 세계를 보는 방식일 뿐이지.

그림자를 보는 일을 관두고 인형 그 자체를 보고 싶다는 게 너무 과한 욕망일까? 검은 공간 대신에 아름답게 칠한 형상을 보고 싶다는 게?

랍은 걸음을 늦춰서 내 옆으로 다가오다가, 불어 오른 개 시체에 발이 걸려 넘어질 뻔해.

랍: "흠, 이쪽 난장판도 제법 훌륭한데."

나는 그가 던지는 그림자를 받아들일 기분이 아니야.

나: "뭘 원하는 거야?"

랍은 나와 함께 걸으면서 어정쩡한 웃음과 함께 내 질문을 뒤엎어 버려.

랍: "온갖 것들을 원하지. 살아서 여길 나가는 것도 그중 하나고. 하지만 지금은, 무엇보다 네가 나하고 이야기를 해 줬으면 좋겠어."

그는 거의 꾸며 내지 않은 듯한 솔직한 표정으로 나를 바라봐.

나: "방금 했잖아. 만족해?"

랍: "아니. 당연하지만 '이야기해 줬으면 좋겠다'는 말은, '나를 보살핌과 관심을 쏟을 가치가 있는 사람으로 여기고 어울려 줬으면 좋겠다'는 뜻이거든."

나: "보살핌과 관심? 너희 본부에서는 그런 용어를 쓰나 보지? 너한테 명령을 내렸을 때 말이야."

랍: "아니. 그냥 너하고 친해져야 한다고만 말했어."

나는 "하!" 하고 경멸하는 소리를 내면서, 속으로는 우리 사이의 관계를 한층 끔찍하게 여기고 있어. 그걸 관계라고 부를 수 있다면 말이지만. 어쩐지 랍이 받은 명령이 내 친구가 되는 것이 아니라 나를 유혹하는 것이었다면 더 납득하기 쉬울 것 같았거든. 근데 저러면 진짜 내가 병신처럼 느껴지잖아. 친해지라고. 세상에.

나: "우와. 그러면 나하고 섹스까지 해 버렸으니 상관들 앞에서 체면 좀 세웠겠네, 그치? 이달의 우수 사원 표창까지 받았겠어."

랍: "방금 그거 아픈데. 하지만 아냐. 내가 한 거야. 내가 원했거든. 그럴 수밖에 없었어."

전부 이미 했던 얘기야. 랍은 내 동료가 되는 과정의 부산물로 나하고 사랑에 빠졌다고 주장하고 있거든. 영국에서라면 '케케묵은 이야기'라고 부를 만한 줄거리지. 처음에는 거짓이었지만 나도 모르는 사이 진심이 되어 버렸다, 뭐 이런 거 말이야.

랍: "내가 왜 여기 있다고 생각하는 거야, 돈나?"

나: "웰시가 시켜서 와 있다고 생각하는데. 알 게 뭐야. 어쩌면 다른 불쌍한 얼간이한테 붙어서 친구인 척하려고 왔을지도 모르지."

친구라는 단어에 겨자를 넉넉히 뿌렸는데 알아차리려나.

랍: "나는 네가 신경 쓰여서 여기에 온 거야. 나는…… 이렇게 말해도 되려나. 너를 지키고 싶었어."

이건 제대로 웃긴데. 랍이 나를 '지키려' 하다가 묵사발이 될 뻔한 기억이 생생하거든. 애 엉덩이를 불에서 끄집어내려고 동네 양아치 두어 명을 불구로 만들기까지 했다고. 그래, 물론 나를 지킬 수 없다고 해서 지키고 싶다는 마음까지 가지면 안 되는 건 아니지. 남자애들은 종종 저런 식으로 생각하니까.

랍: "돈나, 정말로 아무것도 느끼지 못한다면…… 나한테 가졌던 감정이 전부 사라져 버렸다면, 나는 너를 건드리지 않겠어."

나: "사라졌어."

랍은 한동안 침묵을 지키다 말해. "안 믿어."

나는 짜증 내는 시늉을 해 보이지만, 글쎄, 정말로 전부 사라진 걸까? 그 모든 감정이? 만약 랍이 자기가 기대한 것보다 더 많은 것을 느꼈다면, 나도 그렇게 될 수도 있잖아. 문제는 내 마음속 일부는 랍이 진짜일 리가 없다고 알고 있었다는 거야. 그러나 다른 일부는 거기에 신경도 쓰지 않았지. 랍을 원하니까. 그래서 나는 조금이라도 위로를, 관심을, 온기를, 쾌락을 얻을 수 있을지도 모른다며 거기에 뛰어들었어. 내 마음을 쪼갤 수 있으리라 생각한 거지. 육체적으로는 받아들이고, 감정은 배제해 버리면 된다고.

하지만 그런 식으로 돌아가는 게 아니더라. 애가 첩보원으로 파견되었다는 사실을 발견하고 나니 온갖 것들이 끊어져 버렸거든. 이를테면 우리를 연결하던 회선 같은 것들이, 거의 다……. 하지만 전부 끊어졌을까? 아니지. 여전히 그 회선을 타고 감정이 오가고 있어. 희미한 신호와 암호가 건너오고 있어.

나는 앞을 바라봐. 제퍼슨과 캐스가 걸음을 옮기며 대화하는 모습이 어렴풋이 보이네. 쟤들도 랍과 나처럼 온갖 문제를 논의하고 있을까? 우리가 삼각관계를 넘어 평행 사변 관계로 진화한 걸까? 정말 훌륭한 난장판이 아닐 수 없네.

랍: "나는 쟤가 저런 사람일 거라고는 생각 못 했어."

나는 설명을 요구하듯 그를 바라봐. 속으로는 무슨 말인지 알고 있으면서도.

랍: "나는 제퍼슨이…… 뭐라고 할까, 미덕의 화신 같은 사람이라고 생각했거든. 줄곧 네 이야기를 들었으니까. 키가 2미터에 온몸에서 광채를 뿜을 줄 알았지."

이건 짜증이 나네. 그 뭐냐, 내 호의를 사려고 시도하는 건 그렇다고 쳐. 하지만 제퍼슨을 공격하는 건 완전 다른 문제잖아.

나: "네가 평생 애써 봤자 쟤만큼 좋은 사람은 될 수 없을 텐데."

랍은 웃음을 지으며 몸을 빙글 돌리더니, 자신의 화려한 화술을 슬쩍 시도해.

랍: "아, 그건 아마 사실이겠지. 있잖아, 너는 내가 질투하느라 쟤한테 고약하게 군다고 생각할 거야. 하지만 나는 저런 모습이 더 좋아. 누구든 우상이 되는 건 감당하기 힘들거든. 끔찍한 운명이지."

나는 얼굴을 찌푸려. 랍의 속임수를 의심하는 것처럼, 동의하지 않는 것처럼. 하지만 여기서는 그가 옳을 수밖에 없어. 도저히 이룰 수 없는 기대에 직면한다는 건 정말 끔찍한 기분일 테니까. 아무래도 처음에 제퍼슨에게 도달하기까지 오래 걸린 이유도 그 때문인 것 같아. 그러니까 내가 걔를 사랑하는 방향 말고, 걔가 나를 사랑하는 방향 말이야. 나를 너무 높이 평가하고 너무 사랑해서, 어쩐지 나보다 열등한 위치에 있었던 거지. 어쩌면 내가 나를 볼 때와는 다른 방식으로 봤기 때문에 나를 이해하지 못한 걸지도 몰라. 물론 이건 내가 나를 정확하게 직시했다는 가정을 할 경우의 이야기지. 내 엉망인 몰골을 유령의 집 거울로 봤던 게 아니라.

이제는 그런 생각도 들어. 제퍼슨이 내가 생각했던 그런 사람이 맞을까? 어떻게 우리 부족 애들이 붙들려 썩어 가는데, 아니 그보다 더 끔찍한 일을 겪는데 방치할 수가 있어? 어설픈 솜씨로 한심한 유토피아 따위를 엮어 내느라 바쁘다는 이유로?

하지만 현실을 보자면, 제퍼슨은 바로 그런 아이가 맞아. 언제나 최선을 희망하며, 피바다에서도 가장 낙관적인 해로를 찾아가려 애쓰는 사람이지.

그리고 바로 그 때문에 내가 곁에 있어야 하는 거야. 제정신을 차리게 만들어야 하니까. 이상주의자란 그 뭐냐, 공익이란 측면에서 포식자만큼이나 위험할 수 있거든.

문득 랍이 나를 바라보고 있다는 사실을 깨달아. 어쩌면 자기 말의 효과를 가늠하는 걸지도 모르지. 방금 요리에 넣은 재료의 향을 느끼는 요리사처럼. 그래, 얘가 뭔가 효과를 일으켰다는 점은 인정해야겠어. 내가 제퍼슨을 보는 관점에 어느 정도 변화를 일으켰거든.

예전에 나는 감정은 감정일 뿐이고, 말을 비롯한 다른 무엇도 그걸 바꿀 수 없으리라 생각했어. 하지만 말 자체는 공기처럼 가벼워도 농밀하게 모이면 사상이 될 수 있어. 행동에 첨가할 수도 있고. 그리고 행동하면 뭐든 움직이게 마련이지.

나: "멈춰."

랍은 내 말을 퇴짜로 받아들인 모양이지만, 그런 뜻으로 한 소리가 아니야. 내 말뜻은 그 뭐냐, 당장 걸음을 멈추라는 소리야.

거의 보이지도 않는 철사가 거리를 가로지르고 있어. 센트럴파크 한쪽 구석에서 시작해서 반대편의 주저앉은 자동차까지 연결되어 있네.

내가 손을 번쩍 들자, 다들 철사 함정을 건드리기 전에 걸음을 멈춰.

무전기가 치직거리는 기침 소리가 들려. 나는 고개를 들고 주변을 둘러보다가 반짝이는 플라스틱과 금속을 알아채. 그리고 다른 아이들 쪽으로 몸을 돌려.

나: "이제 슬슬 총을 땅에 내려놓고 무릎을 꿇을 때가 된 것 같은데."

캐스: "너 대체 무슨 소리 하는 거야?"

내가 본 걸 못 본 모양이네.

다음 순간 그들이 등장해. 공원 담장 너머에서 다섯 명이 나오고, 북쪽 건물 위 초소에서 다섯 명이 일어서고, 검문소로 사용하는 큼지막한 트럭에서 다섯 명이 정면으로 뛰어나와. 모든 총구가 우릴 겨누고 있어.

내가 총을 내려놓고 무릎을 꿇으니까 다른 아이들도 전부 나를 따라 해. 나는 접근해 오는 할렘 부족원들 쪽으로 소리쳐.

나: "솔론하고 이야기하고 싶어."

잠시 침묵이 흐른 후, 익숙한 목소리가 답을 해. 깊고 잘 울리는 목소리야.

테오: "나도 그래."

테오가 주차된 차 뒤편에서 등장해서 철사 바로 앞까지 다가와.

나: "테오."

테오: "돈나. 오랜만이야."

바로 끌어안고 싶지만, 두 가지가 내 앞길을 막네. 하나, 철사 함정. 둘, 테오의 태도. 좋게 봐줘야 스위스 정도거든. 베네수엘라 쪽에 가까운 듯하고. 다들 여전히 총을 들고 우리를 겨누고 있어.

테오: "솔론은 없어. 어디로 갔는지는 아무도 몰라."

그리고 그는 제퍼슨을 쳐다봐.

테오: "너 아직도 저 한심한 놈들하고 어울려 다니는 모양이지."

캐스: "내가 돌아왔는데 이따위로 환영해 줄 거야?"

테오는 그제야 캐스를 알아본 모양이야. 그의 입가에 웃음이 어려.

테오: "잘 지냈어, 아가씨? 살아 있어 다행인데. 쌍둥이 너희들도."

애나와 아벨: "안녕, 테오!"

테오는 쌍둥이를 향해 손을 흔들고는, 다시 잘 꾸민 중립국 표정으로 돌아가. 인사를 나누는 동안 적개심이 살짝 줄어들었던 병사들도, 다시 플라스틱 총의 손잡이를 단단히 쥐고 있어.

테오: "너희는 전부 구금해야겠어. 손은 등 뒤로 돌리고, 나머지는 어떻게 하는지 알겠지. 우리 신임 대통령 각하께 안내해 주지."

피터

"그래서 당신 이야기는 뭔가요?" 나는 구자에게 물어. 내 옆에서 어두운 잿빛 터널을 걸어가고 있거든.

"이야기?"

"그래요. 당신이 어디서 왔는지, 어쩌다 여기에 왔는지, 좋아하는 밴드는 뭔지, 뭐 그런 것들 있잖아요."

처음에는 그저 나를 멍하니 바라봐. 그래서 내 말뜻을 못 알아듣는 줄 알았는데, 갑자기 이렇게 말하는 거야. "네팔."

"아." 나는 이렇게 말해. 사실 네팔에 대해서는 딱히 생각해 본 적이 없거든. "나는 당신이 영국에서 온 줄 알았는데요."

그는 웃음을 터트려. "아뇨. 영국을 위해 싸우는 거죠."

"왜 그러는 건데요? 그쪽에서 당신에게 뭘 해 줬길래?"

그는 다시 웃음을 터트려. 깔깔거린다고 표현해야 할 정도로 환한 목소리야. 명령에 따라 누구든 죽일 수 있는 사람에게는 영 어울리지 않는 웃음이네.

"돈을 주니까요." 그가 말해.

"그럼 이게 전부 끝나면, 당신은 네팔로 돌아가는 건가요?"

"아마도. 아니면 가족을 영국으로 데려올 수도 있죠."

"가족이요?"

그는 다시 웃음을 터트려. 마치 가족 없는 사람은 상상도 할 수 없다는 것처럼. "아내하고 딸 둘, 아들 둘이 있어요."

"그러면…… 아마 다들 당신을 걱정하고 있겠네요."

그는 어깨를 으쓱해.

우리가 조금 더 걸음을 옮긴 다음에, 그가 문득 말해. "콜드플레이."

"네?"

"좋아하는 밴드요. 콜드플레이."

가슴께까지 오는 승강장이 우리 앞을 가로막고, 나는 우리가 6호선의 끝까지 왔다는 것을 깨달아. 그랜드 센트럴역과 바자의 지하에 있는 셈이지. 여기까지 오는 동안 아무도 만나지 못했어. 심지어 두더지족조차도 없었지. 아마 학살극의 소문이 퍼져서 아무도 이 아래 숨지 않게 된 모양이야.

나는 티치를 돌아봐. "내가 먼저 가서 상황을 살피는 편이 나을 거예요. 당신이 아이인 척하고 저 위를 돌아다니긴 힘들 테니까요. 미안, 이쁜이." 나는 티치의 아름답게 얼어터진 싸움꾼 얼굴을 보며 말해.

"당신만 보낼 수는 없습니다, 피터." 티치가 말해. "실례를 무릅쓰고 말씀드리지만, 당신이 동댕이칠 위험을 감수할 수가 없으니까요."

"좋아요, 동댕이친다는 게 대체 무슨 뜻인지 모르겠지만, 아마 '도망치다'와 비슷한 말이겠죠."

"대충 그렇지요. 당신에게도 짐머만 양과 비슷한 구석이 있다면, 아무한테도 알리지 않고 사라지는 일에 재능이 있을 테니까요."

"하지만 거대한 성인 남성을 끌고 올라가면 열 발짝도 못 가서 붙들릴 텐데요."

"그럼 이 친구를 데려가시죠." 구자를 말하는 거야. "확실히 어려 보이는 얼굴 아닙니까?"

나는 구자를 한참 바라보다, 결국 저 짜리몽땅한 키라면 충분히 넘어갈 수 있으리라는 결론을 내려.

"좋아요. 그렇게 하죠. 대신 군인 분위기는 좀 벗어던져야 할 거예요."

구자는 위장복 겉옷을 벗어서 작고 귀여운 속셔츠를 드러내. 그것만으로도 나머지 장비는 전문 장비보다는 패션 아이템에 더 가까워 보이게 돼. 묘하게 생긴 단검은 가지고 갈 모양이지만, 솔직히 여기 애들이 가지고 다니는 무기 중 절반 이상은 저것보다 기묘하게 생겼으니까.

"당신은 잠입해서 비스킷의 위치를 파악한 다음 다시 내려오는 겁니다. 그런 다음에 되찾을 방법을 의논하지요. 당연하지만 우리 기술이 필요할 테니까요." 티치 자신하고 구자를 말하는 거야. 그 기술이란 살인일 테고.

"바자에 몇 번 가 봤어요?" 구자가 물어.

"한두 번." 나는 경쾌하게 말하고, 곧바로 덧붙여. "좋아요. 딱 한 번 가 봤어요."

티치가 대답해. "아주 잘됐군요."

"그렇죠. 아무도 나를 못 알아볼 테니까." 솔직히 이것조차도 장담은 못 하겠지만.

"좋습니다. 걸렁대고 다니기 없깁니다."

"알았어요. 그게 무슨 뜻인지는 몰라도."

나는 몸을 돌려 승강장 가장자리를 붙들고 올라가고, 구자도 내 뒤를 따라. 문득 내게 결정권이 넘어왔다는 깨달음이 찾아와. 지금까지처럼 자연스레 다른 이를 따라가기만 하면 되는 상황이 아닌 거야. 부차적 역할에 익숙해져 있어서 그런지 묘한 기분이 드네. 영화에서는 항상 백인 이성애자 남자애들이 주인공이라고 당연하게 믿어 왔거든. 그런데 이제 위계질서와 정해진 역할이라는 고정 관념을 넘어서니까, 순수한 생각의 힘만으로 지도자가 된 거지.

하지만 내 머릿속에 계획이랄 게 있으려나? 단순히 채플을 다시 만나서 머리에 총알을 박아 주거나 그 품으로 뛰어들겠다는 흐릿한 다짐 말고는, 장담할 수 있는 게 하나도 없어. 아마 세계를 핵전쟁의 위기에서 구하는 일은 그 가운데 어딘가에 적당히 들어갈 테고.

우리는 먼 옛날 도망치며 아래로 내려갔던 층계와 복도를 거슬러 올라가. 신선한 공기 냄새가 위편에서 밀려 들어오며, 밀폐된 공간의 퀴퀴한 지하실 냄새가 물러나. 인간의 소음은 갈수록 커져만 가고 있어. 마치 파티장에서 스피커가 터져서 사방에서 대화 소리가 들리기 시작할 때처럼 엉망으로 섞인 단어들이 여기저기서 들려와.

우리가 처음, 아니 단 한 번뿐이지만 바자에 도착했던 때가 떠올라. 탄환과 식량을 보충하고 싶었지. 옛 그랜드 센트럴 역사 건물에는 여러 층에 온갖 사업체들이 들어차 잔치를 벌이고 있었고. 수백 개의 노점과 상점과 술집과 식당이 있었으니까. 이렇게 말하면 뭔가 깔끔하고 질서 정연하고 위생적인 장소가 떠오르겠지만, 사실은 10대들이 〈매드맥스〉속의 오싹하게 유머러스한 장면을 연출하는 분위기야. 도축장도 있고, 구멍에 돈을 넣으면 식량을 내미는 그런 상점들이 가득한 곳이지.

정말 좋았어.

아예 떠나기 싫을 지경이었지. 완벽한 장소 같았거든. 하지만 문제가 하나 있었어. 이곳은 은행이 다스리는 지역이었거든. 그리고 은행은 업타우너들이 운영했고.

어쨌든 업타우너들에 대해서 한 가지 좋은 소리를 해 줄 수 있다면, 그러니까 네가 그런 부류에 혹하는 사람이라면 말이지만, 법과 질서를 아주 중요하게 생각한다는 거야. 그래서 나는 바자의 하층으로 나오면서 깜짝 놀라 버렸어. 내 기억 속에서는 지하실 출구마다 위장복을 입은 스킨헤드가 보초를 서고 있었거든. 어쩌면 과거에는 라크로스 선수였고 지금은 강간범이 된 놈들은 죄다 웨이크필드네 부대와 맞서 싸우러 나간 걸지도 몰라.

그러나 이내 내 눈에 시체들이 들어와. 푸드코트의 타일 위에 그대로 나뒹굴고 있는 거야. 그래, 물론 업타우너가 인간의 생명을 소중히 여기거나 공경하는 작자들은 아니지만, 그래도 썩어 가는 시체가 사업에 나쁘다는 정도는 알고 있거든. 시체를 피해 걸음을 옮기다 보니 정신없이 이리저리 맴도는 군중이 보여. 뭔가 문제가 생긴 것이 분명하지.

노점상들은 초조한 눈으로 군중을 훑어보고 있어. 꼬맹이 하나가 뭔가를 집어 들고 그대로 달려가다가 등에 석궁살을 맞아. 아이의 손에서는 마르디그라 구슬 목걸이가 흘러나오고, 아이는 마지막 숨을 내쉬어. 사람들은 그저 시체를 피하거나 성큼 건너갈 뿐이야.

마지막에 여기 왔을 때도 '고상한' 분위기라고는 하기 힘들었지만, 그래도 그때는 나름 말이 되는 곳이었는데. 내 친구 윌리 워즈워스 씨가 말했듯이, 구입과 소모를 기준으로 뭐든 돌아갔단 말이야.

그런데 이제는 눈앞의 욕망을 넘어서는 소란이 벌어지는 느낌이야. 우리 주변 사람들의 눈동자 속에 초조함과 막연함과 광기가 일렁이는 것 같아.

내 옆에서 구자가 디젤 냄새로 매캐한 공기에 쿨럭이는 소리가 들려. 돌아보니 높은 아치형 천장을 올려다보고 있네. 그의 시선은 켄터키 프라이드 집쥐, 국제 핸드잡 센터, 약쟁이 소굴로 천천히 움직여. 남창과 창녀와 무장 포주들이 군중 사이를 휘젓고 다니고. 수백 개의 가정용 램프가 벽과 천장에 걸린 밧줄에 매달려 있는데, 그마저도 반쯤은 켜지지도 않아. 옛 도넛 매장과 커피 체인점의 경계 너머로 식당과 술집이 흘러나오고 있고. 디젤과 썩은 살점의 악취와, 다급하게 돌아다니며 살점을 뜯어 먹는 바퀴벌레와, 시끄럽게 떠들어 대는 10대들이 가득해. 불안이 그의 얼굴에 번지며 몸을 옥죄는 모습이 보여. 예전에 버섯을 너무 많이 먹은 애한테서 봤던 그런 증상이야.

나: "어이, 어이. 정신 차려요." 나는 제대로 문화충격에 사로잡힌 그의 두뇌에 뭐든 빠져나올 계기가 필요하다고 생각해서 이렇게 말해. "콜드플레이나 뭐 그런 걸 떠올려 보라고요."

그는 고개를 끄덕이며 자기 정체성을 회복하는 것 같아.

그러나 주변의 군중은 갈수록 통제 불능으로 변하고 있어. 우리도 그 가운데 휩쓸려서, 마치 뜨거운 물에 넣은 설탕 알갱이처럼 녹아들듯 흔들려. 인파가 우리를 널찍한 홀 한가운데에 있는 대충 만든 권투 링 쪽으로 휩쓸어 가. 옛날에 불쌍한 시스루와 제퍼슨이 돈을 벌려고 미친 백인 남자애들 둘하고 싸웠던 곳이야.

채플이나 웨이크필드나 풋볼은 보이지 않아. 열정적인 판매원의 선전 소리만 주변을 가득 메우고 있어. 열심히 떠들어 대는 아이는 목깃을 세운 셔츠, 카키 바지, 목이 긴 구두까지, 중산층 세일즈맨의 복장을 풍자한 것처럼 보이지만 묵은 때와 핏방울이 잔뜩 묻은 옷을 입고 있어. 그 옆에서는 업타우너 불량배 두 명이 험악하게 군중을 내려다보고 있고 광고하는 아이는 건전지 넣는 확성기를 들고 선전에 여념이 없어.

"너희는 이제 이렇게 생각하고 있겠지. 아니, 대체 저게 진품인지 어떻게 안다는 거야? 미합중국산 A등급 고농축 최첨단 순도 백프로 치료제인지 어떻게 아냐고? 자, 바로 이 몸이 그 증거란 말씀이지!"

그는 커다란 유리 주전자를 둥근 의자 위에 올려놔. 짙은 색의 액체가 움직임에 맞춰서 꿀렁거리고. 군중 속의 아이들은 그러다 주전자가 넘어져 쏟아질까 헛숨을 삼키고, 일부는 링 안으로 올라오려고 해. 위장복을 입은 보초들이 애들을 걷어차 로프 너머로 떨구고 총을 흔들어. 다음에 허락 없이 올라오는 놈한테는 죽음을 선사하겠다는 뜻이겠지.

"바로 그거야! 내가 몇 살인지 알고 싶냐, 꼬맹이들? 말해 주지. 나는 다음 주면 스무 살이 된다고! 그런데 이렇게 몸이 가뿐할 수가 없어!"

어쩌면 쟤는 진실을 말하고 있는 걸지도 몰라. 사실 외모로는 판별하기가 쉽지 않거든. 이 도시에서 살아남은 아이들은 누구든 조금은 초췌한 몰골이 되니까. 하지만 지금 팔고 있는 액체는 어딜 봐도 브레인박스와 올드맨이 만들어 냈던 그 물질로는 보이지 않아.

링 위의 남자애는 말을 이어. "그럼 우리가 여기 치료제를 얼마나 받아먹을지 궁금하겠지. 생명 그 자체에 대체 얼마나 가격을 매길 수 있을까? 20달러는 어때? 그 정도면 너희한테도 괜찮은 거래 아니겠어? 다들 업타우너들이 생명을 하찮게 여긴다고들 하던데? 아무래도 그 말이 사실인 모양이야!"

판매원 남자애는 군중의 열광에 휩싸여. 이곳 은행에서 인증한 20달러 지폐를 쥔 손들이 사방에서 내뻗어 오는 통에, 마치 말미잘의 한가운데 놓인 것처럼 보여. 보초들이 애들을 하나씩 링 위로 끌어 올리고, 판매원은 그 돈을 받으면서도 군중을 선동하기를 멈추지 않아.

완전 오프라 같네. "생명 받아라! 생명 받아라! 거기 너도 받아!"

여기서 '생명'은 '치료제' 한 잔이야. 지저분한 플라스틱 헬로 키티 컵으로 주전자 속의 액체를 퍼 올려서 건네주는 거지. 그걸 마신 애들은 안도감에 실신하거나, 희열에 비명을 지르거나 하고.

순간 나는 벅스 미니라는 이름을 떠올려. 다들 기억해? 〈과학 탐정 브라운〉에 나오는 악당 녀석 말이야. 벅스 미니하고 고학년 애들이 만든 '타이거즈'라는 불량배 집단이 항상 터무니없는 사기를 쳐서 저학년 애들의 돈을 뜯어 가잖아. 그러다 브라운이 거짓말을 파헤치면 진실을 고백하고.

지금 이것도 비슷한 상황이지. 다른 점은 여기서 거짓말을 파헤쳤다가는 머리에 총알이 박힐 뿐이라는 거야.

갑자기 홀의 반대편에서 소란이 일어나. 콘서트장처럼 군중이 껑충껑충 뛰어 물러나는 위로, 손으로 그린 깃발이 높이 솟아 있는 모습이 보여. 깃발 그림은 처음에는 팔이 추가로 달린 돌연변이나 힌두교 신처럼 보였는데, 깃발 아래의 껑충거림이 잠시 잠잠해지니 간신히 알아볼 수 있어. 그 레오나르도 다빈치 그림을 손으로 옮겨 그린 거야. 벌거벗은 남자가 원 안에서 팔다리를 뻗고 있는 그림 있잖아. 그 그림이 기수의 움직임에 맞춰 위아래로 흔들리면서, 군중을 뚫고 권투 링 쪽으로 다가오고 있어.

"피터, 이건 대체 뭔가요?" 구자는 초조한 얼굴로 물어.

"나도 짐작도 안 가는데요."

다빈치 그림에 들어간 남자를 보니 십자가의 예수님이 떠오르네. 아마 팔을 활짝 벌리고 있기 때문이겠지. 그리고 깃발이 가까워지자 그 안의 얼굴을 자세히 살펴볼 수가 있어. 갸름한 눈에 검은 머리가 상당히 멋들어지고, 표정은 놀랍도록 차분해. 그리고 깃발 꼭대기에는 누군가 붉은색으로 크게 J자를 그려 넣었어. 예수님을 뜻하는 J일 것 같지?

그런데 아니더라고.

순식간에 상황이 묘하게 돌아가기 시작해.

"참회하라! 참회하라!" 기묘한 사각 깃발 아래에서 목소리 하나가 소리쳐.

가짜 치료제를 팔던 행상꾼은 당황해서 고개를 돌리고, 업타우너 보초들이 그쪽으로 총을 겨눠. 하지만 내 눈에는 누더기로 몸을 감싼 아이들이 링 맨 아래 로프를 들추고 들어가서 보초 뒤편으로 다가가는 모습이 보이는데. 아마 소음 때문에 소리가 안 들린 거겠지. 보초들이 총을 쏘기도 전에, 아이들은 허리춤에서 단검을 빼 들고는 경고도 없이 보초들을 찌르고 무기를 빼앗아 버려.

이제 다른 아이들도 링을 넘어가고 있어. 다들 정신 나간 얼굴에 비듬투성이 더벅머리야. 아이들은 조심스레 깃발을 손에서 손으로 옮겨 링 위로 가져오더니, 캔버스천 바닥에 단단히 세워. 그리고 '치료제'가 든 유리 주전자를 바닥에 내던져 깨트려.

그사이 양복을 걸친 판매원은 군중 속으로 녹아들어 사라졌어. 도망친 거겠지. 군중은 거칠어지고 있어. 생명의 언약이 자기들 손아귀에서 빠져나갔기 때문에 분노하는 거야. 근처의 남자애 하나가 나를 거칠게 밀치고 권투 링 쪽으로 접근해. 피를 보겠다고 소리치면서.

"참회하라!" 기묘한 무리의 우두머리가 이렇게 말해. 이제 군중의 관심도 명백히 그쪽으로 쏠려 있어.

때와 장소가 달랐다면 눈앞에서 두 사람이나 단검으로 난도질당해 죽었으니 군중이 겁에 질려 도망쳤을지도 몰라. 하지만 여기서는 딱히 새로운 일도 아니니까. 보초들의 피가 권투 링 가장자리로 흘러가. 아까의 액체가 타일 바닥으로 뚝뚝 떨어지고 있는 곳이야. 아이들 몇이 입을 벌리더니 치료제를, 또는 치료제라고 생각하는 액체를 핥기 시작해.

"참회하라!" 우두머리는 다시 이렇게 말해. 얼룩덜룩한 피부에 까칠까칠한 수염에 털이 부숭한 눈썹까지, 기괴하게 생겼지만 묘하게 낯익은 얼굴이야. "이 세상에 치료제는 오직 하나뿐이니!"

그는 노란색 나일론 밧줄을 들어 올려. 그 한가운데에 검게 변색된 부분이 보이네. "'병증'이라는 광야를 벗어나 '새로운 생명'의 낙원에 입성하는 방법은 오직 하나뿐이니!" 뭐 이딴 식으로 말하고 있어. 일부 단어에 따옴표를 치면 적절해 보일 방식으로.

무리의 나머지 아이들은 그의 성유물을 가지고 링을 한 바퀴 돌면서 군중 위로 들어 보여.

"그 누구도 '제퍼슨'의 피를 만지지 않고서는 '새로운 생명'을 얻지 못하리로다!"

여기에 맞춰 동료 아이들이 일제히 소리쳐. "제퍼슨!"

〈조스〉라는 영화에서 본 적이 있는 장면인데. 경찰이 해변 출입을 허가하고 나서, 문득 주변을 돌아다니며 다음 식사거리를 물색하는 상어를 발견했을 때 말이야. 로이 샤이더는 같은 장소에 있으면서도 우리 쪽으로 달려오고 말이지. 어쨌든 지금 내 기분도 딱 그 정도야. 이제 상황이 슬슬 감이 잡히고 있거든.

깃발의 J자는 제퍼슨을 말하는 거야. 우리 제퍼슨 말이야. 그리고 두 쌍의 팔다리를 다빈치 그림처럼 벌리고 있는 남자 있잖아? 그것도 제퍼슨인 거야. 누군가 제퍼슨으로 종교를 만들어 버린 거지. 아니면 적어도, 우리가 그의 피로 치료제를 만들어서 효과를 봤다는 사실을 가져다가 일종의 정신 나간 주술 신앙으로 전환해 버린 거라고.

여기서 그가 밧줄을 꺼내. 덕분에 상황은 한층 괴상해지고.

쟤들이 '유령'이라는 깨달음이 찾아왔거든. 아니, 적어도 과거에는 유

령이었지. 우리가 치료제를 찾아 헤매다 공립 도서관에서 마주친 정신
병자 식인종 사교 신봉자들 말이야.

당시 쟤들은 기독교의 성찬식을 뒤틀어 놓은 제례에 빠져 있었어. 포
도주 대신 피를, 빵 대신 육신을 썼지. 그런 식으로 인육을 먹는 행위를
정당화한 거었어. 저들은 식사를 권유하여 우리를 개종시키려 시도했
지. 우리는 저항했고, 저들은 강요했고, 사람들이 죽었고.

거기서 도망치던 와중에, 우리를 묶었던 밧줄에 제퍼슨의 피가 좀 묻
었던 모양이야. 아니, 어쩌면 제퍼슨의 피조차 아닐지도 몰라. 우리 일
행의 다른 애가 흘린 피일지도 모른다고. 사실 별 상관도 없지만. 어쨌
든 저들은 군중에게 제퍼슨의 피를 보여 주고 있는 거야. 그게 무슨 마법
이나 되는 것처럼.

유령은 말을 이어. "나는 선택받은 자가 아니라 죄지은 자로서 말하는
것이니, 나야말로 모든 죄인 중에서도 으뜸가는 죄인이노라! 그분께서
우리 사이에 거하셨으니! 그러나 우리는 이해하지 못하였도다! 그분은
우리에게 생명을 주러 오셨거늘! 우리는 그분께 죽음을 대접했더라! 우
리는 그분의 은혜를 받을 자격이 없는 자들이니! 그러나 나는 그분의 성
스러운 피를 만졌고, 따라서 삶을 얻었노라!"

그는 말라붙은 피가 묻은 나일론 밧줄을 다시 허공으로 번쩍 치켜들
어. 군중이 저게 무슨 의미인지 알 리가 없는데도, 단호한 동작 덕분인
지 나름 납득하는 듯해. 사람들이 마치 자석에 끌리는 쇳가루처럼 밧줄
쪽으로 다가가.

그러는 동안, 나는? 나야 구자를 데리고 물러나고 있지. 하지만— 솔

직히 고백해 볼까? 나는 아주 살짝, 쬐끔 제퍼슨이 부러워졌어. 그러니까, 걔는 명성 따위에는 아예 신경도 안 쓰는 것처럼 보였잖아. 나는 항상 유명해지고 싶었는데. 그런데 이제 진짜로 유명해진 건 걔 쪽이란 말이야.

하지만 그조차 오래가지 않아. 사람들이 무대를 향해 몰려가는 와중에, 나하고 구자는 밀려드는 인파에 저항하느라 물결을 막는 바위 노릇을 하고 있었거든. 덕분에 밧줄을 든 녀석의 시선을 끌게 된 거야. 그는 우리 쪽을 돌아보더니— 나를 목격해.

그제야 나는 한 가지를 깨달아. 제퍼슨이 저들의 새로운 거물 J라면 나는 성 피터가 되는 거잖아. 따라서 나도 거물이 되는 셈이라고.

나는 황급히 뒤로 물러나. 무대 위 유령의 얼굴에 거의 종교적 희열에 가까운, 하지만 어떻게 보면 '원 디렉션'의 멤버를 마주친 13세 소녀와도 비슷한 표정이 떠오르기 시작했거든. 그는 한순간 너무 놀라서 아무 말도 행동도 할 수 없는 것처럼 보여. 그러다 링 가장자리까지 달려와서는, 로프 너머로 몸을 내밀고, 나일론 밧줄을 내 쪽으로 힘차게 뻗어.

"피터 님!" 그는 소리쳐. "피터 님! 우리는 신앙을 지켰습니다! 부디 구원을! 우리를 제퍼슨님께 데려가 주십시오!" 그 주변에 있던 다른 유령들도 무슨 일이 벌어졌는지를 깨닫고 링 한쪽으로 몰려들기 시작해.

평소에—그러니까, 이 난장판에서 '평소'라는 말이 의미가 있다면 말이지만—신 종교의 사도로 추앙받으면 어떻게 대처했을지는 사실 짐작도 안 가. 제법 괜찮게 받아넘겼으리라 생각하고 싶기는 하네. 적어도 부드럽게 거부하기는 했겠지. 하지만 내 정체를 들키기에는 최악의 타이밍이잖아. 상황 자체는 나름 괜찮게 보이기는 하지만.

"아무래도 떠나야 할 것 같은데요." 나는 구자에게 말해.

"알겠습니다." 그가 대답하고, 우리는 몸을 돌려 자리를 피하기 시작해. 하지만 사교도들은 아직 볼일이 남은 모양이야.

울부짖는 소리가 들려오거든. "피터 님! 기다리세요! 저분을 멈춰! 붙들라고!"

이제 군중의 얼굴이 우리를 향하기 시작해. 나는 대기 중의 바이러스를 흡입하듯 그들의 표정에서 명성을 들이마셔. 우리를 잡으려는 손길이 사방에서 뻗어 와.

바로 그 순간에 업타우너 병사들이 도착해. 소총을 든 채로 위층으로 이어지는 경사로에서 쏟아져 내려오고 있어.

하지만 애들이 노리는 건 내가 아니지. 가짜 치료제 판매를 훼방 놓은 유령들을 노리는 거니까. 판매원은 범죄자들 쪽을 가리키고, 보초들은 링 안으로 사격을 시작해. 우두머리 오른쪽의 사교도가 쓰러지고, 그제야 군중도 날아다니는 총알을 피해서 움츠리기 시작해. 스노글로브를 흔들어 준 것처럼 소동이 일어나고, 사람들이 정신없이 흩어지며 빠져나가고, 성자의 명성도 한순간에 쓸려 나가 버려. 화망에서 도망치는 아이들이 보기에는 나 또한 길을 가로막는 짐승 한 마리일 뿐이거든.

내 앞에서 누군가 쓰러져. 나는 그 사람을 타고 넘으려다 그가 구자라는 사실을 깨달아. 그가 눈을 크게 뜨고 나를 바라보는 앞에서, 나는 그를 붙들고 일으켜 역사의 중앙 홀로 이어지는 측면 경사로로 끌고 가기 시작해. 도망치는 아이들의 물결은 피해야 할 테니까. 그는 곧 자기 발로 땅을 딛고, 우리는 함께 위로 이어지는 경사로에 도달해.

이곳에서 총격과 유혈은 흔한 일이지. 군중의 공황도 위로 올라갈수록 잦아들어 가. 빙빙 돌아가는 화강암 복도가 층층이 겹치면서 고함과 비명 소리도 억눌러 주고.

말해도 좋을 만큼 안전해지자, 구자는 이렇게 말해. "저 사람들은 무얼 원하는 건가요?"

"누구, 쟤들요?" 나는 적당히 유머를 섞어 이렇게 대꾸하고.

"당신을 보더니 갑자기 정신이 나갔잖아요."

"아, 그거. 제 매력을 주체할 수 없어서 그렇죠. 별일도 아니에요."

그리고 나는 마음속으로 다짐해.

'그 사건'이 일어나기 전에, 유명 인사라는 것이 존재하던 시절에는 우리는 '진솔하다'라는 표현을 놓고 농담을 하곤 했어. 유명 인사들을 만난 사람들은 항상 그렇게 칭하거든. 정말 누구든 진솔하게 대하는 사람이라고. 나는 유명 인사들 쪽에서 그렇게 보이려고 안간힘을 쓰기 때문이라고 생각하곤 했지. 실제로 사생활을 공유하던 사이 말고는 명성이 그들의 인격을 얼마나 뒤틀어 놓았는지 짐작할 사람은 아무도 없을 거라고. 그 있잖아. 카다시안 일가라든가. 트럼프 일가라든가.

적어도 UN에서 우리가 치료제를 배부하던 시절에는 그렇게 느껴졌어. 다들 마음속 어딘가에서는 제퍼슨이 없이는 살 수 없다는 사실을 인지하고 있었거든. 어쨌든 모두가 제퍼슨의 피로 만든 백신으로 목숨을 구한 거잖아. 그러니 누구나 걔한테 과장된 경외와 관심을 보일 수밖에. 걔가 하는 말은 다른 사람들 말보다 큰 폰트로 작성한 것처럼 보였고, 걔가 가는 곳은 언제나 바로 그 전보다 흥미로운 곳으로 변했고. 전부 엉망이었어. 개심한 식인종 무리의 우상이 되는 일도 엉망이기는 하지만, 뭐 어쨌든.

솔직히 인정할게. 지금 나 걸음걸이가 조금 흥거운 느낌이야.

터미널의 지상 1층으로 나온 우리는, 높다란 격자 창문과 별빛이 점점이 박힌 천장 아래에서, 아래쪽의 난장판은 조금도 신경 안 쓰고 새로운 군중에 합류해. 여기에는 온갖 형태의 다양한 치료제를 파는 상점이 늘어서 있네. 알약에서 분말에서 주사약까지. 물론 전부 가짜겠지. 내가 아는 유일한 치료제는 로널드 레이건호에서 브레인박스의 조제법에 따라 만들어 낸 다음, 패스트푸드점 케첩처럼 작은 플라스틱 통에 밀봉해 넣은 것들뿐이거든.

UN 회합에 참석한 사람들을 치료하기에는 충분했지만, 그게 전부였어. 나머지 사람들을 위해서는 연구소를 가동할 생각이었지. 당연하지만 그런 일을 하려면 온갖 자원과 물자와 기타 등등이 필요하잖아. 브레인박스는 그런 일을 할 장소와 인력이 필요하다고 했어. 그 뭐냐, 당연하지만 물자도 필요한데, 뉴욕은 이미 쓸 만한 거라곤 전부 깨끗이 털려 버린 상태잖아. 남은 치료제는 아마 회합이 엉망이 되었을 때 누군가 가지고 도망쳤을 것 같아. 아니면 뭐, 안보리 회의장 바닥에 흩어져 나뒹굴고 있거나.

어쨌든 누군가 치료제를 추가 생산할 계획을 세웠을 가능성은 별로 없겠지. 그럴 능력을 갖춘 아이는 브레인박스가 유일했는데, 걔는 이미 죽었으니까. 그리고 채플은 비스킷을 제외한 다른 모든 것에 흥미가 없어

보였고.

그래, 물론 나한테도 흥미가 없을 테지.

"저기요, 구자."

"네, 피터."

"당신네 부대가 이번 임무를 준비할 때, 의약품을 가져오라는 언급도 했나요? 아이들을 위해서?"

구자는 잠시 혼란스러운 표정이 돼. 그러고는 그냥 웃으면서 어깨만 으쓱해 보여. '내 직급으로는 대답할 수 없어요'나 뭐 그런 뜻이겠지. 하지만 우리를 도울 계획이었다면 이 사람이 모를 리가 없잖아? 대놓고 병균을 옮기는 담요를 배부하거나 그런 건 아니지만, 구호 작전이 아니라는 것도 분명하다고.

어떤 상황이든 치료제의 수요가 상당하다는 점은 분명해. 그리고 시장이 가짜 약으로 그 수요에 응답하고 있다는 점도 마찬가지로 분명하고.

아직 다른 물건도 팔고 있고, 낡은 장식용 철창이 달린 매표소에서 직인을 찍은 지폐를 배부하는 일도 멈추지 않았어. 하지만 위장복을 입은 업타우너 병사들은 훨씬 밀도가 줄어들었어. 이곳저곳에서 화폐를 사용하지 않고 물건을 거래하는 모습이 보이는데, 예전이라면 절대 용납할 리가 없는 짓이잖아. 이제는 손을 맞잡고 내밀한 이해를 교환하는 것만으로도 업타우너들의 규칙을 비껴가는 거야.

망가진 애플 스토어 제단 아래의 층계참에서, 쉰 목소리의 소년 하나가 물물 교환과 신용 거래라는 기만을 비난하는 연설을 하고 있어. 그리고 그 아래 말굽 모양으로 늘어선 노점에서는 업타우너 병사들이 범법

자를 끌어내서 간단하게 처형하고 있고. 대리석 벽이 피로 물들고 있어.

구자가 입을 열어. "미쳤군요. 다들 미쳤어요." 그는 안도를 원하는지 손을 뻗어 자기 단검을 더듬어.

"맞아요. 갈수록 미쳐 가고 있죠."

이론적으로는 행복해야 마땅해. 에반과 그 휘하 불량배들이 통제력을 잃어 가고 있다는 뜻이니까. 하지만 지금 당장은 상황이 훨씬 위험해졌다는 뜻이잖아. 그 뭐냐, 경찰국가보다 고약한 건 실패한 경찰국가란 말이야. 지배자들은 권력을 유지하려 안간힘을 쓰고, 힘이 남은 자들은 조금이라도 더 많은 것을 손에 쥐려고 달려가게 되니까. 에반 녀석은 분명 지금 서두르고 있을 거야. 그러니까, 평소보다도 더욱.

우리 회합은 이 모든 것이 일어나지 못하게 막으려 했지. 바자는 평화로운 중립 구역으로서, 복수 세력의 치안 병력이 주둔할 계획이었어. 적어도 채플과 제퍼슨이 말한 바로는 그랬지.

"저거 봐요." 구자가 말해. 그는 턱을 들어 중앙 홀 쪽을 가리켜. 위장복을 입은 업타우너 분대가 군중을 떠밀며 들어오고 있네.

놈들은 웨이크필드와 다른 구르카 한 명을 밧줄에 묶어 끌고 와서는 주먹질로 계속 몰아 대고 있어. 웨이크필드는 멍한 얼굴로 주변을 둘러봐. 정신을 차리기 힘들 정도로 얻어맞은 모양이야. 구르카는 내내 고개를 숙인 채로 주먹질과 따귀를 묵묵히 받아들이고.

"쿨비르." 구자는 이렇게 중얼거려. 적어도 내게는 그렇게 들렸어.

"진정해요." 구자가 당장에라도 목을 따기 시작할 것 같아서, 나는 이렇게 말해. "일단 뒤를 따라가 보죠."

이마니

놈들이 돌아왔다. 그 백인 꼬맹이들이.

자, 내 발언에 상처받기 전에 일단 설명부터 들어줬으면 한다. 나는 인종 차별주의자가 아니다. 인종 차별이란 시스템의 문제다. 인종 차별주의자가 되려면 권력을 쥔 쪽에 있어야 하지만, 우리는 아니다. 그래, 물론 110번가에서 135번가 사이, 세인트니콜라스 이스트에서 FDR 고속도로에 이르는 작은 영역을 장악하고 있기는 하다. 그러나 우리는 타자의 바다에 떠 있는 외딴섬일 뿐이다. 이곳의 권력 구조는 무너져 내린 이후에도 여전히 그 잔해로 똥물이 빠지지 못하도록 틀어막고 있다.

저 꼬맹이들이 마틴 루터 킹 대로의 적갈색 건물에 있는 내 집무실로 어정어정 들어오다니, 그런 꼴이 마땅찮게 보일 리가 없는 일 아닌가. 백인들은, 그리고 특히 저 아이들은 우리를 우선순위에 놓고 생각한 적도, 우리를 위해 뭔가를 해 준 것도 전혀 없으니까.

스파이더? 죽었다. 선장? 떠났다. 테오의 말에 따르면 그가 직접 선택한 것이라고 하니, 부디 인정 많고 자비로우신 알라께서 그를 지켜봐 주시길. 테오는 진실을 털어놓지 못하도록 저 머저리들이 쇠사슬로 묶어 놓았다고 한다. 우리가 세상의 유일한 생존자가 아니라는 진실 말이다.

그 백인 계집이 테오의 목숨을 구했다고 항변할 수 있을지 모른다. 물론 사실이다. 그러나 그건 부산물에 지나지 않았다. 추가로 테오가 그녀에게 연민을 느낀다는 사실도 알고 있다. 그러나 우리의 흑인 형제들은 지금껏 수백 년 동안 우윳빛 피부와 노란 머리를 가진 창녀들에게 넘어가 왔다. 미디어에서 그들의 머릿속에 들이붓는 독극물 덕분에 말이다. 물론 그녀가 DNA에 새겨진 그대로의 사람일지는 모를 일이지만.

그러나 이제 그녀는 이곳에 등장했다. 꼬마 아리아계 백인 둘에다가 그 제퍼슨까지 대동하고. 제퍼슨을 저번에 봤을 때는 아폴로 극장에서 논쟁을 벌이던 적수였다. 바로 직전에는 우리하고 한 약속을 깨고 치료제를 할로윈 사탕이라도 되는 양 모두에게 나눠 주겠다고 선언했지. 그래, 걔가 솔론 앞에서, 플럼아일랜드에 도착하게 도와주면 할렘하고 자기네 부족만 치료제를 손에 넣게 될 거라고 장담할 때, 나도 거기 있었다. 솔론은 지금 내 자리에 앉아 있었지. 나는 한쪽 구석에서 딕 체니 짓거리를 하고 있었고.

그래서 우리는 스파이더와 선장과 테오를 붙이고 배에 태워서 스트롱아일랜드 끝까지 데려다줬고, 그중 둘은 살아 돌아오지 못했다. 그리고 그 소위 '회합'에서, 우리 적들—즉 다른 모든 부족—은 우리와 똑같은 상을 손에 쥐었다.

그래, 이제 솔론은 사라졌고 나는 할렘의 실권을 손에 쥐었다. 그리고 제퍼슨도 평화와 사랑과 생명 어쩌구하는 대사를 늘어놓으며 우리 형제

자매를 속여 먹었던 때만큼 위풍당당해 보이지는 않는다. 놈은 옛날의 속된 찬송 구절까지 들먹이며 우리 모두가 어울려 살아갈 수 있다고 주장했다. 우리가 옛날부터 반복해 들었던 바로 그 소리를 지껄인 것이다. 우리는 천성 때문에 저 거짓말에 넘어갈 수밖에 없다. 사랑으로 가득한 자비로운 종족이니까.

하지만 이제 제퍼슨의 얼굴에는 공허한 패배자의 표정이 떠올라 있고, 나는 그 사실이 마음에 든다. 거짓말로 동족이 나를 등지게 만들었던 놈 아닌가. 그런데 이제는 내 눈조차 제대로 바라보지 못하다니. 단순한 감각 기관인 눈에 도덕적 힘이 깃들 수 있다니 정말 놀라운 일이다. 잘못을 저지르면, 마치 잘못된 방향을 가리키는 자석처럼 척력이 작용하니까. 우리 엄마는 항상 그렇게, 내가 엄마의 눈길에 서린 힘을 감당하지 못할 때마다 내 거짓말을 꿰뚫어 보곤 하셨다. 그리고 그럴 때마다 항상 나를 때리셨다. 그리고 시간이 흐르며 엄마의 체벌은 내게 힘이 되었다. 그분은 나를 더 끔찍한 운명에서 구하고자 하셨던 거니까. 백인 남자의 세상에 도사린 온갖 위험을 항상 경계하게 만들어 주셨으니까.

그래서 제퍼슨은 이제 조용해졌다. 고개를 숙이고 꼼짝 않고 있다. 마치 에너지를 전혀 소모하지 않으면 투명해지기라도 할 것처럼. 마치 내가 움직이는 사물만 알아볼 수 있는 티라노사우루스 렉스라도 되는 것처럼. 대신 이번에는 형편없는 몰골을 한 꼬맹이 돈나가 대사를 읊기 시작한다.

내용은 대충 이렇다. 센트럴파크 서쪽의 박물관에서 놈들이 노예를 거래하고 있다. 너희 종족도 한때 속박된 상태였지 않느냐. 그러니 우리 동족을 해방하는 일도 도와야 한다.

나는 그래서 그녀에게 말한다. "아하, 이제 노예 제도에 반대할 마음이 든 모양이군."

돈나는 대꾸한다. "당연하지. 나는 항상 노예 제도에 반대해 왔어. 물론 살인도 반대하고."

그래서 나는 그녀에게 말한다. "좋아, 그래서 그 노예 제도를 반대하는 마음을 어떻게 행동으로 옮겼는데?"

그녀는 대답한다. "무슨 소리야? 노예 제도는 내가 태어나기 한참 전에 끝났는데."

"그건 아냐." 우리 시나리오에 새로 등장한, 엉덩이가 반반하고 인도인이지만 영국인처럼 말하는 남자애가 이렇게 말한다. 참고로 상당히 마음에 드는 덤이라고 언급해 둬야겠다. "인도 아대륙에는 아직도 노예제가 존재하거든. 이름만 달라졌을 뿐이지."

"글쎄, 여기는 없잖아." 돈나가 말한다.

"그래서 너 자신은 노예 제도와 아무런 연관도 없다고 생각한단 말이지? 과거에는 신경도 안 쓴다고? 직접 범죄에 손을 대야만 공범이 되는 건 아니야."

멍한 눈빛이 되돌아올 뿐이다.

나는 책상 위의 그릇에서 사과 하나를 집어 든다. 스트롱 아일랜드의 농부들로부터 얻은 훌륭한 작물이다. 그리고 나는 그릇을 그들 쪽으로 민다. 선을 넘은 자들을 상대할 때에도 일정 정도의 친절은 보여야 한다고 말하는 것처럼. 저들은 사과를 깨물지 않는다. 배가 고프지 않은 것이다. 아마 내가 자기네를 처형하리라고 생각하기 때문이겠지.

나는 말을 잇는다. "이런 식으로 얘기해 볼까. 장물이 사람 손을 거치다가 네 물건이 되었다면, 어떻게 해야 할까? 그러니까 그 물건을 손에 넣으려고 딱히 한 일이 없는데, 그냥 무릎 위에 떨어졌다면? 그러니까…… 좋아. 너희 증조모의 금반지를 나치가 훔쳤다고 해 보자고. 알아듣겠어?"

돈나는 여기까지는 알아들은 듯하다.

나는 말을 잇는다. "그래서 그 물건이 유품으로 내려오다가, 60년 후에 2차 대전과는 아무 연관도 없고, 나치식 경례를 한 적도 없고, 파리 한 마리도 죽이지 못하는 소녀가 그걸 선물로 받았다고 치잔 말이야. 그런데 알아보니 그게 너희 증조모 소유였단 말이지. 걔는 어떻게 행동해야 하겠어?"

돈나는 곰곰 생각한다. 그 점만은 인정해 주고 싶다. 이미 거의 그곳에 도달했으니까. "그 반지를 돌려줘야겠지. 처음부터 걔 물건이 아니었으니까. 걔네 가족한테도 그걸 선물로 줄 권리는 없었고."

"바로 그거야. 자, 그럼 우리 조상의 노동에 따른 대가는 지금 어디에 있지?"

저들에게 답이 있을 리가 없으니, 나는 잠시 말을 멈췄다가 다시 입을 열어. "그들이 일군 부 말이야. 주택도. 도로도. 공장도. 산업도. 우리 조상이 일군 나라도. 너희가 경찰의 보호를 받으며 누리는 온갖 혜택도. 나처럼 처치 곤란한 손자의 손자의 손자들은 경찰에게 쫓겨나고만 있는데. 우리가 이룩하고 너희가 앗아 간 것들을 언제쯤 되어야 돌려줄 생각인데? 그리고 그거 알아? 우리는 전부 돌려달라고 요구하는 것도 아니야. 그저 우리가 삶을 누리고 인간 대접을 받으며 살 수 있는 주님의 푸른 대지 한 조각을 원할 뿐이지. 알겠어?"

돈나는 고개를 끄덕인다. 진짜 이해한 건지, 아니면 내 도움을 얻으려고 그런 척하는 것뿐인지는 모르지만. 하지만 금발은 별로 이해하는 투가 아니다.

"그러셔." 금발 계집이 말한다. "하지만 이제 전부 끝났잖아. 그것도 전부 과거가 됐다고. 우린 이제 같은 배에 탄 꼴이란 말이야."

"그렇지. 전부 백지가 됐어. 누구도 딱히 뭘 해 줄 필요가 없단 소리야. 내 말이 바로 그거거든?"

"이마니." 제퍼슨이 말한다. 그는 인디언 카펫의 무늬를 내려다보고 있다.

자, 솔직히 저놈이 내 이름을 저런 식으로 부르는 건 마음에 들지 않는다. 나를 자기 지인들과 똑같이 취급하며, 내 친구들처럼 태연하게 행동하는 건.

"대통령 각하라고 불러 줬으면 하는데." 내가 말한다.

"좋아요. 대통령 각하. 만약 그게 나 때문이라면…… 그러니까, 나 때문에 옳은 일을 하기를 멈추지는 말아 줬으면 합니다."

아니, 옳은 일이 아니라고 생각하면 당연히 그 일을 안 하겠지. 너희들이 짜증 나서 돕지 않겠다는 게 아니잖아. 하지만 나는 그가 계속 말하게 놔둔다. 나는 듣는 일에 능숙하니까. 열심히 들으면 상대방을 이길 방법을 알 수 있으니까.

"지금껏 있었던 모든 일에 진심으로 사과합니다. 어쩌면 당신이 옳았을지도 몰라요. 어쩌면 그냥 치료제를 손에 넣고 나머지 모두를 죽였어야 하는 걸지도 몰라요. 그럴 권리가 있었을지도 모르죠."

그러더니 다시 잠잠해진다. 내가 얘를 위해서 생각을 마무리 지어 줄 이유는 없을 것 같은데.

"그런데?"

그는 어깨를 으쓱하고 아무 말도 하지 않는다. 그러더니 그런 문제는 이제 아무 상관도 없다는 것처럼, 그는 이렇게 말한다. "그 아이들을 구하는 게 옳은 일이잖아요." 방금 한 말과 기본적으로 같은 소리인데.

그래서 나는 말한다. "다른 사람은 아무도 '옳은' 일을 하지 않는데 나는 그래야 할 이유를 모르겠군. 그 여자애들이 나한테 무슨 의미가 있지? 다른 부족 소속에다 만난 적도 없는데. 게다가 너무 늦어 버리기 전까지는 진짜 옳은 일이 뭔지는 모르는 것이 정상 아닌가?"

그리고 나는 생각을 시작한다. 아니, 사실 생각이야 항상 하고 있긴 하다. 엄마는 내가 이 세상에 태어난 순간부터 열심히 머리를 굴렸다고 말씀하시곤 하셨다. 하지만 이번에는 진짜 생각할 때다. 깊은 곳에서, 내 마음속 깊숙한 곳에 틀어박혀서, 진정으로 옳은 일이 무엇일지를 가늠하는 것이다.

백인 꼬맹이들은 내 모습을 어떻게 해석할지 모르는 모양이다. 서로를 둘러보는 모습이 마치 내가 할 말을 다 끝냈다고 여기는 것 같다. 뭐, 상관없지. 이렇게 잠시 물러날 때마다 사람들이 반응하는 방식에는 이미 익숙해졌으니까. 그렇게 다들 놀라는 걸 보면, 필요할 때마다 자리에 앉아서 시간을 들여 생각하는 사람이 정말로 별로 없는 모양이다.

"음, 그럼 우린 가 보는 게 좋을 것 같군요." 제퍼슨이 말한다.

"아니. 그럴 것까지야."

그들은 서로 시선을 교환하다 자기 손을 내려다본다. 내 말뜻을 전혀 모르겠다는 거지.

나는 말을 잇는다. "'옳은 일'이라서 하려는 게 아니야. 기분이 내키니까 하려는 거지."

그러니까, 놈들을 돕겠다는 소리다. 우리 여자애들을 모아 보내서 그 노예 상인들에게 지옥을 선사할 것이다. 옳은 일이어서도, 워싱턴스퀘어 부족을 위해서도 아니다. 과거 때문도 아니고.

그 쪼맨한 개자식들이 자기 바지에 지리는 꼴을 보려고 하는 거다. 업타우너 놈들의 모골이 송연해지라고, 우리가 다음에는 놈들을 노리리라는 사실을 알리려고 하는 일이다. 자기네가 해방되었음을 깨달은 여자애들의 눈빛을 보려고 하는 거다.

나를 위해 하는 거다.

우리는 픽업트럭 다섯 대를 골라 타고 노예 시장으로 향한다. 총 50명의 우리 여자애들은 전부 편안한 기색이다. 제각기 3D 프린터로 찍은 AR-15를 들고 있다. 준비는 만전이다.

"그래서 이 부대를 뭐라고 부르는 건가요?" 이 남자애의 이름은 랍이라고 한다. 내 휘하의 여자애들을 말하는 거다.

"뭐야. 아직도 나한테 말을 걸고 있나?" 나는 말한다. 트럭이 이리저리 흔들릴 때마다 그의 팔이 내 팔을 쓸고 지나가는 것이 느껴진다. 마음에 들지만, 동시에 조금 초조해지기도 한다. "이 정도면 원하는 건 전부얻었을 텐데?"

"이런, 말도 못 하나요?" 내가 길모퉁이에서 운전대를 틀자, 그의 머리가 천장에 부딪힌다.

서스펜션이 삐그덕거리고 운전석이 비좁기는 하지만 나는 개의치 않는다. 오래 걷고 싶은 기분이 아니다. 서둘러 빠져나와야 할 상황이 여럿 머릿속에 떠오르기도 하고.

"비쩍 마른 네 여자 친구한테나 신경쓰는 게 어때?" 그가 돈나를 바라보는 눈길에서 가늠한 일이다. 내가 보기에는 과거에는 함께였지만 지금은 아닌 사이인 듯하다. 돈나는 제퍼슨한테 그 사실을 숨기고 있지만 제퍼슨도 슬슬 알아차리는 중이다. 하지만 나하고 무슨 상관이람? 내가 로맨스의 여주인공이나 그런 타입도 아닌데. 어쨌든 나는 그의 질문에 대답하기로 마음먹는다. "우리 여자애들은 자기네를 '슬레이어 퀸'이라고 불러. 그럼 이제 운전에 집중하게 해 주실까."

하지만 사실 나는 그가 말하는 투가 마음에 든다. 점잖고 영국적이고 기타 등등 전부. 나는 겉으로는 퉁명스럽게 굴면서도, 속으론 그래, 뭐든 더 지껄여 봐! 이러고 있다.

나는 그에게 묻는다. "로자바라고 들어 본 적 있나?"

그는 고개를 젓는다.

나는 그에게 쿠르드 민족의 이야기를 들려준다. 제대로 국가를 가진 적이 없는 중동의 민족이다. 그들은 터키와도 싸우고, 시리아와도 싸우고, 이라크와도 싸웠다. 아무도 그들에게 한 조각 땅을 양보하려 하지 않기 때문에. 누구나 그들에게 입 닥치고 썩 꺼지라고만 말하기 때문에.

"쿠르드족 이야기는 들어 봤어요." 랍은 이렇게 말하지만, '쿠우우드즈'처럼 발음한다. "하지만 그게 무슨 관련이 있는지는 짐작이 안 가는데요."

"내 말을 마저 들으면 이해하게 될 거야." 아주 조금이지만 내가 추파를 던지는 듯한 느낌을 지울 수가 없다. 나는 말을 잇는다. "그들은 로자바라는 아주 작은 국가를 만들었어. 아사드가 집권하고 ISIS가 등장하면서 상황이 엉망이 되기 시작하니까, 시리아 북부의 땅뙈기 하나를 차지했지. 그들은 모두가 잊어버린 어느 늙은이가 쓴 책들에 기초하여 정부를 구성했어. 그 노교수는 메인주의 어느 무너져 가는 움막에서, 온종일 소파에 누워 아픈 관절이나 주무르면서 자기는 이제 끝장났다고 생각하고 있었지. 그런데 어느 날, 자기가 구속된 쿠르드 민족의 지도자라고 주장하는 사람이 그에게 이메일을 보내 온 거야. 게다가 자기네가 세울 새로운 나라에 그의 정치사상을 도입하겠다고 말하면서. 지구 반대편에 있는 사람들이 그 늙은이를 칼 마르크스 이후 등장한 최고의 사상가로 간주해 준 거야."

"흥미롭군요." 랍이 말한다.

"어쨌든, 그 사상이란 완전 평등주의였어. 인종도, 종교도, 성별도 가리지 않고. 모든 정부 요직에는 남성 한 명과 여성 한 명이 배정되지. 모든 경찰은 배지를 달기 전에 2주간 페미니스트 교육을 받아야 하고. 심지어 여성 전투 여단도 있었어. ISIS의 배교자들은 그들을 끔찍하게 두려워했지. 여자한테 죽으면 천국에 못 갈 거라고 믿고 있거든.

그래서 솔론의 통치가 끝나고 내가 대통령직에 오른 후에, 나는 쿠르드 민족을 따라서 전원 여성인 전투 부대를 만들기로 했어. 우리를 노리는 자들이 있으면 직접 맞서 싸울 수 있도록."

랍은 고개를 끄덕이며 말한다. "저는 강한 여성을 좋아해요." 나는 도로를 바라보는 그의 얼굴을 슬쩍 훔쳐본다.

우리는 마틴 루터 킹 대로를 따라 달려가서, 마커스가비 공원을 지나 맬컴 X 대로로 들어선다. 그리고 110번가에서 우회전해서 센트럴파크 노스가를 따라 달려간다. 할렘미어 호수의 매끄러운 수면에 겨울의 창백한 태양이 비친다. 이런 것이 할렘이지. 고약한 욕설. 반짝이는 총.

노예 상인들이여, 우리 여자애들이 너희를 노리고 달려가고 있다.

피터

저들이 웨이크필드와 다른 구르카 친구를 끌고 들어왔고, 내 친구 구자와 나는 역사의 널찍한 홀에 있는 버려진 대형 레스토랑 천장에 엎드린 채로 그 모습을 내려다보고 있어. 구자가 찾아낸 장소지. '정비용 통로'라고 적힌 문으로 들어가면 여기로 이어진다는 걸 발견했거든. 알고 보니까 구자가 시설 정비 마니아더라고. 나중에 사람 목 따는 일을 끝내면 건물 안전 감독관이 될 계획도 있더라니까. 우리 아래의 예쁘장한 꽃잎 모양으로 생긴 구멍이 뚫린 금속판을 통해서 상황을 살필 수 있어. 하얀색 합성수지를 위에 깐 U자형 카운터가 있는데, 교회처럼 엄숙한 분위기의 번들거리는 붉은 벽돌 벽에 둘러싸여 있는데도 묘하게 카페테리아 느낌이 나. 여기가 업타운 연맹 중역 회의를 여는 곳인 모양이야. 어퍼 이스트사이드를 따라 여기저기 서 있던 다양한 사립 학교에서 온 꼴통들이 가득해.

그들 사이에서 에반을 즉시 알아볼 수 있어. 언제나처럼 환한 금발에 높은 광대뼈가 눈에 띄네. 여기 천장에서 서로를 죽이려 애쓸 필요 없이 아무도 모르게 내려다보게 된 지금에서야, 그의 모습을 전체적으로 눈에 담게 된 느낌이야. 슬쩍 봐서는 걔네 여동생만큼이나 훌륭한 외모야. 북구 느낌이랄까, WASP(백인 앵글로-색슨 개신교도의 약자. 미국의 상류층 특징을 지칭한다: 옮긴이)스러운 느낌을 풀풀 풍기거든.

그런데도 묘하게 섹시하지가 않아. 아니, 걔가 정신병자에 살인자라서 그렇다는 얘기가 아니야. 솔직히 말해서 그쪽 문제가 성적 매력을 감소시킬 리는 없잖아? 수감자 우편으로 여친을 사귄 연쇄 살인마가 얼마나 많은데.

그런데 에반은 뭔가 이상해. 내 리비도가 쟤의 잘생김 표면에 부딪혀 튕겨 나오는 느낌이야. 못된 남자의 매력도 너무 지독하면 어딘가 정 떨어지는 느낌으로 응고되어 버리거든. 사실 쟤의 고전적 외모도 그렇게 역겨운 느낌에 일조하고 있어. 외모와 내용물의 대조 자체가 너무 퇴폐적으로 느껴져. 똥구덩이에서 자라는 꽃 한 송이 느낌이랄까.

그러다 채플이 걸어 들어와.

채플을 처음 만났을 때 나는 로널드 레이건호의 구금실에 있었지. 격리 때문에 천천히 미쳐 가고 있었어. 그런 가운데 채플이 한밤중의 달콤한 꿈처럼 등장해서 세상 돌아가는 상황을 설명해 준 거야. 걔가 원하는 식으로 이해하도록 만들려는 시도이기는 했지만. 나는 나머지 세계가 '그 병'에서 살아남았고, 임시방편과 미합중국 해군의 감시에 힘입어 누더기처럼 기워져 있는 상태라는 사실을 깨달았어. 채플은 자기가 저항군이라 불리는 조직 소속이라고 말했지. 인류를 전 지구적 폭정과 기타 등등으로부터 해방시키려는 조직이라는 거야.

하지만 그게 다가 아니었어. 아니, 적어도 나는 그렇게 생각했어. 친밀감이…… 서로를 향한 끌림이 느껴졌지. 얼마 후부터 채플은 정치 교육 외의 목적으로 나를 방문하게 됐어.

나는 사랑에 빠졌다고 생각했어. 어디라도 그를 따라갈 준비가 되어 있었지.

그리고 실제로 어디든 따라갔던 것 같아. 심지어 지금도 그랜드 센트럴 역사의 정비용 통로까지 기어 들어와 있잖아. 쥐들도 '너 지금 여기서 뭘 하는 거야?'라면서 지나가고 있어. 구자는 슬쩍 물러나. 싸움꾼이라도 설치류 대처는 계약 사항에 없는 모양이지.

내가 채플에게 넘어갔을 때, 제퍼슨은 채플의 사기에 넘어가 버렸어. 채플은 재건 위원회가 미합중국에 살아남은 아이들이 모두 죽을 때까지 기다렸다가 진입할 거라고 일러 줬거든. 채플의 생생한 표현을 빌리자면, '찌꺼기를 긁어내고 공장을 재가동시키러' 말이야.

그래서 그가 아이들을 구하고 싶다고 선언했을 때, 우리는 모두 그 계획에 동참했어. 절대 돌아가고 싶지 않았던 바로 그 장소, 뉴욕으로 돌아가는 일에 뛰어든 거야.

채플이 '지금' 원하는 일이, 또는 처음부터 진짜로 원한 일이 무엇일지는 아무도 몰라. 어쩌면 진짜로 권력에 맞서 싸우려는 걸 수도 있지. 아니면 스스로 권력자가 되려는 걸지도 모르고. 비스킷을 가지고 있으니 이론적으로는 어느 쪽이든 뜻대로 할 수 있을 거야. 원하면 언제든 온 세상을 날려 버릴 수 있다는 뜻이니까.

물론 채플이 나한테 작별 인사도 하지 않고 떠난 것과 비교하면, 이쪽이 훨씬, 훠얼씬 크고 심각한 문제기는 해. 하지만 있잖아, 인간의 본성이라는 것 때문에 말이지, 나한테는 그에게 차였다는 매우 사적인 문제가 지정학적인 문제보다 훨씬 심각하게 느껴지거든. 정말 부끄럽지만, 그가 브레인박스를 썼다는 것만큼이나 그게 지금 눈앞의 현실로 느껴져. 젠장. 아직도 그 사실을 제대로 받아들일 수가 없어.

어쨌든 지금 채플은 험악하고 중무장한 옛 사립 학교 남자애들한테 둘러싸여 있어. 에반이 단순한 수행원 역할에 만족하며 다른 사람이 세상을 주무르는 꼴을 지켜보고만 있을 거라고는 상상할 수가 없으니, 마지막 순간에 채플이 목을 잘릴 가능성도 상당히 클 거야. 물론 인과응보의 실현이라는 점에서는 나름 만족스럽기는 하겠지만, 채플이 발사 버튼을 쥐고 있는 상황보다는 에반이 발사 버튼을 쥐고 있는 상황이 훨씬 고약하잖아. 나는 그 뭐냐, 에반한테 분별이라는 것은 조금도 기대하지 않거든. 쟤도 쟤 여동생도 그 점은 똑같아.

"저길 봐요, 피터." 구자가 다급하게 속삭여.

웨이크필드와 구르카가 오이스터 바의 문으로 밀려 들어와서, 채플과 에반과 업타우너 대빵들 앞에 무릎을 꿇고 앉아. 높은 천장에 울리기 때문인지는 몰라도, 이어지는 대화는 한층 큰 소리로 들려와.

 예반

채플은 그 쿠키인지 비스킷인지 뭔지 하는 물건을 내 손에 넘겨주지 않는다. 빌어먹을 병신 같은 짓거리지. 나한테 주면 그걸 만지작거리다가 실수라도 해서 핵미사일을 한 다발쯤 발사하거나 그럴 거라 생각하는 거잖아. 내가 무슨 다섯 살인 줄 아나. 자기가 내 아빠라서 리모컨을 가질 권리를 주장하는 것도 아니고.

그런 순간마다 내가 그걸 들어줘야 하는 괜찮은 이유를 딱히 발견하지 못하긴 한다. 내가 그러고 싶고, 채플은 그러길 원하지 않는다는 것만 빼고. 다시 해묵은 '욕망'과 '필요'의 문제로 돌아온 셈이다. 아버지가 아빠 식으로 설명하던 기억이 나는데. 묘하게 우쭐하는 꼬라지를 볼 때마다 망치로 이빨을 전부 부숴 주고 싶었지.

아빠는 우리가 '필요하다'고 여기는 것들이 사실은 단순히 '욕망하는' 것들일 뿐이라고 주장하곤 했다. 보통 내가 뭔가 필요하다고 말할 때였지. 자동차나, 멋진 신발이나, 뭐 그런 것들. 거기다 인간의 욕망에는 끝이 없다고도 말했고. 뭔가 필요하다고 생각한 물건을 손에 넣는다해도 사실은 욕망하던 물건일 뿐이기 때문에, 항상 다른 것을 욕망하게 된다는 거지. 그러다가 마지막에는 이승에서 보낼 시간을 욕망하게 되기 마련이고.

그러다 제대로 낚았다고 생각한 적이 한 번 있었다. 진짜 필요를 떠올릴 수 있다고 말하고, 바로 공기가 아니겠느냐고 했다. 그런데 아빠는 '글쎄, 뭔가를 위해 네 목숨까지 포기할 수 있는 상황을 떠올릴 수 있겠냐?'라고 말했지. 그리고 나는 '그럴 리가.'라고 생각했고.

하지만 '좋은 사람'으로 보이고 싶었기 때문에, 나는 그렇다고 대답했다. 그랬더니 그 인간은 '아, 역시 그렇지? 그렇다면 너는 공기가 필요한 게 아니야. 네가 원하는 뭔가를 공기보다 우선순위에 놓았으니까. 사실 잘 생각해 보면, 진짜로 필요한 것 따위는 존재하지 않는다는 것을 깨닫게 될 거다.' 이러는 거다.

내가 주말에 햄튼에 몰고 갈 컨버터블을 넘겨주지 않겠다는 소리를 개꼰대식으로 표현한 거지. 터무니없이 말도 안 되는 소리잖아. 아빠는 말싸움으로는 이기기 힘든 인간이었다. 그래서 나는 제대로 반격할 순간만을 기다렸다.

'그 사건'이 벌어지고 몇 주가 지났을 때였다. 인터넷이 나가고, 의사와 간호사도 떠나고, 요리사와 가정부도 관둔 후였다. 아빠는 '그 병'에 걸리고 엄마는 그를 역병처럼(웃기지?) 피하고 다녔다. 그래서 아빠는 거대한 위층 침실의 지저분한 침대에 틀어박혀 지냈다.

나는 살짝 문을 두드리고 안으로 들어갔다. 아빠가 언제나 원하던 대로였지. 그리고 그의 침대로 가서 곁에 앉아 미소를 지었다. 내가 아빠한테 관심을 보이는 상황이 드물었으니, 아마 정말로 감동받았을 것이다. 물론 그 시점에서는 이미 말도 할 수 없는 상태였지만.

"아빠, 이거 하나는 말씀드리고 싶어요. 앞으로 무슨 일이 벌어지든 저는 영원히 아빠를 기억할 거예요. 지금껏 아빠가 말씀해 주신 것들도 모두 다요."

눈가에 눈물이 반짝이더군. 내 목소리를 들었다는 거지.

"있죠, 저번에 사람한테는 공기가 필요 없다고 했던 것 기억나요?"

혼란이 느껴지더군.

그리고 나는 그의 입을 손으로 막고, 다른 손으로 코를 쥐었다. 물론 베개를 쓰는 게 고전적인 방식이라는 정도는 알고 있었지만, 그렇게 하면 죽어 가는 얼굴을 감상할 수가 없잖아.

문득 내 근원의 DNA를 직접 잘라 내는 중이라는 생각이 들더군. '증거 인멸'이라는 표현이 마음속을 스쳐 지나갔지.

덤으로 문득 그를 죽이는 행위가 사실은 자비를 베푸는 것이 아닌가 하는 생각도 들었다. 이미 '그 병'에 걸린 인간이니까. 그 생각이 나서 손을 뗄 뻔했다. 하지만 거기까지 오니까 내 주장을 굽힐 수도, 약점을 보일 수도 없었다. 아빠는 항상 나를 때리고 학대해서 약점을 몰아내려 했으니까, 어쩌면 단호한 아들의 모습이 자랑스러웠을지도 모른다. 그의 가르침을 따른 셈이니까. 그런데 자랑스러운 얼굴은 아니더군. 겁에 질린 얼굴이었지.

"아빠, 물론 이렇게까지 할 필요는 없을 것 같긴 해요. 하지만 정말 욕망하는 일이라서."

그가 들은 마지막 소리였을 것이다. 두뇌가 마지막으로 처리한 문장이었을 것이다. 이내 그도 멈췄고, 나도 멈췄다.

나는 밖으로 나가 여동생에게 알렸다. 그 애는 나를 괴물이라 불렀다. 하지만 평생 처음으로, 내게 감사하는 것처럼 보였다.

그 인간이 나하고 여동생한테 그런 온갖 일을 저질렀으니, 패배감과 배신감과 굴욕감에 사로잡혀 세상을 떠난 것에도 뭔가 의미가 있을까. 아니면 죽어서 그의 모든 기억이 우주에서 영원히 사라졌다는 것이 더 중요하고, 어떻게 죽었는가는 별 의미도 없던 걸까?

물론 진짜로 중요한 일은 내가 그 순간 그곳에 쌩쌩하게 살아 있었다는 거다. 따라서 그가 영원히 소멸되는 아름다운 추억을 평생 마음속에 간직하고 살아갈 테고.

딴 소리가 됐군.

아빠의 사회 경제학적인 이론하고는 무관하게, 나는 이 짧은 생 동안 '욕망'과 '필요'를 구분하는 데 상당히 많은 시간을 할애했다. 영리한 유대놈 클라인 박사와 오직 그것만 이야기한 상담 시간도 제법 많았고, 덕분에 나는 꽤나 발전해 버렸다. 과거의 나라면 그냥 채플을 쏴 버리고 비스킷을 차지했을 테지만, 지금의 나는 그런 행동이 내 장기적 이득에 부합하지 않으리라는 점을 알고 있다. 물론 머릿속에서 '나중에 채플의 대가리에 납탄을 박아 줘야 하는 이유'에 추가해 놓기는 하지만, 지금 당장은 그냥 웃으며 돌려줄 생각이다.

"심문은 나한테 맡겨 줘." 놈이 말한다.

목록에 추가할 항목이 하나 더 생겼잖아.

애들이 죄수들을 데려온다. 키가 훤칠하고 늙은 백인 남자에, 군인 장비를 걸친 산만하고 *쪼끄만* 갈색 피부의 남자다. 내 형제들은 목을 빼면서 온갖 괴성을 질러 댄다. 시간이 흐르면 어른을 봐도 놀라지 않게 될지도 모르지만, 지금은 아니다. 눈가에 잔주름이 잡히고 구역질 나는 백발이 군데군데 드러난 모습이 마치 괴물 같다.

"너흰 대체 뭐냐?" 나는 묻는다. 모든 대화를 채플에게 맡겨 둘 생각은 없으니까. 채플은 슬쩍 나를 곁눈질하기만 한다. 포로는 둘 다 아무 말도 하지 않지만, 나는 그들이 내 의자 옆에 있는 서류 가방과 채플의 손에 들린 비스킷을 바라보고 있다는 사실을 알아차린다.

채플이 말한다. "제복을 보면 영국군 특수 부대인데." 어째 말하는 투가 나는 상황을 알고 너는 모르니까 얌전히 물러서, 라고 하는 듯하다.

"'영국군 특수 부대'가 여기서 뭘 하는 건데?" 나는 그에게 묻는다.

채플은 짜증 난 표정이다. 우리가 뭘 모르는지를 노출해서 패를 보이고 싶지 않다든가, 뭐 그런 거겠지. 하지만 내가 보기에는, 우리는 총을 든 쪽이고 놈들은 등 뒤로 손이 묶인 쪽이다. 그러니까 바로 본론으로 들어가도 문제없다는 거지. 나는 패를 가슴에 바싹 붙여 숨기는 쪽보다는 내가 패를 완전히 지배하고 있다는 사실을 드러내는 쪽이다. "원하는 대로 실컷 보라고, 어차피 네놈들 목은 내 군홧발에 짓밟힐 테니까 말이야." 뭐 이런 식으로 말해 주는 거지.

하지만 늙은이들은 여전히 찍 소리도 내지 않는다.

채플이 입을 연다. "예전에도 말했지만, 미합중국 재건 위원회는 영국에 본부를 두고 있어."

아니, 위치를 알았으면 미국 출신의 개새끼들을 보내서 풋볼을 찾는 편이 훨씬 나은 거 아냐?

이렇게 생각하다 나는 문득 깨닫는다. 일을 처리하려면 결국 사람을 죽여야 할 것이다. 그리고 같은 민족보다는 외국인을 죽이는 편이 훨씬 쉬운 법 아닌가? 외국인의 생명은 자국민만큼 귀중하지는 않은 법이니까. 그래서 항상 사고든 뭐든 나면 '126명이 목숨을 잃었을 것으로 추정됩니다. 12명의 미국 시민이 탑승해 있었습니다' 따위로 방송하는 것 아니겠어. 미국인은 미국인 목숨을 비싸게 치니까. 그리고 영국인은 영국인 목숨을 비싸게 치고, 탄자니아인은 탄자니아인 목숨을 비싸게 치겠지. 당연한 일이야. 그래서 다른 나라가 아주 작살이 나도록 폭탄을 쏟아붓는 일이 손쉬운 거지. 외국인 애새끼들은 그 뭐냐, 우리 애새끼들의 몇십 분의 일 정도 가치를 가지니까. 멀리 있고 생김새도 다르니까.

어쨌든 여기 뉴욕이라는 커다란 사과에서 사람들을 구타하고 이름을 적으려면, 지역 주민을 죽여도 딱히 죄책감을 느끼지 않을 친구들을 보내는 게 당연할 거다. 예를 들어 영국놈이나 다른 외국인 부류 따위.

놈들은 우리가 제1세계 출신이 아니라는 것처럼 대해도 된다고 생각한다. 그 점에서 나는 화가 난다. 게다가 내 질문에 답하지도 않고 있으니, 나는 순간 결정을 내리고 AR-15를 들어서 부르르르— 소리와 함께 꼬마 갈색 남자한테 총알을 몇 방 먹여 준다.

놈은 그대로 뒤로 고꾸라지고, 그와 함께 묶여 있던 다른 남자도 따라서 뒤로 넘어진다. 소음과 초연이 섞이니 꽤 볼 만한 소동이 벌어진다.

채플은 나를 미친놈 보는 눈으로 보고 있다. 잘된 일이지. 그렇게 생각해 줬으면 하니까. 놈이 '우리' 집에 들어와 있고, 냉장고를 열기 전에는 허락을 맡아야 한다는 사실을 되새기게 될 테니까.

내 졸개들이 죽은 꼬맹이와 겁에 질린 노인네를 묶은 줄을 끊어 준다. 분명 고문 대처법 훈련 따위를 받았겠지만, 그런 건 이성적인 상대한테나 통하는 거다. 문제는 놈의 상대가 나라는 거고.

꼬라지를 보니, 좋게 표현해도 의표를 찔린 듯하다.

이제야 서로를 마주할 준비가 된 듯하다. 이렇게 하면 굳이 소리를 지를 필요가 없다. a) 갑자기 주변이 아주 끔찍하게 조용해졌으며 b) 누군가를 죽이면 발언권이 자동으로 넘어오는 법이기 때문이다.

나는 입을 연다. "그냥 분위기를 바꾼달까, 본론으로 들어간달까, 뭐 그런 걸 하고 싶었을 뿐이야. 아마 이제 우리한테 비스킷이 있다는 점은 확실해졌을 테고, 내 생각에 네놈들은 그걸 찾고 있는 것 같거든. 내 말이 맞나?"

나는 놈을 바라보고, 놈은 거의 반사적으로 고개를 끄덕인다. 조금 더 나은 본능이 생존 본능을 억누르지 못해서 삐져나온 셈이다. (내 생각에는 지금은 생존 본능이 최고일 듯하지만)

"너하고 함께 있던 놈들도 전부 그쪽에서 보낸 거겠지?"

웨이크필드는 말한다. "보조 부대원이다. 공원에 있다."

나는 대꾸한다. "그러시겠지. 어이, 지크?" 내 가장 뛰어난 형제 중 하나다. "가서 놈들을 염탐하고 와. 무슨 짓을 꾸미는지 알아봐야지."

지크는 고개를 끄덕이고 밖으로 나간다. 텁수룩한 머리가 앞뒤로 흔들린다. 어른들이 등장한 이후 이곳에 펼쳐진 혼란스러운 상황 덕분에, 지금은 여분의 인력이 별로 없는 상황이다. 하지만 이 명령은 자원 활용으로서 나쁘지 않은 듯하다. 그대로 영영 돌아오지 않더라도 절대 잊지 않아 주마.

슬슬 이야기할 분위기가 된 것 같다. "그럼 이제부터는 우리 동료인 채플 씨가 진행해 줄 거야."

채플은 이제 조금 평정을 되찾은 모양이다. 꼬맹이하고 절교한 순간 저 창문 밖으로 훨훨 날아간 줄 알았는데. 그는 통로 쪽을 향하고 있던 시선을 돌려서 이쪽을 바라본다.

채플이 입을 연다. "군율에 따른 처형이라고는 못 하겠군요, 대령. 사과드리죠. 우리 둘 다 쾌적하지 못한 상황에 처해 있다는 사실은 굳이 지적하지 않아도 될 듯하군요."

영국인이 채플을 바라보는 시선을 보면, 이런 동질감을 되새기려는 시도에는 조금도 넘어가지 않을 생각인 것이 분명해. 그러니까, 좋은 경찰 수법에 말이야.

"하지만 보시다시피, 지금은 제가 승자 쪽에 서 있는 듯합니다."

"그런 듯하군." 마침내 놈이 입을 연다. 그리고 대부분의 사람처럼, 이 작자도 TV에서 본 헛수작을 흉내 낼 줄밖에 모르는 것이 분명하다. 그래서 별일 아니라는 투로 말하는 거지. 이 정도는 예전에도 겪어 본 적이 있다는 것처럼.

"이름은?" 채플이 묻는다.

"웨이크필드." 그가 답한다.

"웨이크필드, 모두가 이 상황에서 살아 나갈 수 있는 방법이 있습니다. 누구도 목숨이나 명예를 잃지 않는 방식으로요."

"바하두르 이등병만 빼고 말이지." 놈은 죽은 동료를 향해 고갯짓을 한다.

"그래요, 그러지 말라고 충고하고 싶었는데. 하지만 우리 상대는 예측 불허의 인물입니다. 그 점은 인정해야겠지요?"

그리고 채플은 나한테 묻는 것처럼 나를 바라본다.

나는 대꾸한다. "나는 사상 최대의 예측 불허 인간이라고. 예측 그 자체를 거부하지. 나쁜 경찰 정도가 아니라 최악의 경찰이란 말씀이야."

채플은 여기에는 딱히 뭐라 하지 않는다. "자, 외부 세상과 접촉할 수단을 분명 가지고 있겠지요? 위성 통신기나? 물론 이걸 쓸 수도 있지만……." 여기서 그는 비스킷을 가리킨다. "솔직히 이건 건드리고 싶지 않거든요. 무슨 말인지 알겠지요? 미연의 사고를 방지하고 싶으니까."

놈은 아무 말도 하지 않는다. 그러다 그는 나를 보더니, 묶인 손을 들어서 멋들어진 군복에 달린 수많은 주머니 중 하나를 가리킨다. 나는 우리 패거리 하나에게 고갯짓을 하고, 그는 웨이크필드의 몸을 뒤져서 묵직한 고무 손잡이가 달린 휴대폰처럼 생긴 물건을 꺼내서 가져온다. 나는 채플에게 뼈다귀를 던져 줄 때가 됐다고 결정하고 그에게 넘긴다.

채플이 묻는다. "접속 암호는? 비상용 암호를 대지는 않기를 바랍니다. 서로 소통을 하는 편이 모두에게 이득일 테니까요."

웨이크필드는 일련의 숫자와 문자를 일러 준다. 예측하기 힘들 법한 암호다. 물론 그걸 암기하고 있는 인간을 죽이겠다고 위협하는 상황이라면 문제가 달라지지만. 고문이야말로 최고의 해킹이라니까.

채플은 암호를 입력한다. 누군가 즉시 전화를 받았는지, 채플은 즉시 입을 연다. 꼬마 계집처럼 전화통 옆에서 기다리고 있었나 보지. "아뇨, USN 소속의 채플입니다." USN은 '미합중국 해군'이라는 뜻이겠지.

이어 채플은 말한다. "기다리지요."

그리고 나는 그에게 말한다. "스피커폰으로 돌려 주시지."

채플은 여기 사람들 모두에게 들려주기는 싫다는 표정으로 나를 바라보고, 나는 그딴 거 알 게 뭐냐는 표정으로 마주 봐 준다. 채플은 위성 전화의 버튼 하나를 누른 다음 카운터에 올려놓는다.

반대쪽에서는 뭔가 부스럭거리는 소리가 들린다. 그러다 누군가 말한다. "이 회선에는 어떻게 접속했나?"

"당신 부하인 웨이크필드한테서 넘겨받았지요."

"그 사실을 확인하고 싶다."

채플은 웨이크필드에게 고갯짓을 하고, 놈은 입을 연다. "웨이크필드 대령입니다. 지금 포로가 된 상태고, 이쪽은—" 우리가 누군지 모르는 모양이군.

내가 말한다. "업타운이다, 개새끼들아."

반대편에서는 침묵이 흐른다. 이윽고 "원하는 게 뭔가?"라는 목소리가 들려온다. 묘하게 개인적이고, 묘하게 짜증 섞인 말투다. 나는 조금 더 공적이거나 적어도 위협적인 대응을 기대하고 있었는데.

채플이 말한다. "재건 위원회와 대화할 수 있는 회선을 원합니다. 그리고 당신이 저항군 쪽과 연락을 주선해 줬으면 합니다. 다음 통신에서 필요한 IP 주소를 보내지요. 일단은 지금 상황이 엄중하다는 것을 증명하기 위해서, 당신 부하인 웨이크필드가 내가 풋볼하고 비스킷을 가지고 있다는 사실을 확인해 줄 겁니다. 끊지 마시죠."

그리고 채플은 자리에서 일어나 서류 가방을 가져와서 열더니, 그 안에 든 숫자가 적힌 코팅지를 뒤적거린다. 다음에는 비스킷을 들어 보인다. 우리가 대화 중인 물건을 조금 더 크게 만든 것처럼 생겼다.

웨이크필드는 그걸 살펴보더니 헉 소리를 억누르고 말한다. "확인했습니다."

전화 반대편에서는 다시 침묵이 흐른다. 사람들이 숙덕거리는 소리가 실제로 들려온다. 처참하군.

채플이 말한다. "지금부터는 이쪽에서 방침을 전달하겠습니다. 이제 총리 관저와 미국 대사관을 회선에 연결해 주십시오. 한 시간 드리겠습니다. 통신기는 열어 놓지요. 회신이 없으면 미사일을 예열하기 시작할 겁니다."

그리고 그는 전원 버튼을 누른다. 삑. 핵위협 한 방 성공.

웨이크필드가 말한다. "안 먹힐 거다."

채플이 말한다. "뭐가 안 먹힌다는 거지요?"

"네가 생각하고 있는 것. 그게 뭐든."

"글쎄요, 당신을 위해서라도 먹히는 편이 좋을 텐데요. 다른 모두를 위해서도." 그는 이렇게 말하며 비스킷을 손에 들고 까딱거린다.

내 졸개들이 웨이크필드를 데려간다. 옆방의 바에서 조금 쉬게 될 거다. 의자 발 받침대에 쇠고랑을 연결한 채로.

나는 묻는다. "좋아, 놈의 휴대폰을 빼앗았군. 근데 왜 저놈을 살려 두는 거지?"

"유용하기 때문이지. 재건 위원회에 우리가 하는 말을 확인해 줄 수 있거든."

"그러니까 그 뭐냐, 정품 인증서 같은 거군."

"우리가 고문하고 있었다고 생각하지 않는 한은 그렇지." 채플은 이렇게 말하며 나를 힐끔 바라본다.

그 편이 좋으니까 놈을 괴롭히지 마라, 이렇게 말하고 싶은 건가.

이거 참, 내가 무슨 가학 성애자 같잖아.

나는 한동안 침묵을 지킨다. 이놈은 대체 자기를 뭐라고 생각하는 거야? 내가 신원을 보증하지 않았으면 살아 있지도 못할 자식이. 그런데 나한테 명령을 내리고 있다, 이거지. 미안하지만 여기서 대장은 나거든.

나는 말한다. "좋아, 그럼 이제 어쩔 건데? 그러니까 네 계획이 뭐냐고? 유명인과 만날 기회를 잡는 것 빼고 말이야?"

채플이 대답한다. "재건 위원회와 협상을 시작할 계획이지. 재건 위원회는 현재 세계를 다스리는 미국과 영국의 합작 기관이거든. 세세한 내용을 설명하기는 조금 힘들지만, 부모님을 조금 불려 놓은 모습이라 생각하면 크게 틀리지 않을 거야."

나는 말한다. "글쎄, 나는 끝에 가서는 부모님과 별로 잘 지내지 못한 편이라." 그는 내 말뜻을 알고 싶으면서도 동시에 알고 싶지 않다는 표정을 짓는다. 나는 말을 잇는다. "협상은 왜 하는데?"

"일단 내 동료 상당수가 교도소에 들어가 있기 때문이지. 그들을 풀어 주게 만들어야 해. 그다음엔 나머지 세상을 해방시키게 만들 거고."

우리 형제들은 이 대화를 테니스 경기처럼 관전하고 있다. 그것도 테니스 규칙을 모르는 사람의 눈빛으로. 아마 그 안에서 자기네 몫을 판별하려 애쓰고 있을 것이다.

나는 대꾸한다. "상당히 공산주의자처럼 들리는 소린데." 솔직히 말하자면 나는 공산주의자가 뭔지 모른다. 그렇지만 감상적으로 들리는 소리는 대충 그쪽으로 욱여넣을 수 있다. 나는 말을 잇는다. "그리고 나머지 세상이 해방을 원치 않는다면 어쩔 건데?"

"이론적으로는 뭐든 하고 싶은 대로 해야지. 의견은 갈리게 마련이니까. 내 동료 중에는 세상의 1퍼센트가 자기네 범죄를 인정하면 평화와 조화의 세기가 찾아오리라 믿는 사람들도 있어. 내가 보기에는 지구 전체가 엉망이 될 것 같지만."

"그럼 너는 왜 그런 일을 벌이는 건데?"

채플은 생각에 빠져 시선을 돌린다. 읽기가 힘든 표정이다. 뭔가 슬픈 쪽에 가깝달까. 아니, 그렇게 실망스러운 일이면 안 하면 되잖아?

"어떻게든 해결책이 필요하기 때문이 아닐까, 에반."

나는 질문 담당자가 되고 싶지는 않지만, 그래도 한 가지는 추가로 답을 듣고 싶다. 우리 형제들이 생각하고 있을 게 뻔한 일이라, 차라리 생각을 멈추게 만들고 싶기 때문이다.

"그래서 그 안에서 우리 역할이 뭔데? 그러니까, 나는 너희 전 지구적 정의나 뭐 그딴 것에는 아무 관심도 없단 말이야."

"그래, 너는 이곳에서 이 순간을 살아가는 사람이지."

"그거 말고 또 뭐가 있는데."

"꼭 선을 수행한 사람처럼 말하는구나."

"그딴 식으로 생각해 본 적 없는데."

"글쎄, 에반, 여기서 네 역할은, 네게 필요한 대로 행동하는 거야. 나한테는 비스킷이 있지. 그 사용법도 알아. 너한테는 웨이크필드 같은 인간들에게서 비스킷을 지켜 낼 병력이 있어. 저 인간으로 끝날 거라는 생각은 안 들거든."

"그깟 놈들이야 오라고 해. 하지만 이봐, 형제, 나는 아무래도 경비대장 따위에 만족할 수 없어. 무슨 말인지 알겠어? 네가 옥좌에 앉고 나는…… 아빠 사무실에서 그걸 뭐라고 불렀더라? 네 명령이나 받드는 역할 말이야. 내가 보기에는 네가 내 명령을 받들어야 할 것 같거든." 나는 이 일의 중요성을 강조하기 위해 권총을 꺼내 한 바퀴 휘둘러 보인다.

채플은 나를 바라본다.

"좋아. 국제 저항군에서 내게 부여한 권한에 의거해, 나는 당신에게 장군의 직책과 역병 지대의 정치적 명령권을 부여합니다. 그리고 각하께 봉직하는 고문관으로서 고용해 주시기를 청합니다."

나를 가지고 놀 생각인 모양인데, 그래도 어쨌든 뭔가 의미가 있을 것 같다. 각하라니. 마음에 드는 소리잖아.

나는 말한다. "고용해 주지."

하지만 나는 속으로 생각한다. 저 비스킷이라는 물건을 조작하는 법만 알아내면 그대로 해고할 거라고. 네놈의 속임수를 까발려 줄 거라고.

제퍼슨

다시 자동차에 타니 어색한 기분이 든다. 할렘의 픽업트럭은 터무니없는 속도로 질주한다. 몇 시간이 걸렸던 거리가 몇 분 만에 지나간다. 우리는 지나치게 빠르게 미래에 접근하고 있다. 피해 갈 방법을 생각하기도 전에 그대로 학살극 속으로 빨려 들어가고 있다.

물론 죽음의 예감을 마주한 것이 이번이 처음은 아니다. 예전과 마찬가지로, 나는 정신줄이 끊기지 않도록 다른 생각을 하려 애쓴다. 스쳐가는 풍경을 보며 폐허 속에서 뭔가를 판별해 내려 애쓴다. 애완견 미용실. 헤어살롱. 비타민 스토어. 먼 옛날의 생명이 메아리처럼 남아서 희미하게 움찔거리는 것처럼 보인다.

그러나 과거를 생각나게 만드는 온갖 배경 속으로 현재가 잠깐씩 스쳐간다. 개사료 통조림을 붙들고 뚜껑을 따는 아이. 우리 트럭을 따라오며 태워 달라고 부탁하는 아이들. 그러나 여자애들이 때려서 쫓아낸다. 쥐를 쫓는 고양이를 쫓는 개들도 보인다.

나는 새 총을 받았다. 형광 분홍색 플라스틱으로 만든 각진 형태의

AR-15다. 여아 대상 레고를 긁어모아 만든 특수 제품이다. 이마니의 부족은 레고를 녹여서 가는 플라스틱 실 형태로 뽑아내고, 그걸 메이커 봇의 3D 프린터에 넣어서 총신을 사출한다. 다른 작업반에서는 충격을 많이 받는 하부 리시버의 내장 부속을 알루미늄으로 제작한다. 그리고 다른 작업반에서는 금속관으로 총열을 만든다.

그리고 또다른 작업반에서는 색색의 스티커를 붙인다. 무지개를 토하는 유니콘이나, 엄지를 들어 보이는 아기고양이 따위다.

우리는 77번가와 암스테르담 애비뉴 근처의 공원으로 들어가서, 널찍하고 평탄한 눈 덮인 공터에 트럭을 세운다. 이곳 놀이터를 습격 준비 지점으로 사용할 생각이다. 눈과 얼음에 덮인 놀이기구들이 마치 겨울의 작은 성채처럼 보인다.

이마니는 놀이기구 하나에서 눈을 쓸어 내고 그 위에 지도를 펼친다. 남은 눈이 녹아서 종이에 스며든다.

저들은 공립 도서관에서 박물관의 청사진을 확보해 놓았다. 맨해튼 전체를 점령할 계획을 세우던 때의 일이었다. 내가 치료제를 가져오기 전의 일이었다. 모든 아이가 앞으로 수십 년을 살 수 있다는 사실을 깨닫게 되자, 그들은 위험 요인을 고려하기 시작했고, 할렘의 전격전 계획은 갑자기 매력을 잃었다. 그러나 저들은 솔론의 근면한 계획에 힘입어 이미 침공에 필요한 정보를 수집해 놓은 상태였고, 그중에는 모든 주요 부족 근거지의 구조도도 있었다. 그중 하나가 자연사 박물관이었던 것이다.

솔론이 지금 어디에 있을지가 궁금하다. 이마니는 그가 사라졌다고만 했지, 어디로 갔는지는 말하지 않았다. 우리에게 진실을 말하고 있다면 도망쳤다는 소리로 들린다. 당장은 안도가 되면서도 언젠가 그에게 모든 것을 털어놓아야 할지도 모른다는 생각에 두렵기도 하다. 나는 뉴욕의 부족들이 천천히 뜨거워지는 물속의 개구리처럼 진실을 깨달았으면 좋겠다고 생각했지만, 그 계획은 제대로 먹혀들지 않았다. 그리고 모든 진실이 한 방에 풀려난 순간까지, 솔론은 자신의 지위와 명성과 어쩌면 목숨까지도 나를 지지하는 일에 바쳤다. 그가 평소 원했던 것처럼, 어딘가 평화로운 곳에서 금욕적인 은퇴 생활을 보내고 있었으면 좋겠다.

"여기." 테오는 이렇게 말하며 굵은 손가락으로 지도 한쪽을 가리킨다. "이쪽으로 진입하는 게 최선이겠지."

그는 장엄한 정문 출입구가 아니라, 모서리 너머의 측면 출입구를 가리킨다. 1층으로 통하는 비좁은 계단이 있는 곳이다.

나는 입을 연다. "안쪽 문이 닫혀 있으면 복도에 갇히게 될 텐데."

"안쪽 문이 닫혀 있으면, 안 닫혀 있게 만들면 되지." 그는 회색 퍼티 한 조각을 들어 보인다. 플라스틱 폭약이다. "그리고 너한테는 결정권이 없거든."

테오가 나를 보는 눈은 상당히 차갑다. 비난할 수는 없는 노릇이다. 내가 롱아일랜드의 동쪽 끝에서 자기를 저항군 투사들의 손에 넘겨주고 맨해튼으로 떠났던 것으로 보일 테니까. 나는 그들이 테오를 죽일 생각이라는 것까지는 깨닫지 못했다. 캐스와 쾌락 살인마 쌍둥이가 등장해서 그를 풀어 주어 다행이었다.

그리고 나를 더 싫어하는 이유가 하나 더 있으리라는 생각이 든다. 그가 캐스를 보는 시선에서, 둘이 함께 보낸 시간에서 그런 낌새가 풍긴다. 우리가 할렘에서 처음 만났을 때, 캐스는 테오가 폭력배라고 확신하고 있었다. 그러나 함께 쌍둥이를 끌고 햄튼에서 시티까지 돌아오면서 서로를 제법 잘 이해하게 된 모양이다. 캐스도 이제는 테오에 대해서 그런 식으로 말하지 않으니까.

그리고 나도 테오에게 나름 불편한 점이 있기는 하지만—어쨌든 UN에서 나를 거의 죽일 뻔하기도 했고—항상 그를 탄탄하고 생각이 깊고 자립심이 강한 사람으로 여겨 왔다. 위험하지만 친구들에게는 위험하지 않은 사람으로. 솔직히 말하자면 그와 함께 싸움판에 뛰어들 수 있어서 기쁘다. 이마니는 이건 여자의 일이라고 말하며 그를 데려오지 않으려 했지만, 테오는 받아들이지 않았다.

"테오 말이 맞습니다." 나는 이렇게 말하며 이마니를 돌아본다. "당신들 일이지요."

이마니가 말한다. "좋아, 그럼. 3개 조로 나눈다. 1조는 정문으로. 너희는 측면으로 진입한다. 그리고 3조는 위쪽에서 자기네 일을 한다. 알아들었지?"

"알아들었습니다." 여자애들이 한목소리로 답한다. 슬레이어 퀸(저들이 붙인 이름이다. 내가 아니라)은 스커트와 방탄조끼, 헬멧과 베레모까지 전부 형광색으로 도배하고 있지만, 그럼에도 상당한 전투력을 갖추고 있다.

"주목." 이마니가 말하자 여자애들은 순식간에 조용해진다. 쉰 개의 입에서 김이 올라온다.

"이번에는 강경 진압 작전이다. 수염을 붙인 놈은 전부 죽인다. 여자는 전부 산 채로 데려온다."

그녀는 험악한 얼굴로 휘하 병사들을 둘러본다.

"놈들이 너희를 만끽하게 해 줘라."

우리는 픽업트럭에 보초를 남긴 다음 합류 지점까지 전진한다. 나, 캐스, 쌍둥이, 테오, 돈나, 랍은 스페인 식품점 하나, 식당 여럿, 약국, 주류 판매점을 지나서 콜럼버스 애비뉴로 진입한다. 정문 쪽에서 안 보이는 위치에서 박물관 측면으로 잠입할 생각이다.

랍은 묘하게 생긴 편지용 칼 같은 것을 들고 내려다보고 있다.

내가 묻는다. "그건 뭐야?"

그가 대답한다. "아, 이거. 내 고용주들이 준 선물이야. 특수 용도 나이프지."

"좀 보여 줘 봐." 그는 머뭇거리다가 나이프를 건넨다.

날카롭게 날이 서 있는 물건이다. 단면은 삼각형이다.

"괜찮은데. 하지만 이걸 쓸 정도로 다가가지는 않는 게 좋아."

"사람 일은 모르는 거니까."

"권총을 쓰는 게 낫다고. 내 말 믿어."

"나는…… 이렇게 말하면 정말 순진하게 들릴지도 모르겠지만, 나는 사람을 죽여 본 적이 없어. 시도조차 해 본 적이 없다고."

"하다 보면 익숙해질 거야. 네 의지에 달린 일이지."

"그래." 그는 이어서 살짝 수줍게 말한다. "겁나지 않아? 죽는 게?"

솔직한 답은 '예전만큼은 아니야'가 될 것이다. 그동안 나는 중유계에 사로잡혀 내 육신을 포기해야 했으니까. 죽음과 환생 사이에서 내 영혼의 집착을 시험해야 했으니까. 그리고 오직 돈나만이 나를 이 세상에 붙들어 둔 유일한 존재였으니까.

설명치고는 너무 과하다. 게다가 아니라고 말하면 허풍 떠는 것처럼 들릴 것이다.

그래서 나는 말한다. "당연히 겁나지. 누구나 마찬가지 아니겠어?" 그리고 나는 그에게 나이프를 돌려준다.

 피터

"그래서 저 위에서 무슨 일이 벌어진 겁니까?" 구자와 내가 비좁은 공간에서 나와서 다시 지하로 들어가 합류한 후에, 티치가 물은 소리야. 마치 동물원 곰처럼 앞뒤로 오락가락하면서, 가끔 커다란 주먹으로 지하철역의 하얀 타일 벽면을 때리고 있어. 지하철 통로에서 기다리느라 진짜로 지쳤던 모양이야.

"거짓말은 안 할게요. 아주 돌아 버릴 정도로 개판으로 흘러가고 있어요. 그래도 덕분에 우리가 거기로 돌아가기는 어렵지 않을 거예요. 정상이 없는 곳에서는 우리도 별로 비정상은 아닐 테니까."

솔직히 말하자면 이 상황을 어떻게 해석해야 할지 모르겠어. 세계 평화로 향하는 길이 상당히 험난하다는 정도는 알겠다만. 물론 세계 평화 따위가 존재하기나 한다면 말이지. 에반과 상당히 자주 얽힌 사람으로서 자신 있게 말하는데, 그 자식은 핵무기 격납고 통제를 맡기기에는 책임감이 형편없이 부족하거든. 그러니까 뭔가 터무니없는 일을 벌여야만 할 때라는 거지. 문제는 그 터무니없는 일이 뭐냐는 거겠지만.

수렁에 빠진 느낌이 들어. 무시무시한 새 학교로 전학을 온 듯한 느낌이랄까. 지금껏 친구들이 나를 지탱해 주고 있었다는 사실을 새삼 깨닫게 돼. 다른 사람들과의 관계를 통해서만 자신의 위치를 가늠할 수 있었다는 것처럼. 학교나 부족이나 우정이나 애정 같은 것들 말이야. 그런데 이제는 나 홀로 남은 거잖아.

아니, 엄밀하게 말해 혼자는 아니지. 사람 잡는 거인하고 무시무시한 새우 씨가 함께 있으니까. 게다가 어떻게 보면 여전히 타인과의 관계를 통해 정의되는 상황이기도 하고. 채플이 있잖아. 나는 아직 채플의 인력에 사로잡혀 있거든.

그러나 티치는 상황을 훨씬 긍정적으로 보고 있어.

"그래요, 알겠습니다, 피터!" 그는 거대한 양손을 맞부딪치며 이렇게 말해. 아무래도 나한테 어떻게든 활력을 불어넣어 줘야 한다고 생각한 모양이야. "당신이 아는 내용을 전부 듣고 나서 어떻게 할지 생각해 보지요."

그래서 우리는 업타우너를 무찌를 계획을 고안해.

업타우너 놈들을 과거보다 훨씬 대단하게 만들려고 세상 만물이 공모하는 느낌이 들다니, 참 묘한 일이지. 걔들은 은행가나 법률가나 헤지펀드 매니저나 금융권 거물의 자제분들이셨잖아. 그 옛날에도 죄다 '우주의 지배자'라 불리던 계층이었어. 최고의 학교에 가도록 양육받고, 최고의 대학에 들어가서, 최고의 회사에서 최고의 직업을 얻는 아이들이었다고. 앞으로도 자기네가 세상을 굴리게 되리라 생각했겠지. 그런데 지금 보면 실제로 그렇게 된 셈이잖아.

하지만 흑인 게이에, 땅꼬마 암살자에, 지하철을 타고 등장한 런던 토박이 인간 산맥이 힘을 합치면 과연 어떻게 될까!

15분 후, 우리는 꿀럭거리는 디젤 발전기들 근처의 그림자 속에 잠복해 있어. 위장복 차림에 담배를 빼문 업타우너 둘이 보초를 서고 있네. 발전기에서 나온 큼지막한 케이블은 경사로를 따라 천장 아래의 역사 건물로 이어지고, 엉망진창으로 얽힌 배선함과 연장 코드로 흩어져서 미궁의 수많은 전구에 불을 켜는 거지. 아이들은 언제나 나머지 배전망에는 신경도 안 쓰고 전력을 훔쳐 가기 때문에, 기술자들이 전류의 흐름을 조절하려고 애쓰며 이리저리 뛰어다니고 있어.

솔직히 나는 눈앞의 광경이 이해가 안 돼. 이건 전부 여기서 검투 경기를 치르고 캠벨 아파트에서 무기와 칵테일을 거래하다가 도망쳤을 때 브레인박스가 설명해 준 내용일 뿐이야. 그 칵테일이 그립네. 파시스트 놈들이 운영하는 곳이 아니었더라면 꽤 마음에 들었을 텐데.

나는 주머니에 든 종이쪽을 가볍게 두드려 봐. 브레인박스의 마지막 메시지를 적은 종이야. 발사 암호 말이야. 풋볼이 손에 있고 사용할 마음이 있다면 세상에 작별을 고할 수 있는 편지인 셈이지.

나는 업타우너들 쪽으로 걸어가. 의심에 경멸이 살짝 섞인 눈으로 나를 바라보네. 내가 흑인이고 얘들이 아주 민감한 게이 레이더를 가지고 있기 때문이겠지. 사립 학교의 백인 소년이란 잠재적 동성애자라서 레이더가 특히 뛰어나게 마련이거든.

"이 물건 근처에서 담배 피우면 안 된다는 정도는 알텐데." 나는 그들을 지나쳐 걸어가 맨 앞의 발전기 덮개를 쓰다듬으며 이렇게 말해.

"거기서 손 떼." 한 놈이 말하네.

"디젤은 불 안 붙는다고, 쌍년아." 다른 놈이 말해.

"아, 물론 불이야 안 붙지. 하지만 폭발은 하거든. 거의 같은 일이라 할 수 있지. 사람들은 디젤에는 불이 안 붙는다고만 말하지만, 그건 틀린 소리란 말이야." 브레인박스한테 얻어들은 과학 지식이면 누구든 당황하게 만들 수 있다고.

이 정도면 시선을 제법 잘 끌고 있잖아. 나는 게임 쇼에서 발전기를 선보이는 것처럼 화려하게 몸을 빙 돌리면서 시선을 더 끌어모으려고 노력해.

"원하는 게 뭐야, 게이 새끼야?" 덩치 큰 업타우너가 말해.

애들한테 거의 미안해지기 시작하고 있어서, 그 말이 반갑게 들릴 지경이었어. 다음 순간 구자가 한 일을 조금이나마 쉽게 받아들일 수 있으니까. 아주 가느다란 슛 소리와 함께 단검이 칼집에서 뽑히더니, 보이지도 않을 정도로 빠르게 첫 번째 보초의 목을 내리쳐. 머리가 실제로 몸에서 떨어져 구르면서 다른 보초의 어깨를 때리고 떨어지네. 덕분에 뒤를 돌아본 애한테는 한층 고약했을 테지. 구자가 자기 목을 노리고 백핸드로 휘두르는 칼날이 눈앞에 보였을 테니까. 나는 구자가 그대로 진행해서 나까지 썰어 버릴 거라고 반쯤 생각하고 있어. 내내 원하던 일을 실행에 옮기는 사람의 눈빛이더라니까. 하지만 그는 칼날을 한쪽으로 털어내서 사암 벽에 깔끔한 한 줄기 핏자국을 남겨. 벽은 마치 변색된 목재처럼 그 피를 흡수해 버리고.

"예수님. 예수님, 마리아님, 요셉님."

"아주 잘했어요!" 구자는 이렇게 말하며 깍듯이 경례를 붙여. 군화 뒷굽까지 부딪치면서.

티치가 숨어 있던 장소에서 나오면서, 자기 장비 가방에서 고글을 꺼내 건네. 우리가 먼 옛날에 도서관에서 사용했던 것과 같은 종류야. 이번에는 더 잘됐으면 좋겠는데.

"좋아, 그럼." 티치가 첫 발전기를 정지시키자 조명이 꺼지기 시작해. "나머지는 부탁하네, 구자."

구자는 나머지를 처리하기 시작하고, 내 눈에는 칼을 계속 내리찍는 구르카 병사의 모습이 제대로 잡히지도 않아. 이번에는 발전기로 이어지는 케이블을 자르는 거야. 전력을 완전히 끊어 버리는 거지. 발전기가 전부 꺼지면서 국지적인 침묵이 주변을 감싸.

야시경의 전원을 켜니까 녹색으로 일렁이는 티치와 구자의 모습이 보이네. 두 사람도 자기 고글을 켜고 있어.

위쪽에서 고함과 욕설이 경사로를 따라 내려오기 시작해. 기술자 몇 명이 벌써 손전등을 들고 첫 번째 발전기로 다가가고 있어.

구자는 복도를 따라 그들 쪽으로 나아가고, 나는 그의 팔을 붙들어. 단단하고 말라붙은 나무 그루터기를 잡은 느낌이야.

"쟤들은 민간인이에요, 구자. 알겠죠? 나나 당신하고 같다고요. 음, 그냥 나하고만 같겠네. 병사들은 위장복을 입고 있어요." 구자가 정신이 나가서 썰어 대기 시작할까 봐 겁이 났거든. 눈앞에서 친구가 총에 맞는 꼴을 봤으니, 복수에 정신이 팔릴지도 모르잖아.

티치가 말해. "교전 수칙을 지키도록, 이등병. 환영받기 힘든 행동은 자제하도록 한다. 알겠지?"

구자가 말해. "최고의 손님이 되어 보이겠습니다!"

티치와 나는 기술자들 곁을 살금살금 지나쳐. 어차피 애들은 발전기에만 정신이 팔려 있지만. 물론 저걸 고칠 가능성은 별로 없겠지. 대체 케이블을 가져오지 않았다면 말이야. 그리고 이번 작전에서 구자의 임무는 그런 일이나 다른 예상치 못한 일이 벌어져도 조명이 꺼진 상태를 유지하는 거고. 그리고 하층부를 감시하면서 보초들을 괴롭혀서 우리 쪽으로 시선이 오지 않게 만드는 거야. 적어도 이론적으로는 그래.

고글의 흐릿한 조명 속에서, 하층부의 군중은 마치 하데스에 모여든 죽은 자의 영혼처럼 보여. 아니면 그 단테라는 이탈리아 친구가 지옥을 뚫고 나가는 웅장한 서사시에서 봤던 것하고도 비슷할 테고. 제퍼슨이라면 무슨 말인지 알 거야. 그렇다면 내가 비르길리우스나 뭐 그런 역일 테고, 티치는 그 크리스 디버그 노래에서 지옥의 강을 건너야 했던 남자인 셈이겠지.

여기저기서 손전등이 켜지기는 하지만, 대부분은 그냥 돌아다니다가 서로 부딪치기만 해. 나는 그들 사이로 잽싸게 움직이지만, 티치는 그냥 몸으로 밀쳐서 사방으로 넘어트리면서 전진하고 있어.

우리는 바자의 하층부를 뚫고 건너편에 도착해. 오이스터 바의 입구에서 보초 두 명이 기다리고 있네. 보초들도 다른 애들만큼이나 앞을 보기 힘들겠지만, 우리와 문 사이에 있으니 처리할 수밖에.

뒤편에서 고함과 총성이 들려. 구자가 자기 일을 하고 있다는 뜻이겠지. 나는 그 구부러진 칼날의 반대편에 놓이게 될 사람들을 위해 살짝 기도를 올려.

보초들도 소리가 들리는 쪽으로 움직이기 시작하는데, 안 좋은 판단이지. 티치가 기회를 놓치지 않고 거대한 손으로 얼굴을 붙들어 훌쩍 들어 올리더니, 그대로 양쪽 모두 바닥에 메다꽂거든. 머리로 타일을 계속 때리는데, 두개골이 부서지는 소리 말고는 찍 소리도 내지 못해.

우리는 문을 통해 식당의 중앙 홀로 들어가. 그리고 거기에 시체가 하나 매달려 있는 것을 발견해. 발목이 묶인 상태로 거꾸로 매달려 있는데, 머리에서는 액체가 천천히 똑 똑 떨어지고 있네. 티치는 시체를 붙들어 돌려서 우리 쪽을 보게 만들어. 웨이크필드야.

아니, 웨이크필드였다고 해야겠지.

"거기 누구야?" 근처 바룸의 문간에서 누군가 낮은 소리로 물어.

우리는 몸을 돌리고, 티치는 입술에 손가락을 가져다 대. 그러고는 놀랍도록 민첩하게 바에서 걸어나오는 업타우너 쪽으로 다가가서 팔꿈치로 정수리를 내리찍어. 업타우너는 흔히 말하는 표현대로 감자 푸대처럼 그대로 땅에 고꾸라져. 사실은 넘어졌다기보다는 아코디언처럼 아래로 접혀 들어갔다는 쪽이 정확한 표현이겠지만. 그 교묘한 솜씨와 묘하게 나긋나긋한 동작을 보고 있자니 고층 건물이 무너졌던 그날의 모습이 떠올라.

티치가 웨이크필드 때문에 감상적인 기분인지는 알 길이 없지만, 적어도 그 때문에 머뭇거리지는 않을 모양이야. 그는 바룸 문의 유리창 쪽으로 다가가서 안을 들여다보고는, 내게 자기를 엄호하라고 손짓해. 적어도 내 짐작으로는 그랬다는 거야. SEAL 6팀 따위가 등장하는 옛날 영화에 나오던 쿨한 손짓을 사용했거든. 어차피 이 상황에 어울리는 의미는 몇 가지 없을 테고, 그중에서도 엄호하라는 지시가 가장 말이 되잖아. 그래서 나는 소총을 들고 할 일을 알고 있다는 표정을 지으려 애써.

티치는 은밀한 접근을 포기하고 몸으로 문을 밀고 들어가. 육중한 덩치가 그대로 경첩을 망가트려 버려.

그러나 방 안에는 사람이 하나밖에 없어. 채플이야. 손을 뒤로 돌린 채 의자에 묶여 있어. 그 옆에는 풋볼이 놓여 있고, 채플은 재갈을 문 채로 말하려 애쓰는 우스꽝스러운 시도를 하고 있어. 정말로 말하고 싶은 게 있는 것처럼.

나는 그에게 달려가다가— 그대로 멈춰 서.

뭔가 잘못됐어.

그는 나를 올려다보며 고개를 저어. 밧줄이 용납하는 한도 내에서. 입에는 천 조각이 가득 차 있고, 그 위로 전선을 둘러 묶어 놓았어.

티치는 풋볼 위로 몸을 숙여서 그걸 집어 들어.

그리고 가방을 거꾸로 들어 흔들어. 떨어지는 건 누더기뿐이야.

뭔가 정말로 잘못됐잖아.

조명에 눈이 멀어 버리는 상황은 먼 옛날 공립 도서관에서 겪은 걸로 충분하지. 그래서 나는 놈들이 들이닥치기 전에 재빨리 고글을 벗어.

그러나 티치는 운이 좋지 못했어. 고글이 과부하를 일으키며 과도한 정보가 시야를 흐렸는지, 티치의 입에서 신음이 흘러나와. 그는 고글을 벗어 내팽개치고는 바 뒤편에서 불쑥 솟아나는 업타우너 보초들을 보며 눈을 깜빡여. 놈들은 일제히 사격을 시작해.

분명 가장 큰 위협을 먼저 제거하라는 명령을 받았을 거야. 티치는 몸에 총알이 박히면서 비틀거리며 뒤로 물러나. 그리고 업타우너들이 카운터를 뛰어넘어 달려들기 시작하자, 그는 그대로 일어나서 그쪽으로 달려들어. 아마 열두 발은 맞았을 텐데도. 티치는 가장 가까운 업타우너를 그대로 붙들어 바 위로 내던져 버리고, 그놈의 총은 그대로 날아가 버려. 누군가 야구 방망이를 휘두르지만 티치는 그걸 그대로 손으로 받아서 빼앗아 버려. 그러나 곧바로 뒤에서 누군가 그를 찔러.

나는 놈을 쏴 버린 다음 티치에게 달려가려 하지만, 내가 눈치채지 못한 사이 바 문으로 들어온 보초가 내 몸을 붙들어. 다른 놈이 등장하더니 뭔가 불쾌할 정도로 단단한 물건으로 내 머리를 내리쳐.

그대로 땅에 쓰러지는 내 눈앞에, 업타우너 무리에 둘러싸인 티치의 모습이 보여. 소총 개머리판과 야구 방망이로 후려치고, 마체테로 마구 베어 내고 있어. 곰 한 마리를 둘러싼 들개 떼 같은 공격이 이어지면서 마침내 티치가 무릎을 꿇어. 그러자 놈들은 그를 밀쳐 쓰러트리고 그 위로 계속 공격을 퍼부어. 마침내 헐떡이는 숨소리마저 멈추고 조용해질 때까지.

 돈나

우리가 자연사 박물관의 정면 현관 옆으로 돌아 들어갈 때쯤 신호탄이 올라가. 이마니와 그쪽 병력 절반이 정문 계단에 총격을 개시해. 입구의 보초 세 명은 순식간에 쓰러져 버려. 이마니의 슬레이어 퀸 절반이 거리를 가로질러 정문 양옆으로 붙고, 나머지는 공원 담장 뒤편에 머물러.

끝내주잖아.

정문 입구에 도사리고 앉은 괴상한 거대 전갈 아래에서 보초들이 더 쏟아져 나와. 공원 쪽의 여자애들한테 응사를 하느라 바빠서 측면에 붙은 애들은 보지 못하지만. 더 많은 보초들이 쓰러져. 뒤따라 나오던 애들은 친구들의 실수를 깨닫고 다시 안으로 후퇴해서 복도에 몸을 숨긴 채로 사격을 계속해.

이마니의 팀은 제대로 노예 상인들의 시선을 끌고 있어. 나는 이마니가 책벌레 타입이라고 생각하고 싸움은 전부 여성 병사들에게 맡길 줄 알았는데, 지금 보니 직접 입구 돌격조를 이끌고 있네. 한 손에는 보라색 총을, 다른 손에는 확성기를 들고 있어.

지금은 여자애들한테 거리 건너편에 주차된 자동차를 엄폐물로 쓰라고 명령을 내리는 중이고. 로비 안쪽에서 누군가 기관총을 쏘기 시작하면서 자동차들에 작은 구멍이 숭숭 뚫려. 이마니는 허리띠에서 반짝이를 잔뜩 붙인 수류탄을 꺼내더니, 이빨로 핀을 뽑고 그대로 문안으로 던져 넣어. 폭발과 함께 연기가 솟아오르고, 이마니와 휘하의 여자애들은 그대로 안으로 돌격해.

이제 우리가 측면 출입구로 돌진할 때야. 블록을 반쯤 내려가면 되지.

문손잡이에 쇠사슬을 걸고 자물쇠를 채워 놨지만, 테오가 큼지막한 볼트 커터로 말끔하게 처리해 버려. 쇠사슬은 탁 튀면서 바닥으로 떨어져.

쌍둥이가 우리보다 먼저 달려 들어가. 게임인 줄 아는 걸까. 심지어 캐스의 말도 듣지 않아. 테오가 캐스를 따라가고, 그 뒤로 나, 제퍼슨, 마지막으로 랍이 들어가. 랍은 여기 있는 게 불만인 투네. 손에는 권총을 꾹 쥐고 이리저리 불안하게 눈길을 돌리고 있어.

나: "손에 든 거 조심해. 뒤에서 총 맞고 싶은 사람은 아무도 없거든."

랍은 나쁜 짓을 들킨 듯한 묘한 눈길로 나를 바라보더니, 이내 고개를 끄덕여.

건물의 이쪽 부분에는 조명이 꺼져 있어서, 테오의 헤드라이트가 암흑 속으로 부채꼴의 빛을 쏘아 내. 쌍둥이들은 좁은 층계를 타고 올라갔고, 벌써 시끄러운 목소리가 우리한테까지 들리네. 입구를 주시하고 있던 애들도 자연스레 우리를 눈치챘겠지. 올라가 보니 쌍둥이가 커다란 금속 손잡이를 비틀고 돌리면서 애쓰고 있어. 하지만 꿈쩍도 안 해.

"여긴 내가 맡지." 테오가 문틀에 C-4 폭탄을 설치해. 자물쇠 바로 위에 찰흙 덩어리를 붙이고, 전선 퓨즈 한쪽 끝을 덩어리에 밀어 넣은 다음에, 전선을 풀면서 뒤로 물러나. 우리도 몸을 돌려서 왔던 길로 돌아갈 수밖에. 다들 계단을 내려가서 층계의 모서리 너머로 몸을 숨겨.

테오: "귀 막아. 그리고 내가 신호하면 고함을 질러. 기압 때문에 눈알이 터지거나 뭐 그런 꼴 당하기 싫으면."

충분히 고약하게 들려서 우리는 명령을 순순히 따라. 폭발물이 터지기 전에 오싹하게 높고 새된 소리가 신호처럼 울려. 뒤이어 터져 나간 공기가 층계로 몰아치며 힘껏 내지른 주먹처럼 나를 강타해.

우리는 서로의 위로 포개져 엎어졌다가 비틀비틀 일어나. 다양한 삼각관계가 얽히고설켰으니, 더 중요한 일이 눈앞에 있지 않으면 정리가 좀 필요했을 텐데.

우리는 어둠 속에서 최대한 서둘러 비틀거리면서, 서늘한 대리석 복도를 따라 고래 방으로 이동해. 우리 발소리가 눈에 보이지도 않는 높은 천장에 되울리고 있어. 그러다 저 앞쪽 멀리에 어둠 속으로 빛을 뿜어 내는 지붕 달린 문간이 보여.

방 한가운데에는 수염 단 노예 상인들이 총을 들고 모여 있어. 정문 계단의 공격과 우리의 C-4 폭발음에 긴장한 모습이야.

그들 뒤편의 전시장마다 여자애들이 창가에 바싹 붙어 있어. 다들 손으로 유리창을 두드리고 있네.

우리는 뒤로 물러나고, 나는 전시장에 맞지 않기만 빌며 문간을 향해 총을 난사해. 노예 상인들을 방 한가운데로 몰아넣을 필요가 있거든.

제퍼슨은 내 어깨 위로 나와서 한쪽 끝에 거울을 단 금속 막대를 문간

밖으로 내밀어. 총알이 거울을 깨고 막대를 땅으로 내동댕이치기 전에 상황을 제대로 살필 수 있었어. 막대는 손으로 귀를 막은 채 벽에 달라붙어 있던 랍을 때리고 튕겨 나가.

그런 모습을 보인다고 평가가 낮아지는 건 아니야. 일단 평소의 고고한 자세가 사라진 모습만으로도 마음속에 동정심이 일어나거든. 어쨌든 지금은 이럴 때가 아니지.

제퍼슨은 부서진 거울을 확인해.

제퍼슨: "저쪽에겐 운 없게 됐네."

그는 캐스에게 고개를 끄덕이고, 캐스는 신호탄에 불을 붙여서 방 안으로 던져. NYPD 교통경찰의 정규 지급품이야. 이글거리는 자홍색이지. 괜찮은 선택인데.

신호를 받을 대상은 위쪽에 있을 3번 팀이야.

제퍼슨은 계속 같은 소리를 중얼거리고 있어. 나무아미타불, 나무아미타불. 불교의 그거겠지.

이어 멀리서 굉음이 들려와. 금속이 삐걱거리는 소리에, 더 가까운 곳에서 부서지는 소리가 들려. 마치 거대한 파도가 방파제를 때리는 듯한 소리야. 문간 쪽에서 먼지구름이 일어나는 것도 보여.

바로 지금이야. 우리는 총을 들고 안으로 달려 들어가. 지상 15미터 허공에서 유영하던 그 유명한 대왕 고래가 그대로 바닥을 나뒹굴고 있어. 유리 섬유와 폴리우레탄으로 만든 27미터짜리 괴물이, 낙하의 충격으로 그대로 두동강 나 버렸어. 마치 암초에 충돌한 거대한 배 같아. 그리고 깔쭉깔쭉한 단면이 그대로 노예 상인들의 머리 위를 습격했지.

일부는 다리가 작살난 상태에서도 기어 나오려고 애쓰며 비명을 지르고 있어. 나머지는 거대한 유리 섬유 조각에 기괴한 모습으로 찔려 죽어 있고. 서 있는 놈들은 먼지와 가루에 뒤덮인 채로, 충격에 먹먹해서 얌전해진 모습이야. 놈들은 숨을 헐떡이며 총을 바닥에 떨어트리고, 당황한 채 그대로 얌전히 손을 올려.

디오라마 전시장 여럿이 부서져 버렸고, 여자애들은 일제히 우리에서 뛰쳐나와. 일부는 사망자나 부상자들에게서 총을 빼앗고. 나는 먼지구름 속을 돌아다니며 캐롤린과 나머지 애들을 찾아.

위쪽에서는 슬레이어 퀸 부대가 지붕에서 상층 발코니로 이동하고 있어. 고래를 떨어트린 폭약 덕분에 구멍이 뻥 뚫려 버렸거든.

내 눈앞에 낯익은 얼굴이 보여. 통통하고 쾌활해 보이는 남자애야. 가짜 수염을 한쪽 귓가에 매단 채로, 충격에 꼼짝도 못 하고 있어.

"나 기억해?" 나는 먼지가 허옇게 앉아서 석상처럼 보이는 아이한테 이렇게 물어.

녀석은 처음에는 아무 말도 못 하다가, 이내 표정이 변해. 나를 알아본 거야. 뒤이어 당황한 표정이 밀려와.

나는 녀석의 가슴에 총구를 대고 쏴 버려. 녀석은 그대로 바닥으로 무너지고.

다른 노예 상인 하나를 쏘려고 하는데, 제퍼슨이 나를 붙들어. 우리는 몸부림치다가 그대로 넘어져 뒤엉켜. 그와 눈을 마주친 순간, 단호하고 굳건한 의지가 담긴 눈빛이 내게 질문을 던져. 방금 자신의 행동이 잘못이라 생각하냐고. 다음 순간 나는 울음을 터트리고, 제퍼슨은 나를 끌어안고 아이처럼 달래.

고개를 들어 보니 근처에 서 있는 랍이 보여. 가늘고 작은 단도를 손에 들고 있어. 나를 보고 있어. 아니, 제퍼슨을 보는 걸까?

랍: "난 못 해. 난 못 해."

다 괜찮다고, 살인은 전부 우리에게 맡겨 두라고 말하고 싶어. 당연히 해야 하는 행동이 아니라고. 어차피 여기 노예 상인들은 너하고는 아무 관계도 없지 않느냐고. 하지만 결국 랍도 이런 상황을 받아들이고 익숙해져야만 하겠지. 그렇게 됐으면 좋겠네. 자기가 필요하다고 여기는 일을 할 수 있게 되었으면 좋겠어.

피터

티치의 피는 벌써 엉겨붙고 있어. 눈은 뿌옇게 변했고. 신기한 일이지. 숨을 멈추는 순간 자신이 자신이 아니게 된다니. 나는 그가 인간에서 물건으로, 영혼 없는 육신으로 변해 가는 과정을 그대로 지켜볼 수밖에 없어. 영혼은 어디로 간 걸까? 어쩌면 아무 데도 안 갈지도 모르지. 적어도 브레인박스는 그렇게 말했으니까.

나? 나는 그런 식으로 자라지 않았어. 나는 티치가 예수님의 사랑 가득한 품에 안겨 있다고 믿어. 물론 이런 이미지는 그저 비유일 뿐이야. 그렇지? 내 말은, 지금 이렇게 눈앞에 누워 있는 시체를 보면서 그 진짜 육신이 예수님의 진짜 손에 안겨 있는 광경을 상상하지는 않는다는 소리야. 그런 건 언어로 현실을 난도질하는 일이잖아. 개념을 영상으로 바꿀 뿐이라고. 나는 티치를 바라보며 몸을 부르르 떨어.

대안은 채플을 바라보는 쪽일 텐데, 도저히 그럴 엄두는 안 나거든. 채플은 한동안 나를 바라보며 눈짓했어. 마치 눈썹이 충분히 유연히 움직이기만 한다면 자신이 배반한 이유를 깔끔히 설명할 수 있다는 듯이.

웃기는 일이지. 그를 다시 만나기 위해서라면 뭐든 내놓을 수 있다는 생각도 들곤 했거든. 그런데 정작 묶인 채로 방 한복판에 함께 있게 되니까, 아무리 해도 꺼낼 말이 생각이 안 나는 거야. 어쩌면 증오 때문일 수도 있겠지. 사랑일 수도 있고. 아니면 충격 때문일 수도.

"피터." 채플이 나를 불러. 마침내 입에서 천 조각을 뱉어 내는 데 성공한 모양이야.

나는 아무 말도 하지 않아.

"피터. 나 좀 봐."

누구 맘대로. "나를 배신해 놓고서. 우리 모두를 배신했잖아."

"네가 전체 이야기를 몰라서 그러는 거야."

대단하군. 여기서 내가 미심쩍은 목소리로 '그럼 네 전체 이야기를 설명해 봐.'라고 말할 차례겠지. 하지만 그럴 기분이 안 드는데 어쩐담. 목소리만은 계속 듣고 싶지만.

"이야기는 이제 안 들을래." 나는 이렇게 말해. 얘도 내 말을 알아듣겠지. 나한테 믿으라고 늘어놓았던 온갖 가짜 이야기를 말하는 거야. 자기가 나를 사랑하고, 우리 둘이 함께 종말 이후의 석양을 향해 자동차를 몰고 달려가는 이야기 말이지.

그러나 그는 개의치 않고 설명을 시작해. 그리고 나는 손이 묶여서 귀를 막을 수가 없어. 노래를 흥얼거리거나 해서 목소리를 차단하는 건 한심해 보일 테고.

"잘 생각해 봐. 제퍼슨의 회합을 망친 사람은 내가 아니었어."

"네 회합이었지. 네 생각이었잖아."

"아니, 나는 제퍼슨이 뭘 원하는지 알았을 뿐이야. 그게 전부라고."

부인할 수가 없네. 제퍼슨은 언제나 유토피아의 꿈을 꾸고 있었지. 마치 대재앙이라는 레몬으로도 레모네이드를 만들 수 있다는 것처럼. 아니면 '그 사건'에서 남은 손때 묻은 파편을 긁어모아 새로운 사회를 만들 수 있다는 것처럼. 그래서 그는 채플의 제안에 속아 이리저리 끌려다니며 부족 회합을 이끌었어.

그는 말을 이어. "회합에 한해서는 내 말이 옳았잖아. 무슨 일이 났는지를 봐. 신도 버린 이 땅에 남아 있던 한 줌의 사회적 응집력마저 이젠 전부 사라져 버렸다고."

"신경 쓰는 척 하지 마. 너는 핵무기에만 관심 있잖아."

"여기서 내년까지라도 버티려면 핵무기가 필요해. 내 말을 믿어."

나는 그에게서 몸을 돌려서 바 위의 깨진 거울을 바라봐. 울지 않으려고 애쓰면서. 그의 따뜻한 몸은 여전히 내게 닿아 있어.

"재밌는 소리네. 널 믿으라니."

"내 말 들어 봐. 이건 전부 계획의 일부야. 내가 풀려나도록 돕지 않으면 전부 죽을 거라고. 재건 위원회에서 침공해 들어와서 모든 사람을 죽여 없앨 거야."

"너는 거짓말밖에 안 하지. 저번에는 우리가 전부 죽도록 놔둘 거라고 했잖아."

"그땐 그랬지. 이젠 직접 올 이유가 생겼어. 아, 물론 수백 명 정도는 살려서 의료용으로 사용할 거야. 나머지는 지금보다 더 피해를 주기 전에 죽여 없앨 테고."

"우리가 무슨 피해를 준다는 거야?" 나는 이렇게 물어. 채플의 개수작은 이제 질렸다고. 어른들과 그들이 원하는 온갖 것들에도 질렸어. 나는 다시 한 번 우리가 워싱턴스퀘어를 떠나지 말았어야 한다고 생각해. 이런 이야기에 휘말리지 말았어야 한다고.

나는 묶인 몸을 움찔거려. 금속 사슬은 삐걱댈 뿐, 끊어질 느낌은 조금도 없어.

"재건 위원회에서 어떤 식으로 감염을 막았는지 알고 있어, 피터?"

모르지. 그냥 우리처럼 치료제가 있었다고 생각했는데. 그런데 그게 아닐지도 모르겠네.

"검역으로……."

채플이 대꾸해. "아니야. 검역은 아주 작은 일부분이었을 뿐이지. 나머지를 전부 해결한 다음에 살아남은 사람에게만 적용한 거야."

'해결하다'라니, 안 좋게 들리네. 보통 아주 나쁜 방식을 뜻하니까.

"그대로 격추해 버렸어, 피터. 여객기 말이야."

"얼마나?"

"전부. 미합중국에서 오는 건 전부 격추했다고. 그런 다음에는 배를 포격했어. 장거리 화물선들 말이야. 물론 이곳저곳에서 놓친 것도 있지. 오만의 무스카트에서 감염이 발생했어. 실수로 화물선 한 척이 뚫고 들어간 거지. 인근 진료소에서 확진된 거야."

그는 얼굴을 찌푸리다가, 이내 평정을 되찾고 내게 말해. "저들은 거기다 핵을 떨어트렸어, 피터. 상처를 지져 버린 거야. 60만 명을. 화재를 막으려고 인간을 소각해 버렸다고."

나는 그를 멍하니 바라보면서, 진실을 말하는 건지 파악하려 애써. 나를 사랑한다고 말했을 때도 저런 표정이었나?

"그냥 우리 상대가 어떤 사람들인지 말해 주고 싶었어. 그러면 우리가 한 일을 이해할 수 있을 테니까."

세상에.

"무슨 뜻이야? 너희가 뭘 했는데? 대체 뭘?"

"기울어진 경기장을 바로잡아야 했어, 피터. 그러지 않으면 여기서도 같은 일이 벌어질 테니까. 이 도시를 날려 버리겠지. 너희 치료제가 퍼지지 않도록 말이야."

세상에.

"너희 미쳤지. 그쪽에서 치료제가 퍼지지 않기를 바랄 만한 이유가 있어?" 예전에도 비슷한 소리를 한 적이 있었는데, 당시에는 사랑에 빠져서 질문을 던질 생각조차 하지 않았지. 아무래도 사랑은 사람을 멍청하게 만드나 봐.

"이유는 두 가지야. 첫째, 너희는 아주 끔찍하게 귀찮은 존재야. 10대로 가득한 나라를 상대하고 싶은 사람은 없어. 둘째, 너희는 하나하나가 바이러스 배양용 접시 같은 존재거든."

"치료제를 맞았는데―"

"한동안은 효력이 있겠지, 피터. 하지만 '항원 변이'라는 현상이 있어."

로널드 레이건호에서 들었던 단어야. 우리 피를 뽑아 갈 때마다 '항원 변이' 때문에 필요하다고 했어. 하지만 그게 뭔지 물으면 기밀이라고만 말했단 말이지.

"항원 변이. 바이러스는 자연에서 돌연변이를 일으킬 때마다 재조합을 거쳐. 보통은 한 종에서 다른 종으로 옮겨 갈 때 일어나는 일이지. 하지만 이번에는……." '그 병'을 말하는 거겠지. "우리는 인공적으로 새로운 계통을 만들어 냈어. 바이러스에 감염된 사람 둘만 있으면 돼. 이미 걸렸다가 치유됐으면 안전하지. 만약 걸린 적이 없는데 작년에 만든 치료제만 남았으면 그냥 죽은 목숨인 거야."

숨은 뜻을 알아차리는 데 시간이 조금 걸려. "네 말은……."

"기울어진 경기장을 바로잡아야 했어, 피터."

구역질이 치밀어 올라.

"너 설마 진짜 한 건 아니겠지."

"그냥 나 혼자서 한 게 아냐, 피터. 이 정도의 일을 벌이려면 상당한 규모의 조직이 필요하거든. 수백 명, 아니 수천 명이 자기 목숨을 걸고 있다는 걸 알아 줘."

"온 세상을 감염시켰다는 거잖아." 상상조차 힘든 지경이야.

"맞아. 백 명이 넘는 요원들이 백 군데가 넘는 도시에서 움직였어. 이번에는 검역 정도로 처리할 수 없을 거야."

숨을 쉴 수가 없어.

"다른 방법이 없었어. 사람들을 구하려면 그럴 수밖에 없었다고. 이해가 돼? 남은 아이들이 수백만 명이야. 여기에도, 미국 여기저기에도, 티에라 델 푸에고까지 대륙 전체에 가득하다고. 그 모든 아이를 구하려면 온 세상을 강제로 같은 배에 태울 수밖에 없었어."

"전부 감염시켰다고……." 나는 혼잣말을 중얼거려. 당시의 혼돈이 떠올라. 전기가 끊기고. 식량이 떨어지고. 사회가 무너지던 순간이.

"아무도 죽을 필요 없어. 지금은 간신히 증상이 발견되기 시작하는 단계일 거야. 그리고 지금 이 계통에 대한 치료제는 충분히 만들 수 있을 거야. 다만 그러려면 네 피가 필요할 뿐이지."

"내 피?"

"우리가 그 치료제를 어디서 얻었을 것 같아? 너하고 네 친구들한테서 얻은 거야. 바로 이게 우리 수출품이 될 거야, 피터. 치료제를 만들 때 필요한 유전 정보. 그 대가로 나머지 세계는 이 나라를 다시 일으킬 때까지 필요한 물자를 공급하는 거야. 하지만 우리 자신을 보호할 수단이 없으면 이런 계획은 다 소용 없어. 그래서 풋볼이 필요한 거야."

이해가 돼. 동의한다는 소리는 아니야. 그냥 그 발상을 이해한다는 거지. 우리한테는 치료제가 있어. 핵무기도 있고. 생존하려면 거래할 물건이 필요한 거지. 그리고 우리 자신이 그 수출품인 셈이야. 뭐, 적어도 우리의 일부기는 하지.

"브레인박스는. 네가 브레인박스를 죽였잖아."

"브레인박스를 쐈을 뿐이야. 죽일 생각은 아니었어. 하지만 그는 다른 모두를 위해 반드시 해야만 하는 일을 막으려 했지. 나도 후회하고 있어. 설명할 시간이 있었으면 좋았을 텐데. 그는 정상이 아니었어, 피터. 제정신이 아니었다고. 너도 이미 알고 있을 거야. 그런데 핵무기 암호와 풋볼을 손에 쥐고 있었다고. 그를 막아야 했어."

마지막 며칠 동안 브레인박스가 얼마나 이상해 보였는지는 똑똑히 기억해. 시스루가 죽은 후로 고독하고 냉정하게 변했던 모습도. 그 순간 함께 있지 않았으니, 채플이 진실을 말하는지 판별할 방법은 없어. 하지만 이것 하나는 확실해. 브레인박스는 숨이 끊어지기 직전까지도 다른 사람을 해치는 용도로 비스킷을 사용하지 않았어. 친구를 도울 사람을 부르려고 사용했을 뿐이야.

그렇지만 지금 내가 뭘 할 수 있을까? 이제는 알 것 같아. 만약 나머지 온 세상이 감염됐다면……. 에반의 손에 아직도 핵무기가 있다면…… 채플을 돕는 것 말고 다른 방법이 있을까?

그는 말을 이어. "미리 말하지 못해서 미안해. 하지만 맹세했어. 그 무엇도, 심지어 너를 향한 내 감정조차도 그 맹세를 깰 수는 없어."

나는 그 생각을 마음에서 밀어내. 마지막 질문이 하나 떠올랐거든.

"왜? 왜 우리를 위해 이런 일을 하는데?"

채플이 대답해. "너희를 위해서만이 아니야. 우리 모두를 위해서지. 기회가 없었던 모두를 위해서. '너희 지친 자들, 너희 가난한 자들, 너희 추위에 옹송그린 채로 자유를 갈망하는 자들, 너희 풍요로운 대지에서 버림받은 자들' 말이야. 그 시는 알겠지? 엠마 라자러스라는 미국인이 쓴 시야. 자유의 여신상 내부에 새겨져 있지. 땅과 공간과 자원이 필요한 사람은 수없이 많아. 우리는 그런 사람들이 젊은 국가를, 말 그대로 젊은이들의 국가를 제대로 일으켜 세우도록 도움을 줄 거야."

제퍼슨

먹먹한 굉음이 사라지자 이마니의 목소리가 들려온다. 정문으로 들어와서 병사들을 시켜 디오라마 전시장을 깨부수고 있다. 포로 중 일부는 나오라고 달래 줘야 한다. 구원이 찾아오리라는 희망을 오래전에 버렸기 때문에, 우리가 더 지독한 고난을 선사하지 않을 거라고 설득해야 하는 것이다. 여기저기에 시간과 굶주림에 뒤틀렸지만 낯익은 얼굴이 보인다. 우리는 우리 부족 여자애들을 모아 다른 이들을 달래게 한다.

해상 디오라마에서 구출한 아이들은 이곳에 더 많은, 훨씬 많은 포로가 있음을 알려 주고, 우리는 거대한 건물 곳곳을 돌아다닌다. 어둠 속을 천천히 나아가며, 같은 장소로 돌아가기를 반복하며, 손전등과 라이터 불빛으로 청사진을 해독하면서.

멕시코와 중앙아메리카 전당…… 아프리카 민속 전당…… 평원 인디언의 전당. 우리는 그 모두를 샅샅이 뒤진다.

우리는 2층 전시장에 디오라마가 가득하고 한가운데에 코끼리 박제 무리가 서 있는 홀에 도착한다. 수코끼리는 코를 번쩍 들고 소리 없이 포효하고 있다. 노예 상인들은 여기서 최후의 저항을 벌이고, 코끼리의 몸에는 새로운 총알 구멍이 하나둘씩 늘어 간다. (최초의 총알 구멍은 이미 수선했겠지만.)

죽은 야생 동물 무리의 뒤편에서 살아남은 아이들이 등장한다. 눈을 깜빡이는 아이, 흐느끼는 아이, 눈물도 목소리도 나오지 않는 아이, 비명을 지르는 아이. 어느새 우리 일행은 수백 명으로 불어난다.

다음은 업타우너 차례다.

캐롤린과 돈나와 나는 우리 부족원들을 모은다. 크리스티, 섀넌, 아이샤, 올리비아, 세 명의 애슐리. 갈수록 수가 불어난다. 조금씩 단순한 학살이 아닌 승리처럼 느껴지기 시작한다. 피칠갑을 한 대왕 고래가 엎어져 있는 끔찍한 방에서 멀어질수록 그런 기분이 강해진다.

"정말 오래 걸렸네." 캐롤린은 검은코뿔소 한 쌍 뒤편에 숨어 있던 여자애들이 나오는 것을 도우면서 이렇게 말한다.

나는 인정한다. "그랬지. 미안."

"UN에서 그런 일이 벌어졌을 때 너도 죽은 줄 알았어. 안 죽어서 다행이야."

"아직은 그렇지." 나는 이렇게 말한다. 우리도 언제 검은코뿔소들의 뒤를 따르게 될지 알 수 없는 일이니까.

우리 쪽의 사망자는 한 명이다. 라니타라는 이름의 키 큰 여자애다. 그녀는 아프리카 민속 전당의 나무 의자에 안치되어 있다. 위에는 줄루 추장의 쇠가죽 방패를 덮고, 곁에는 남아프리카식 혹곤봉과 아세가이 투창을 놓았다. 해방된 여자애들은 말없이 일렬로 그 옆을 지나치며, 저마다 그녀의 얼굴을 어루만지며 감사를 표한다.

마지막으로 수색한 방에서는 옛 친구를 몇 명 만난다. 트리샤와 소피다. 사이키델릭 카우걸과 모티샤라는 별명으로 부르던 아이들이다. 처음에는 제대로 알아보지 못했는데, 언제나 그렇듯이 침착하게 입을거리를 마련해 놓았기 때문이다. 자기들이 갇힌 우리의 버펄로 가죽을 뜯어다 따뜻한 판초처럼 위에 걸치고 있다.

"세상에 맙소사." 카우걸이 말한다.

"이런 얼어 죽을." 모티샤가 말한다.

"안녕, 들소 아가씨들." 돈나가 말한다. "우리 오늘 밤에 같이 외출이나 할까?"

코끼리 떼의 그늘 아래에서, 우리는 다음으로 할 일을 논의한다.

이마니는 드물게도 웃음을 머금은 채로 이 추진력을 살리겠다고 제안한다. "그대로 진격해서 업타우너 놈들을 제거했으면 좋겠군. 어차피 위태로운 상황이라고 들었다."

"나도 반대할 생각은 없어요. 그럼 우리 친구들과 연락을 취해 보죠." 나는 지금까지 접촉을 피해 왔다. 피터와 다른 사람들이 위태로운 순간에 신호음이 울릴지도 모른다는 생각에서였다.

"문제가 하나 있는데…… 나는 특별한 물건 하나를 쫓고 있어요."

이마니는 미심쩍은 표정으로 나를 바라본다. "말해 봐."

아직 이마니에게 어떻게 설명해야 할지 정하지 못했지만, 그 일이 문제가 되기 전에 죽을지도 모른다는 생각 때문에 그 고민은 잠시 미뤄 두고 있었다. 이제는 그녀에게 거짓말을 하거나, 아니면 제대로 도박수를 쓰면 그녀를 세상에서 가장 강력한 사람으로 만들 수 있는 정보를 건네주거나를 선택할 때다.

채플은 거짓말을 했다. 나도 예전에는 그런 방식을 택했다. 가장 중요한 사실이 무엇인지를 알고 있으면서도 이마니와 다른 모두에게 거짓말을 했었다.

그래서 나는 이번에는 정반대로 행동하기로 마음먹는다.

"업타우너들 손에, 미합중국의 모든 핵무기를 통제할 수 있는 장치가 있어요."

이마니는 눈을 깜빡인다.

"좋아. 설명해 봐."

그래서 나는 설명한다.

아니, 적어도 랍의 무전기가 찍찍거리기 전까지 설명하는 중이었다.

"말씀하세요." 랍이 이렇게 말하고, 우리는 그 주변으로 몰려든다.

반대편 회선에서 에반의 목소리가 들려온다.

"지금 말씀하시는 분이 누구신가?" 절도 있고 정중한 투에서 진정한 가학 성애자의 기운이 묻어난다.

"이 주파수는 어떻게 알았지?" 랍이 묻는다. 그러나 나는 이미 답을 안다. 우리가 티치와 미리 합의했던 주파수니까.

"너희 애완용 거인한테서 적출했지. 애석하게도 그 과정에서 사망하고 말았지만."

돈나는 헉 소리를 내며 입을 가린다. 그리고 뒤로 물러난다. 아마 에반이 자신의 울음을 듣지 못하게 하려는 거겠지.

"그래, 숨이 끊어질 때까지 꽤 오래 걸리더군. 근성이 아주 대단했어. 어쨌든 대화를 하자고."

"다른 사람들은 어떻게 됐지? 피터는 살아 있어?"

"그 게이 말이야? 그래, 아직은 열심히 버둥거리는 중이지. 다른 영국 놈은 숨이 끊어졌지만."

"피터가 살아 있다는 증거가 필요해."

"글쎄, 그건 네놈들한테서 원하는 게 있을 때나 통하는 이야기 아닐까. 근데 지금은 전혀 없거든."

내가 대꾸한다. "있을걸. 원하는 게 하나 있잖아."

"그게 뭐지, 제퍼슨?"

"나를 죽이고 싶을 텐데." 돈나는 미친 사람을 보는 눈으로 나를 바라본다.

"때가 되면 기회가 오겠지. 기억해 두라고. 그건 내게 달린 문제가 아니야. 천상에 계신 우리 친구분이 결정하실 문제지."

캐스가 랍의 무전기를 빼앗는다. "에반?"

"오, 안녕, 동생."

"에반, 내 말 잘 들어. 피터를 보내 주면, 너도 산 채로 보내 줄게."

"나를 보내 준다고?"

"그래. 숨을 끊는 대신에 말이야. 내 원래 계획은 그거였거든."

"말로는 뭘 못 할까, 우리 동생. 그래도 시도는 좋았어. 배짱이 있잖아. 역시 넌 사내놈으로 태어났어야 해. 어쨌든 이만 끊을게. 종종 연락하겠어."

 에반

흠, 이거 재밌는데. 그 자리에서 놈들을 지켜볼 수 있었다면, 그 얼굴에 떠오른 완전 망했다는 표정을 볼 수 있었다면 정말 좋았을 것을.

나와 부하들은 이동 중이다. 축축하고 냄새 고약한 정비용 통로를 따라 걷고 있다.

어떻게 보면 놈들이 도착하기를 기다릴 수 없다는 점이 애석하기도 하다. 그래, 분명 올 테지. 친구를 구해 내기 위해서는 물불을 가리지 않는 머저리들이니까.

나는 아주 잠시 혹시라도 누군가 나를 구해 주러 올지를 생각해 본다.

아마 아무도 없겠지.

그래도 친구를 사귀고 어울리는 시간이나 온갖 것을 쏘고 돌아다니는 시간을 전부 합해도, 지금 내 기분과는 바꾸지 않을 것이다. 온 세상의 머리 꼭대기에 앉아서 엉덩이를 걷어차고 살생부를 적을 수 있는 상황이잖아. 내가 외롭냐고? 당연하지. 하지만 인간은 누구나 외롭기 마련이야.

위쪽에서 총성이 들려온다. 늙은이들일 것이다. 러시아인과 중국인 중에서 먼저 도착한 쪽이겠지. 물론 저들도 풋볼을 노리고 있다. 아, 물론 적당한 거짓말로 포장했을 수는 있다. 파국을 막으려 한다거나, 우리를 우리 자신으로부터 구원하려 한다거나, 기타 등등. 하지만 본질을 파고들어 가면 결국 저들도 힘을 원할 뿐이다. 그리고 다른 자들이 힘을 가지기를 원치 않는 것이다.

내 부하들이 발목을 잡아 주겠지만, 그들 능력에도 한계가 있다. 정든 사령부를 버리기에는 딱 맞는 시간이다. 바자는 이제 끝장이니까.

나는 개의치 않는다. 내가 보기에 바자 따위는 사소한 문제다. 밟고 올라갈 디딤돌에 지나지 않는다. 중요한 것은 나와 핵폭탄, 그리고 재건위원회 사람들과 할 거래뿐이다. 내가 저항군이나 중국인이나 러시아인과 거래를 하지 않도록 하려면 그럴 수밖에 없겠지. 더 나은 제안을 한다면 그쪽과 거래할 수도 있고. 그 개자식 채플이 원하는 것보다 나은 조건을 제시할 사람이 분명 있을 테니까. 나는 빌어먹을 저항군이랍시고 설치는 놈들에게 통제권을 넘겨줄 생각 따위는 조금도 없다. 놈들은 온갖 패배자나 하찮은 인간을 끌고 와서 이 나라를 과거보다 더 고약하게 망칠 테니까.

층계로 통하는 문을 발로 차서 연다. 계단을 내려가면 거리로 이어진다. 그러면서 나는 다음 수를 곰곰 생각한다.

이곳에는 나처럼 견실한 지도자가 필요하다. 이곳 놈들이 그걸 모를 정도로 머리가 나쁘다면, 내가 직접 알게 해 줄 수밖에.

알겠나? 이몸께서는 선생 놈들 말처럼 머저리가 아니란 말씀이야. 내가 가능성을 낭비하고 있다고 주절거리던 개자식들은 지금 어떻게 됐더라? 알고 보니 나는 '흥미가 있는' 주제에는 독해력이 뛰어났단 말씀이지. 이를테면 우리 풋볼의 문서 꾸러미에서 '연관 타격 목표'라고 적힌 부분처럼 말이야.

해석하는 데 조금 시간은 걸렸지만, 요약하자면 이렇다. 미국의 핵미사일은 비디오게임 속에서처럼 퐁퐁 쏘아 올릴 수는 없다. 과거의 군대 인간 여럿이서 온갖 시나리오를 모의 실험한 다음에, 이 장비에다 단축 명령을 입력해 놓았다. 그러니까 핵을 떨구고 싶은 지역에 따라 특정 암호를 입력하면 되는 것이다. 이게 저들이 말하는 '연관 목표'다. 맥도날드에서 시키는 세트 메뉴 같은 거지.

다만 여기서는 치즈 더블쿼터파운더 세트를 시키는 대신에 상트페테르부르크와 비보르크, 베이징과 톈진, 뭐 그딴 것들을 세트로 주문하는 거다. 그냥 해당 암호를 입력하고 비스킷이 자기 할 일을 처리하게 기다리면 된다.

문이 열리고 우리는 거리로 나온다. 승강장 안쪽에서 총성이 울린다. 애들 몇이 정문으로 도망치고 있다. 좋아, 엄폐물이 늘었군. 나는 검은 서류 가방을 들어 올린다.

이 물건은 낡아 빠진 데다 입력에도 한참 시간이 걸린다. 아마 멍청이들이 전화를 잘못 걸듯이 실수로 공격을 개시하지 않도록 일부러 그렇게 만든 것이겠지.

어쨌든 나는 충분히 살펴본 다음 공격을 하나 실행하겠다고 마음먹는다. 내가 진심임을 모두에게 알려야 할 테니까.

이렇게 말하면 무슨 제임스 본드 영화의 하찮은 악당처럼 들릴 것이다. 돈을 내거나 그러지 않으면 파리에 핵을 떨어트리겠다고 주절대는 놈들 말이다. 그러나 차이점은 a) 나는 본론으로 들어가서 실제로 그 도시를 날려 버릴 거고 b) 파리나 런던을 날릴 정도로 멍청하지도 않다는 것이다. 아니, 그랬다가는 놈들이 나를 제거할 게 분명하잖아.

천만에, 나는 사람을 잔뜩 죽일 수 있다는 점을 증명할 수 있으면서도 재건 위원회에서 별로 관심이 없는 곳을 골라서 날릴 것이다. 그래서 나는 한참을 생각하다가 다마스쿠스와 근처의 홈스라는 도시 패키지를 선택한다. 시리아 놈들한테 아무도 신경 안 쓴다는 사실은 그 뭐냐, 세계 역사만 봐도 분명하니까. 솔직히 다들 나한테 감사할지도 모른다고.

적어도 나를 함부로 다룰 수 없다는 정도는 깨닫게 될 테지.

그래, 물론 여자와 아이나 뭐 그런 무고한 사람들이 잔뜩 산다는 정도는 알고 있다. 하지만 지금껏 놈들 없이도 잘 지내 왔으니 딱히 신경 써야 할 이유를 모르겠다. 그리고 탁 까놓고 말하자면, 다들 그렇게 행동하지 않던가? 꼬맹이나 뭐 그딴 것들에 다른 것들보다 더 신경을 썼다면 벌써 문제가 해결되어 있어야겠지. 물론 잔뜩 죽으면 다들 눈물을 흘리기는 할 거다. 하지만 그 순간까지는 아무것도 안 하겠지.

그래도 발사를 조금 미루기는 할 생각이다. 아직 재건 위원회에서 답신이 돌아오지 않았으니까. 이제 채플한테 권한이 없다고 말했더니, 놈들은 깜짝 놀라서는 대책을 다시 세워야 한다고 말했다. 아마 시간을 끌면서 자기네 쪽의 남은 특수 부대가 나를 제거하기를 기다릴 속셈이겠지. 놈들이 나를 미합중국의 국가 원수 대행으로 인정해 달라는 요구를 거부할 것은 당연하다. 아마 내가 대중의 지지를 받지 못한다거나 하는 헛소리를 늘어놓겠지. 물론 사실이기는 하다. 조금만 지나면 달라지겠지만.

업타운은 한동안 힘겨운 시기를 거치겠지만, 머지않아 저스틴 비버급의 컴백 무대를 가질 것이다. 내 사랑 아돌프가 궁지에 몰려서 벙커 안에 쭈그려 처박히고, 주변에서 다들 '총통께서는 비밀 병기를 사용하려고 기다리고 계실 뿐이야! 그거면 전세가 역전될 거라고!'라고 주절대던 때와 마찬가지다. 글쎄, 그에게 실제로 핵폭탄이 있었다면 어떻게 됐을까. 이야. 세계의 강대국들이 내 앞에 무릎 꿇는 모습을 보게 된다면, 여기 애들은 내 엉덩이에 입을 맞추려고 난리를 피울 게 뻔하잖아.

그게 아니라면 그 김정어쩌구들이 어떻게 그렇게 오래 살아남을 수 있었겠어? 헤어스타일은 엉망이고 카리스마도 제로지만, 핵만 있으면 만사형통인 거라고.

수백만의 사람을 죽일 각오를 다지니 다른 모든 것들이 시야에 들어온다. 내 손으로 스무 명이나 서른 명을 죽인다 해도, 그리고 내 부하들이 훨씬 많은 사람을 죽인다 해도 그게 무슨 상관이겠는가? 독극물처럼 내 몸속을 떠돌던 죄책감의 잔여물을 떨쳐 내니 상쾌한 기분이 든다. 솔직히 내가 진짜 신경을 쓴 것은 아니지만, 양육 과정에서 얻은 편견이란 떨쳐내기 힘든 법이잖아? 그 쪼끄만 양심이라는 목소리 같은 것들이 조잘댄단 말이지. 어쩌면 성장이란 게 그런 걸지도 모르겠다. 다른 사람들이 원하는 내가 아니라, 진정한 나 자신이 되는 법을 배우는 거지.

그렇기 때문에 나는 채플과 워싱턴스퀘어에서 온 게이 녀석을 망설이지 않고 죽일 생각이었다. 자기 남친을 구하려고 직접 돌아와 주다니 정말 만족스러운 일이었지. 어차피 같은 식의 함정이 두 번 먹히기는 힘들 것이다. 놈을 이용해서 제퍼슨을 잡는다든가 말이야. 따라서 이후로 그 동성애자 놈들은 그냥 짐덩어리일 뿐이었다.

그런데 놈들을 죽이려고 돌아가 보니? 사라져 있었다. 잘린 줄만 남아 있고 흔적도 없었다.

게다가 놈들을 지키라고 남겨 놓은 놈들한테 화풀이를 할 수도 없었다. 전부 죽었으니까.

어떻게든 처리해야 할 일이기는 하지만, 이 단계까지 와서 과거와 미래의 일을 근심하는 것은 효율적인 행동이 못 된다. 지금은 오직 목표만을 노려야 한다. 승강장 내부에서 무슨 선전 방송 같은 것이 울려 퍼진다. 영어지만 외국인 억양이 명확하다.

"모두 무기를 내려라. 해칠 생각은 없다. 우리는 치료제를 배부하고 질서를 회복하러 온 거다."

아하, 그러시겠지.

나와 우리 패거리는—최고의 병사 스무 명이다. 나의 새로운 정권에서 근위병이 될 자들이다—렉싱턴 애비뉴를 건너 크라이슬러 빌딩으로 향한다.

나는 이 건물을 완전 요새화하고, 67층에 발전기까지 들여다 놓았다. 예전에는 클라우드 클럽이라 부르던 곳인데, 내 취향에 맞는 훌륭한 이름이라 그대로 사용하기로 했다. 과거 이 건물을 처음 지었을 때 거물과 결정권자들을 위해 특별히 만들어 놓은 구역이었다. (당시 기준으로) 세상에서 가장 높은 건물을 지을 수 있는 사람이라면, 다른 부유한 백인들과 한잔 걸칠 곳이 필요할 수밖에 없기 때문이었다.

과거에도 상당히 근사한 곳이었다. 질병 이전의 뉴욕을 공중에서 조망하는 벽화가 걸려 있고, 대리석 기둥과 화강암 바닥에 벨벳 의자들이 있었으니까. 나는 1년 전쯤에 통조림과 술을 잔뜩 옮겨서, 하층민들이 아래에서 죽도록 싸우는 동안 여기서 느긋하게 즐길 수 있도록 꾸며 놓았다. 심지어 인력(人力)으로 승강기를 작동시키는 장치도 만들어 놓았다. 거대한 햄스터 쳇바퀴로 승강기를 올리려면 분명 상당히 힘이 들겠지만. (내가 신경 쓸 문제는 아니다)

그 빌어먹을 승강기에서 거의 30분을 보낸 후, 우리는 클럽으로 통하는 문을 힘으로 열고 나가서 신선한 공기를 마신다. 화재와 약탈과 부패하는 시체에서 한참 위쪽이라 가능한 특권이다. 내 수석 정비공인 터커가 발전기에 시동을 걸고, 우리는 샴페인이 차가워지도록 냉장고에 넣는다. 4쿼터에 축배를 들면 안 된다고 말하던 작자들도 있지만, 놈들은 전부 죽고 나는 살아 있으니 무슨 상관인가.

채플의 전화기 비슷한 것이 삑삑거린다. 나는 전화를 받는다.

"이게 뉘실까?"

"채플은 어디 있나?" 재건 위원회 놈들이다.

"말했을 텐데. 채플에 대해서는 잊으라고. 이제 너희 상대는 나야."

"채플은 죽은 건가?"

"솔직히 말해 줄까? 아니. 적어도 아직은 아니야." 이 이상 말해 줄 필요는 없지.

반대편에서 잠시 침묵이 흐르더니, 다시 소리가 들린다. "우리는 채플하고만 협상할 생각이다."

"그러니까 내 제안은 거절하겠다는 거군."

"네 제안은 단 하나도 고려해 본 적 없다. 협상은 없을 거다."

왜 이딴 식으로 말하는지 모르겠군. 아마 선전 쪽에도 신경을 쓰기 때문이겠지? 그러니까, 역사가 평가하는 우리 모습이라든가? 사태가 잘못 흘러갔을 때 소시오패스와 협상을 했다는 소리를 듣고 싶지는 않을 테니까.

(나 말이야, 나)

그래서 어쩌라고? 공감이 뭐 그리 대단하다고? CEO나 그런 작자들이 상당수 소시오패스라고 말하는 책을 읽어 본 적이 있다(그래, 대충 휙휙 넘기기는 했지). 그런데 저자는 그게 문제라는 식으로 말했다. 진실을 말하자면, 인생에서 뭔가를 이루고 싶다면 다른 사람의 감정 따위로 관점이 오염되어서는 곤란하다는 거다. 조지 워싱턴이 영국인들의 감정에 신경을 썼다면 미국이 탄생할 수 있었을까? 천만에. 그래서 나는 타인의 감정에 공감 따위는 하지 않는다. 따라서 다른 요인에 기반하여 추론해야 한다. 따라서 감정에 전염력이 있다고 생각하지도 않는다. 그렇다고 해서 엄마가 최후의 순간에 말했듯이, 내가 괴물이 되는 건가? 무슨 빌어먹을 헛소리야.

어쨌든 재건 위원회 놈들이 나하고 협상할 생각이 없다는 것은 분명하다. 예상대로 내 진심을 피력할 수밖에 없어진 것이다.

"이런, 그런 소리를 듣게 되어 진심으로 유감이야. 아무래도 내 선의

나 뭐 그런 걸 보여 줘야겠는데. 한 시간쯤 후에 뉴스 속보라도 확인해 보는 게 어떨까."

그들은 아직 움직일 공간이 있다고 생각한다. 그러나 놈들의 병사들은 전부 목숨을 잃었다. 그리고 여기까지 올라와서 나를 해칠 수 있는 사람은 아무도 없다.

그래서 나는 전화를 끊는다. 그리고 풋볼을 가져온다. 내 마법의 위성 전화도. 그리고 죽음을 퍼붓는 작업에 착수한다.

# 캐스

바자에서 도망쳐 나오는 애들도 있고, 달려 들어가는 애들도 있고. 총소리가 타닥거리며 터지는 걸 보니 도망치는 애들은 죽을까 두려운 모양이고, 달려 들어가는 애들은 약탈할 기회를 놓칠까 두려운 모양이야.

에반이 무사했으면 좋겠네.

죽어 버렸으면 내 손으로 죽일 수가 없잖아.

밴더빌트 애비뉴 쪽에서 진입하는 순간 탄약 냄새가 우리를 맞이해. 나는 난간에서 중앙 홀 쪽을 내려다봐. 두 무리의 늙은이들이 전투를 벌이고 있네. 내가 보기에는 중국인과 러시아인 같은데. 사람들은 여기저기 파편 사이로 쪼그린 채 기어 다니고 있어. 사신이 씨를 뿌리고 다닌 것처럼 버려진 좌판마다 시체가 널려 있고, 그 모서리에는 바쁘게 움직이는 부랑자와 시체 약탈자 무리가 보여.

우리는 양쪽 분대가 서로를 쳐부수는 모습을 지켜봐. 마침내 양쪽은 부상자를 끌고 하층으로 이어지는 비탈을 따라 모습을 감춰.

내가 입을 열어. "뭐, 다 끝났네."

"그걸 어떻게 알아?" 흑인 여자애가 말해. 아, 이마니랬지.

"업타운은 끝장났어."

"난 이걸 끝장이라고 안 부르는데. 시작일 뿐이지."

그러다 아래쪽 그림자 속에서, 긴 로브를 입은 변태들이 슬금슬금 기어 나와.

그들은 계단을 올라 우리 쪽으로 다가오고, 이마니의 여자애들은 백여 개의 총구를 그들에게 겨누어. 상대방의 우두머리는 무슨 비디오게임 트레일러처럼 자기 후드로 손을 뻗고.

이마니는 그가 피터라는 사실을 깨닫고 총을 내리게 만들어.

"다들 긴장 풀어. 나야."

돈나는 총을 내리고는 그에게 달려가서 끌어안아.

피터는 웃음을 터트리더니 이렇게 말해. "이것 좀 보라고. 나 예언자 됐어! 유령들이 나를 구했다고! 게다가 이 끝내주는 로브까지 주고."

돈나가 말해. "너 유명해졌구나, 피터. 축하해."

나는 손을 반짝 들어. "음, 실례하겠는데요, 얘들 내가 생각하는 걔들 맞아? 그러니까, 사람 먹는 걔들 아니야?"

내가 이렇게 말하니까 그제야 모든 '유령'들이 제퍼슨을 알아본 것 같아. 그대로 몸을 숙이더니 무릎을 꿇고 절하기 시작했거든.

우와. 이게 무슨 상황이람.

"주여……." 유령 중 하나가 이렇게 입을 열면서 황송하다는 듯이 제퍼슨을 올려봐. 아마 저 패거리의 지도자겠지. "주여, 우리를 용서하소서. 우리는 악의 수렁에 빠져 있었나이다. 진실한 길을 잃었나이다. 적들이 우리를 속였나이다. 우리는—"

"당장 일어나." 제퍼슨이 날카롭게 말해. 쟤들이 말하는 투에 별로 감동받지 않은 모양이야. 어쩌면 회합에서 비슷한 취급을 당해서일지도 모르지. 피터 말로는 다들 쟤 엉덩짝에 입을 맞추고 다녔다고 했으니까.

유령들은 일제히 자리에서 일어나.

제퍼슨이 말해. "이거 봐. 나는 전혀 특별한 사람이 아니라고. 다른 사람들보다 딱히 많이 아는 것도 없어."

유령들은 혼란스러운 표정이야. 무슨 종교적 희열이나 그런 걸 기대하고 있었겠지.

"내 말 잘 들어. 너희는 잘못을 저질렀어. 우리는 모두 크든 작든 잘못을 저질렀지. 하지만 이제 너희한테는 옳은 일을 할 기회가 있어. 너희가 도와줬으면 좋겠어. 그러면 너희도 더 나은 삶을 시작할 수 있을 거야. 알겠어?"

그들은 자리에 서서 그 말을 곱씹어 봐. 그러다 지도자격 아이가 고개를 끄덕여. 그러면 다들 따르는 거겠지.

그러는 동안에도, 로브 입은 사람 하나는 내내 꼿꼿이 서 있었어.

그가 입을 열어. "훌륭한 소리야. 나하고 완벽하게 같은 생각인데."

그리고 채플이 모습을 드러내고, 다들 다시 총구를 들어.

그와 피터는 시간을 상당히 들여 열심히 헛소리를 지껄여. 채플이 정말 기만적인 개자식이긴 해도 속으로는 인류 모두를 위한 마음을 품고 있다나, 뭐 그런 소리야. 내가 보기엔 100퍼센트 납득 가는 소리는 아니지만, 지금은 섬세한 도덕적 견해 차이로 논쟁할 때는 아닌 것 같아.

본론으로 넘어가서, 에반은 펄펄 살아 날뛰고 있는 모양이야. 클라우드 클럽이라는 곳에 틀어박혀서 평소처럼 못된 짓을 저지르고 있다지. 아니, 평소 하던 못된 짓보다는 조금 더 심하겠네. 핵전쟁을 일으키려 애쓰고 있을 테니까.

유령들은 거의 자기네들끼리만 몰려다니면서 낮은 소리로 숙덕거리고 있어. 그러다 가끔 그중 한 놈이 나한테 달려와서는, 등을 돌린 채로 손가락으로 뭔가를 주무르는 듯한 동작을 취한단 말이지. 잠시 후 나는 그게 셀카 찍는 동작이라는 사실을 깨달아. 문제는 이곳에 카메라 달린 전화 따위는 없다는 거지만. 마치 셀카 찍는 행위 자체가 일종의 의식이 되어 버린 듯해. 그런 거라면야 굳이 실제 사진이 출력될 필요도 없겠지.

그러는 동안, 이마니는 이제 바자가 해방되었고 업타우너의 권력이 무너졌으니 자기 할 일은 끝났다고 선언해.

"하루 만에 노예 상인들과 업타우너들을 전부 박살 내다니. 다음 선거는 수월하게 이기겠는데."

돈나가 말해. "이 이상 동행해 달라고 청할 수는 없겠지만……."

이마니가 대꾸해. "그럼 하지 마." 그래도 걔 얼굴에는 웃음이 떠올라 있네.

제퍼슨은 악수를 청하며 말해. "고맙습니다."

"악수 정도로는 부족해. 감사를 표할 방법을 일러 줄게. 그 물건이 네 손에 들어오면, 너하고 내가 같은 탁자에 앉아 대화의 시간을 가지는 거야. 이해했어? 안 그러면 이번에는 너를 처리하러 올 테니까."

"알겠습니다." 제퍼슨은 이렇게 말하고, 이마니는 그와 악수를 해.

덕분에 우리 병력 대부분을 잃은 것 같네. 이마니와 부하 여자애들은 중앙 역사를 둘러보고, 건물을 확보하고, 할렘에 전령을 보내 소식을 알리는 작업에 착수해.

가슴에서 묘한 느낌이 치밀어 올라. 뭔가를 진심으로 원하지만, 못 얻을 거라고 알고 있을 때의 기분 있잖아? 누군가를 그리워하는 느낌.

묘한 일이야. 나하고 할렘 애들은 어차피 별로 절친 사이도 아니었잖아. 어쩌면 그쪽 병사들이 없으면 내 오빠의 수행원들과 맞설 가망이 없기 때문일지도 모르지. 우리한테 남은 거라고는 반쯤 굶주린 노예 소녀들과 전직 식인종 변태들뿐이잖아.

남은 우리는 크라이슬러 빌딩으로 떠날 채비를 해. 겨울의 햇살 속에서 뾰족한 꼭대기가 반짝이고 있네.

익숙한 인기척이 근처로 다가와. 몸을 돌려보니 테오가 땅바닥을 내려다보며 나를 따라오고 있어. 바자를 봉쇄하고 있는 이마니와 할렘 애들의 곁을 떠나온 거야.

내 얼굴이 화끈거리네. 웃겨라.

테오가 입을 열어. "작별 인사도 안 했잖아."

내가 대꾸해. "굳이 할 필요도 없었을 것 같은데."

뒤쪽에서 깔깔거리는 소리가 들려. 쌍둥이들이 자기네끼리만 통하는 농담을 지껄이는 것 같아. 계속 나와 테오를 바라보며 속삭이고 있네.

우리는 조금 더 함께 걸음을 옮기며 건물의 사암 모퉁이를 돌아. 정말 짜증 나게도 건강 측면으로도 뭔가 일이 터진 것 같아. 심장이 둥둥두둥 두둥둥거리고 있거든. 상황이 이렇게 개판인데 심장까지 열심히 꿍얼대는 걸 듣고 있어야 하냐고.

나는 테오를 돌아보며 말해. "왜 온 거야?"

그는 웃음을 터트려. 그러다 그는 다시 땅바닥으로 시선을 돌려. 조금 화난 것 같아.

"답을 알 텐데." 그는 이렇게 말하고는, 다시 나를 돌아봐.

얘를 처음 만났던 때가 떠올라. 우리는 할렘을 걸어가고 있었지. 총에 맞지 않고 이스트강 도로까지 도착할 수 있기만을 바라면서. 그런데 경찰차가 사이렌을 울리면서 우리 앞에 멈춰섰고, 우리는 그대로 농락당할 준비를 할 수밖에 없었어. 수갑을 찬 채로 순찰차를 타고 저쪽 본부로 가는 길 내내, 나는 테오의 뒤통수를 보고 있었지. 근육질 뒷덜미에 수평으로 길게 나 있는 흉터도. 그리고 나는 그에게 어차피 할 거면 빨리 해 버리라고 말했어.

하지만 그런 문제가 아니었지.

테오는 그런 사람이 아니었거든.

그는 조용하고 격렬하고 거의 수줍은 사람이었어. 목소리가 너무 낮아서 귀를 쫑긋 세워야 들릴 지경이지.

그러다 나중에 쌍둥이와 나는 그가 롱아일랜드의 어느 격납고에 묶여 있는 것을 발견했어. 우리는 테오를 풀어 준 다음, 차를 훔쳐 타고 시티로 돌아왔지. 그리고 테오는 마치 되갚듯이 몬토크 고속도로 어딘가의 약국에서 내 목숨을 구했어.

UN에 도착한 후로는 다시는 그를 만나지 못할 줄 알았어. 나는 제퍼슨을 찾으러 갔고, 테오는 완전히 다른 세상이, 전기와 식량과 수돗물이 존재하는 세상이 존재한다는 소식을 전하러 갔거든.

그리고 그는 할렘으로 돌아갔고, 나는 꼭 해야 한다고 생각하던 일로 돌아갔지. 정확히 뭔지도 모르면서.

그런데 내 심장은 왜 이러는 걸까?

엄마 아빠는 허락하지 않을 거야.

둘 다 죽었지만.

그 모든 것이─도주와 살인과 굶주림과 그 병에서 살아남은 것도, 심지어 제퍼슨과 사랑에 빠진 것까지도, 모두 여기에 이르는 과정이었던 것은 아닐까? 테오와 함께 있는 바로 이 순간 말이야.

내 심장은 아직도 두둥두둥둥둥거리고 있어.

나쁜 생각일지도 몰라. 테오가 마음을 돌릴지도 모르고. 날 떠날지도 몰라. 살해당할지도 몰라. 얘 때문에 내가 죽을지도 몰라. 나쁜 생각일지도 몰라.

"네가 와 줘서 기뻐." 나는 이렇게 말하며, 손을 뻗어 그의 손에 내 손을 끼워.

 **돈나**

크라이슬러 빌딩의 최상층 난간에는 독수리 조형물과 커다란 날개 장식이 반짝이고 있어. 나는 뿌연 하늘에서 깜빡이는 햇살 속으로 고개를 들어.

정말 죽음이 코앞에 닥친 분위기잖아.

그래, 물론 이곳에서는 언제든 죽음을 맞이할 가능성이 있기는 해. 하지만 바로 이 순간이야말로 위기의 절정 같다는 느낌이 든단 말이야. 그냥 오늘은 여기까지만 하고 워싱턴스퀘어로 돌아가서 상처나 핥고 싶은 마음만 간절하네.

하지만 채플은 이 상황을 얼른 통제하지 못하면 군대가 추가로 들이닥칠 거라고 말해. 그리고 다음에는 전면 침략이 시작될 거라고.

상황을 보아하니 채플과 그 저항군 친구들이 우리한테서 얻어 낸 변종 바이러스를 전 세계에 퍼트린 모양이야. 로널드 레이건호에서 나와 내친구들한테서 뽑아 간 병균 말이야. 그리고 그 변종을 치료하려면 우리 피를 가져다가 혈청을 만들어야 한대. 저항군은 세상을 치료했다 감염시켰다를 영원히 반복하기를 원하고 있어. 새로운 뉴욕과 대재앙을 겪은 미합중국의 시민들을 신종 바이러스의 원천으로 삼자는 거지. 적어도 일종의 협정을 맺을 때까지는 계속할 생각인가 봐. 나머지 세계에 생물학적 목줄을 채우는 거지. 우리는 망명자와 낙오자와 도망친 빚쟁이와 역병 걸린 아이들로 구성된 나라를 세우는 거고.

우리의 주요 수출품? 혈청을 만들 때 필요한 우리 체액인 거야. 나머지 세상의 건강을 유지하기 위해서. 역겨워.

그러나 재건 위원회가 우리를 잡아들여 가두고 젖소처럼 펌프에 연결해 버리지 못하게 막으려면, 풋볼을 손에 쥐고 협박할 필요가 있어. 에반이 저 높은 곳의 무슨 구름 방이라는 데서 인질로 잡고 있는 그 물건 말이야.

그러니 크라이슬러 빌딩을 오를 수밖에.

우리는 그랜드 센트럴역을 떠나 42번가를 따라 고가도로 아래를 걸어가. 해방된 노예 한 무리가 우리를 따라오고 있어. 일부는 우리 워싱턴스퀘어 출신이지만 나머지는 뉴욕의 온갖 구석에서 온 애들이고, 대부분 전투에서는 거의 아무런 도움도 안 될 거야. 지치고 트라우마에 시달리고 굶주린 상태라서, 그저 어찌해야 할지 알 수가 없어서 우리를 따라오는 거니까. 전투 요원으로 따지면 나, 피터, 채플, 제퍼슨, 캐스, 쌍둥이, 테오, 랍이 있어. 우리 부족의 캐롤린과 애슐리 세 명도 죽은 특수부대원들의 총을 챙기기는 했고. 에반 쪽의 무장 상태가 어떤지는 모르겠지만 맞서 싸울 우리는 총 열두 자루 정도가 고작이야.

하지만 버티면서 기다릴 수는 없어. 캐스 말로는 비축된 식량으로 몇 개월은 버틸 수 있대. 에반이 세상을 뒤흔들 개수작을 벌이는 데는 그만큼도 안 걸리겠지.

우리는 해방된 여자애들을 캐롤린과 애슐리들에게 맡겨서 밖에 두고 들어가. 에반을 구출하려는 병력이 도착하면 애들이 최선을 다해 물리칠 거야. 그리고 우리는 한때 반짝였으나 이제는 산화된 얼룩이 군데군데 남은 문을 통해 안으로 들어가.

대리석으로 덮은 벽면에 대담한 청동제 벽장식이 붙어 있는 아르데코 양식의 로비로 들어가는데, 랍이 내게 다가와.

랍: "그 승강기 작전은 터무니없어."

나: "더 나은 생각이라도 있어?"

랍: "응. 집으로 가는 거야. 이런 문제는 어른들이 해결하라고 놔두고. 우리가 올라가 봤자 일방적인 학살극만 벌어질 거야. 우리가 오는 걸 알 거라고. 30분이나 걸릴 테니까. 그동안 기관총 총구 방향만 맞춰 주면 더 준비할 것도 없잖아."

나: "그러니까 재건 위원회에서 들이닥쳐서 문제를 해결하기를 기다리자, 그런 소리지?"

랍: "정확히 그거야."

나: "그럼 우린 어떻게 될까?"

랍: "우리는 다 괜찮을 거야. 설득해서 빠져나갈 수 있어. 저 광신도하고—채플을 말하는 거야—무정부주의자 친구들은 상황을 더 엉망으로 만들 거라고!"

나: "넌 내가 정부를 신뢰하기를 원하는 거지."

랍은 다급하게 애원하고 있어. 커다란 녹회색 눈망울에 눈물이 고여.

랍: "날 믿어 줘. 날 믿어 줘, 돈나. 나는 모든 측면에서 이 상황을 검토했어. 내가 원하는 건 너와 함께하는 것뿐이야. 네 친구들도 와도 돼. 내가 주선할 수 있어. 분명 할 수 있다고."

나: "내 친구들? 제퍼슨도 거기 들어가려나?"

랍은 말을 멈추더니, 고개를 끄덕여. 마치 자기 자신과 말다툼을 벌이다 간신히 합의한 것처럼.

랍: "내가 진심으로 제퍼슨이 죽기를 원했다면, 그냥 명령을 따랐을 거야."

그의 말이 진실이라는 깨달음이 찾아와. 그는 내 손을 붙들려고 해. 나는 손을 빼고.

랍: "널 위해서 한 거야. 아니, 널 위해서 하지 않은 거야. 누구와 함께할지는 네가 직접 골라야 하니까. 나를 선택해 줘. 제발. 그리고 모두 살아남는 거야. 어딘가 안전하고 쾌적하고 평화로운 곳으로 갈 수 있어. 나랑 돌아가자."

나는 그의 아름다운 얼굴을 바라봐. 케임브리지에서 보낸 시간이 꿈처럼 눈앞에 스쳐. 강 위에서 보냈던 고요한 오후며, 네빌스 코트의 나른한 아침이며, 지하실 창문으로 쏟아져 들어오던 햇살이며. 내 마음의 일부는 랍과 내가 등장하는 작은 영화를 상영하고 있어. 다시 집으로 돌아가서, 안전하고 온전하고 행복하게 살아가는 장면을.

나: "그게 문제야, 랍. 나는 안전하지도 쾌적하지도 평화롭지도 않은 사람이거든. 그게 나야. 여긴 내 도시고. 우리 도시라고. 그리고 아무도

이 도시를 우리한테서 빼앗아 갈 수 없어. 너는 이해 못 하겠지. 너는 너 자신한테만 속한 사람이니까. 그 어느 것의 일부도 아니니까. 그래서 너를 사랑할 수 없는 거야." 나는 그의 얼굴에 떠오른 충격을 지켜봐. 충격에 흔들린 눈물이 흘러내려. "미안해. 한동안 생각해 봤어. 우리가 함께 지낸 시간에는 여전히 고마워하고 있어. 나한테 힘이 되어 주었으니까. 하지만 지금 우리를 도울 수 없다면, 그냥 떠나는 편이 나을 거야."

그래서 그는 떠나. 고개를 끄덕이고, 슬픈 걸음으로 건물 밖으로 나가.

제퍼슨

커다란 금속제 관람차처럼 생긴 바퀴가 승강기 하나를 돌리는 구조다. 크기는 세 사람이 탑승할 정도고, 끝나지 않는 굽이진 계단을 계속 올라가게 된다. 나머지 인력은 커다란 원통의 가장자리에 달린 손잡이를 붙들고 돕게 되어 있다. 이 회전력이 톱니바퀴를 돌려서 동력을 승강기 케이블로 전달한다. 효율이 좋다고는 말 못하겠지만, 업타우너들처럼 노예 노동력이 있으면 효율 따위는 신경 쓸 필요가 없다. 지금 인력 승강기는 버려진 채다. 그리고 업타우너들은 그걸 고스란히 놔두는 실수를 범했다.

나는 유령 생존자의 우두머리인 감마를 돌아본다.

"너희가 이걸 움직여 줬으면 좋겠어."

"주여, 그대의 소망은 저희의 소명일지니. 서둘러 구름 속의 악마들을 무찌르러 가십시오. 마땅한 책무입니다."

"있잖아, 너희는 지니가 아니고, 나도 재림 예수가 아니야. 우리가 올라갔다 패배하면……." 나는 대충 천장 쪽으로 손짓하며 말을 잇는다.

"놈들은 너희를 쫓을 거야. 무슨 말인지 알지? 그러니까 내가 시키는 일이라고 따르면 곤란해. 너희 자유 의지로 해야 하는 거야."

그는 미심쩍은 표정으로 나를 바라보더니 입을 연다. "알겠습니다."

"네 이름은 뭐야? 진짜 이름 말이야."

다시 침묵이 흐른다. "에드워드요."

"좋아, 에드워드. 내 말 잘 들어. 너 자신 말고는 그 누구에게도, 그 무엇에게도 최종 결정권 따위는 없어. 인간은 인간일 뿐이야. 우리 자신을 믿고 나아가야 해. 알겠지?"

"알았어요."

유령들에게 실제로 승강기를 저기까지 올릴 힘이 남아 있을지는 알 수가 없다. 그러나 우리가 해방한 여자애들도 바퀴를 붙든다. 손잡이가 있든 없든.

"반드시 해낼 테니까." 카우걸이 말한다. "사람이 많으면 어떻게든 되는 법 아니겠어. 문제없다고."

한쪽 모퉁이에 정적이 느껴진다. 돌아보니 랍이 떠나고 있다.

상황이 나아져 가는 느낌이다.

장비를 점검한 후, 나는 돈나 쪽으로 다가간다.

"괜찮아?"

물론 진심은 아니다. '방금 무슨 일이 있었던 거야?' 쪽에 가깝다.

그녀는 그냥 고개를 들고 내게 입을 맞춘다. 그리고 말한다. "사랑해."

"나도 사랑해." 숨 쉬듯 자연스레 흘러나온다.

"좋아. 그럼 다시 세계를 구하러 가 보실까."

 예반

놈들이 이렇게 멍청하다니 믿을 수가 없군.

30분 전쯤, 내 형제 '몬스터'가 승강기 다이얼이 올라오기 시작하는 걸 봤다고 말했다. 물론 정말 느리긴 하다. 빌어먹을 승강기는 지독하게 무거운 데다 햄스터 바퀴를 죽어라 돌려 봤자 한계가 있기 때문이다. 따라서 놈들을 맞이할 준비를 할 시간이 충분하다는 거다.

당연하지만 승강기를 이용하는 놈들이 내 졸개일 리는 없다. 상황을 알 테니 사전에 신호를 보냈을 테니까. 제퍼슨과 그놈을 따르는 혼혈과 성도착자와 패배자들의 무리가 분명하다.

어떻게 아냐고? 그게 말이 되니까. 이제 나는 주님께서 가장 좋아하는 프로그램의 등장인물 정도가 아니라, 그분께서 가장 총애하는 인간임을 깨달았기 때문이다. 그리고 그분께서는 내 승리를 일구어 내고 계신다. 이제 저 돌연변이 무리를 때려 쫓은 다음 내 머리에 왕관을 얹기만 하면 된다.

모든 것이 제대로다! 샴페인은 차가워지고, 핵무기는 달아오르고, 내 적들은 말 그대로 상자에 곱게 포장되어 스스로 내게 다가오고 있다.

그 마지막 부분은 조금 애석하긴 하다. 제퍼슨을 이렇게 간단하게 죽일 수 있다니 아주 살짝 실망스럽다. 멋들어진 최종 국면을 연출해 볼까 하는 생각도 든다. 전부 포로로 잡은 다음에, 하나씩 은빛 독수리 위로 내보내서 지상까지 추락하는 모습을 구경하고 비명을 감상하는 거다. 녹화해 뒀다가 나중에 원할 때마다 틀어 볼 수도 있다. 와이파이가 돌아오면 유튜브에 올릴 수도 있겠지.

그러나 나는 합리적으로 행동하기로 마음먹는다. 우리는 승강기 문 앞에 화염 방사기를 설치해서, 문이 열리는 순간 통구이를 만들어 버릴 채비를 한다. 직설적이고 조금 투박하기는 해도 나름의 스타일은 있다. 어쩌면 완전히 죽기 전에 불을 끌 수 있을지도 모른다. 재밌겠는데. 나는 부하들에게 소화기도 가져다 놓으라고 시킨다.

화염 방사기 손잡이는 내가 직접 잡는다. 분사구에서 불길이 혓바닥을 날름거리고 있다. 땡! 하고 승강기가 도착하는 소리가 들린다. 나는 구경하려고 승강기 근처에 모여든 부하들에게 조용히 하라고 신호를 보낸다. 몬스터와 나머지 부하들은 총을 준비하고 있다. 제퍼슨과 다른 애들이 몸에 불이 붙은 상태로 승강기를 탈출해서, 우리를 끌어안고 달라붙어서 저승길이나 뭐 그런 데로 끌어들이려 할지도 모르니까.

문이 반쯤 열리는 순간 나는 버튼을 눌러 연료를 공급한다. 불길이 카멜레온처럼 혓바닥을 뻗어 승강기 속으로 빨려 들어간다. 문이 완전히 열렸을 때쯤에는, 승강기 전체가 불길로 가득한 수족관이 되어 버린다.

그런데 비명은 안 들리잖아. 조금 실망인데.

이윽고 구석에서 할짝거리는 약간의 잔불을 제외한 모든 불길이 가라앉는다. 순간 나는 승강기 안에 아무도 없음을 깨닫는다.

바로 그 순간, 수류탄 하나가 층계참에서 굴러 들어와서 뒤편 벽을 때리고 바닥을 구른다. 나는 화염 방사기를 버리고 수류탄이 폭발하는 순간에 맞춰 땅에 엎드린다. 몬스터의 남은 살점이 내 몸 위로 흩뿌려진다.

고개를 드니 내 부하 절반쯤이 쓰러져 죽거나 몸을 뒤틀고 있다. 그러나 나머지는 다운타운 애들 쪽으로 사격하는 중이다. 이제야 놈들이 우리를 속였다는 사실을 깨닫는다. 우리가 승강기 쪽으로 주의를 기울이게 만든 다음 67층을 걸어서 올라온 것이다. 계단 쪽에도 보초를 세웠어야 했는데, 다들 놈들이 불타 죽는 꼴이 너무 보고 싶었던 모양이다. 이런 게 가학성에 기초한 문화의 문제점이겠지. 진짜 목적에 집중하지 못하게 되니까.

상황을 빠르게 파악해야 한다. 내 부하 절반은 쓰러졌지만, 나머지는 목숨이 위험한 현 상황을 알아차렸는지 일어나서 총을 쏘고 있다. 상대방 인원은 알 수 없지만, 67층을 구보로 올라왔으니 분명 상당히 지쳐 있겠지.

저 바깥 어딘가에 제퍼슨이 있다.

파편이 연료통에 구멍을 내는 바람에 화염 방사기는 못 쓰게 됐다. 그러나 풋볼은 무사한 듯하다. 나는 서류 가방의 가죽 손잡이를 붙들고 싸움을 피해 클럽의 주방으로 통하는 옆문으로 기어 나간다.

놈들이 발전기를 망가트린 덕분에 부엌은 어둑하고 냉장고도 잠잠하다. 나는 우선 냉장고부터 열고 크리스털 샴페인을 꺼낸다. 그리고 카운터에 병목을 내리쳐 깨트린다. 내가 실수를 저질렀다는 건 알고 있다. 주님께서 마지막 순간의 반전으로 엄지를 내려 보이신 것이다. 사실 숙적을 화염 방사기로 구워 버리는 건 너무 한심한 결말 아닌가?

그래서 전투의 소리가 밖에서 이어지는 동안, 나는 병을 들어 단숨에 들이켠다. 그리고 여전히 차가운 샴페인이 목구멍으로 내려가는 동안 생각을 가다듬는다. 그래, 잠깐 약한 생각에 빠졌다는 점은 인정한다. 그러나 지금껏 모든 일이 정말로 대단했잖아. 제퍼슨과 나머지 패배자들이 내 이야기에 섞여 들기 전까지는 정말로 끝내줬잖아.

혹시 제퍼슨이 진짜 주인공이라면? 이게 놈의 이야기라면? 터무니없다. 정말 한심한 이야기가 될 테니까.

그리고 샴페인의 취기가 돌기 시작하자, 나는 뒷주머니에 부서진 아데랄이 아직 들어 있다는 사실을 기억해 낸다. 나는 가루를 바로 코 밑으로 가져다 대고—세심하게 즐길 여유는 없으니까—흐느끼듯 흡 하고 단숨에 들이마셔 버린다.

순간 아데랄 기운이 돌면서 활력이 솟구친다. 승리감이 일어나고 창의력이 살아난다. 기분도 훨씬 나아진다.

우리 대빵께서는 아직 나를 사랑하신다고. 그래서 내가 아직 살아 있는 거야.

당연히 내가 주인공이지. 당연한 소리를.

이제 뭘 해야 할지 아주 잘 알겠어.

피터

　나야 싸움을 즐기지는 않지만, 게이라고 사람을 후려 패지 못하는 건 아니라고. 솔직히 말하자면 대부분의 애들보다 많이 싸워야 했고. 그래서 채플이 쓰러지는 모습이 보인 순간, 내 본능은 그에게 달려가거나 도망치지 말고 그를 쏜 놈을 죽이라고 소리쳤어. 그리고 당연하게도 나는 그 명령에 따랐지.

　이 낡고 정신없는 나이트클럽인지 뭔지는 이제 연기로 가득해. 나는 한쪽 구석으로 몸을 날리며 벽장식 쪽으로 총을 쏴. 그 뒤에 놈이 숨어 있을 테니까. 잠시 후 신음이 들리고, 나는 그 정도면 충분하다고 생각하고 채플 쪽으로 몸을 숙여.

　"다리를 맞았어." 그가 말해. 나는 그를 끌고 은폐물 뒤로 움직여. 그리고 가방끈을 풀어 지혈대를 만들어서 다리에 단단히 채워.

　"난 괜찮아. 가서 다른 애들을 도와."

　"안 돼. 너를 혼자 둘 수는 없어. 저번에 그랬더니 내 눈앞에서 사라졌잖아."

"아무 데도 안 갈 거야."

나는 그의 손을 붙들어 내 볼에 가져다 댄 다음, 다시 싸움 속으로 뛰
어들어.

# 돈나

사격, 그리고 이동. 우리는 매캐한 연기와 색색의 구름 속을 조심조심 전진해. 갑자기 업타우너 한 놈이 등장하는데, 콜록거리면서 탄창을 갈고 있어. 나는 총을 들어서 연발로 사격해 버려. 놈은 그대로 안개 속으로 모습을 감춰.

그리고 다음 순간, 다른 놈이 야구 방망이를 높이 쳐든 채로 바로 그 연기를 뚫고 나오며 고함을 질러. 나는 제대로 반응하지도 못해. 그러나 걔가 방망이를 휘두르는 순간, 제퍼슨의 칼이 그대로 방망이를 막으며 반으로 갈라 버려. 방망이 끄트머리는 리듬을 맞춰 바닥을 통통 굴러가고, 업타우너는 그대로 몸을 돌려 달아나.

마침내 우리만 남아. 나와 제퍼슨과 캐스와 테오 말이야. 쌍둥이는 연기 속에서 우리를 기웃거리고, 피터는 쓰러진 채플 곁에 있어. 문득 연기를 뚫고 신선하고 차가운 공기가 들어오는 것이 느껴져. 널찍한 테라스로 이어지는 높다란 프랑스식 창문이 열려 있고, 거기서 바람이 들어오고 있어.

우리는 창문가로 걸음을 옮겨. 테라스 너머로 거대한 독수리 조각상의 은빛 목덜미가 건물 모서리에서 비쭉 튀어나온 모습이 보여. 그리고 독수리 머리 위에는, 멀리 발밑의 도시를 배경으로 에반이 서 있어.

풋볼을 갓난아기처럼 가슴에 꼭 끌어안고 있네. 눈을 크게 홉뜬 모습이 정신이 나간 것 같아.

에반: "이거 괜찮은데. 반전치고는 나쁘지 않아."

우리는 총구를 올린 채로 테라스로 나가. 여섯 개의 총구가 그를 겨누고 있어.

에반: "내가 죽으면 세상도 함께 죽는 거야. 잘 알아 두라고."

제퍼슨이 총과 칼을 내려놓고 앞으로 나서.

제퍼슨: "무슨 소리지, 에반?"

에반: "그러니까— 아, 그러고 보니 다시 만나서 반가워, 제퍼슨. 내가 중국과 러시아를 공격하는 암호를 방금 입력했단 말씀이야. 핵무기 예열 중이야. 15분 후면 발사돼. 나를 죽이면 풋볼은 67층 아래로 떨어지는 거야. 발사 중지할 기회가 없어지지. 안녕, 세상아."

문득 꼭두각시 인형과 장막에 비친 그림자가 떠올라. 순간 에반에게는 우리 모두가 그림자일 뿐이라는 깨달음이 찾아와.

그러니 지금 입에 담는 위협도 가볍게 실행에 옮길 수 있었겠지.

너무 높은 곳이라 차가운 바람이 뼈에서 살점을 발라내는 것 같아. 주변을 둘러싼 온갖 건물의 옥상과 멀리서 휘도는 새 떼가 보여.

나: "뭘 원하는데?"

에반: "뭘 원하냐고? 원하는 거야 많지. 지금 당장은 살아남고 싶고.

하지만 너희가 줄 수 있는 것 중에서는…… 놈을 원해."

그는 제퍼슨을 가리키고 있어.

에반: "둘이서 승부를 내자고, 제퍼슨. 풋볼을 뺏으면 네 승리, 너를 떨어트려 죽이면 내 승리야. 무기 따위는 없이 둘이서 해보자고. 공평하잖아?"

제퍼슨: "네가 이기면 어쩔 건데?"

나는 황급히 그를 돌아봐. 저 헛수작을 진지하게 받아들이려 하다니 믿을 수가 없어.

에반: "내가 이기면? 나도 모르지. 다음으로 뭘 원하는지 생각해 봐야지. 물론 너희가 흥정을 할 상황은 아닌 것 같지만."

나: "하면 안—"

그러나 제퍼슨은 앞으로 나가서, 독수리의 은빛 목 위로 기어올라.

# 예반

　놈은 내가 생각한 대로 미끼에 덤벼들어 조각상 위로 올라온다. 결전의 때로군.

　사실 아니지만. 나는 등 뒤 허리춤에 끼워 놓았던 곤봉을 빼 들어 놈의 관자놀이를 후려친다. 놈은 간신히 정신을 붙들고 금속 조형물의 목 위로 주저앉는다. 나는 풋볼을 뒤쪽에 내려놓은 다음 신발에서 단도를 빼 든다. 그리고 칼끝으로 놈의 목을 겨눈다.

　자, 이제 어쩔까? 거래할 위치가 살짝 나아진 것은 분명하고, 제퍼슨의 목을 자를 기회가 생긴 것도 나쁘지는 않지.

　그래, 물론 신용을 상당히 잃기는 했어. 하지만 풋볼 이야기는 거짓말이 아니거든. 핵탄두는 전부 준비가 끝났단 말씀이야! 수십억 명의 인간들이 자기네가 끝장난 줄도 모르고 있다고. 그리고 암호가 없으면 아무도 이걸 멈출 수 없지.

　너무 완벽하잖아! 최고의 대단원이야. 우리가 처음 만났던 순간이 떠오르는데. 방탄 플렉시글라스 버스 창문을 사이에 두고 있었지. 나는 돼지에 목줄을 채워 끌고 왔고, 놈은 자기보다 영리한 형님 대신 부족을 대표해 지껄이고 있었고.

그런데 이제 언제나 원했던 것처럼 내 품에 안겨 있단 말이지. 목에 내 칼끝이 닿은 채로.

나는 놈을 내려다보며 어디서부터 자르는 것이 좋을까를 고민해. 턱선부터 시작할까? 목젖부터 그을까? 바로 그 순간, 다른 놈 하나가 나를 때려.

띵하게 울리는 머리를 들어 보니 지금껏 본 적 없는 놈이 있어. 제퍼슨이 데리고 다니는 갈색 피부 중 하나야. 거의 나만큼이나 잘생겼군. 놈은 내가 제대로 반응하기도 전에 다시 나를 후려쳐서 제퍼슨에게서 떨어뜨려.

누군가 비명을 지르는 소리가 들려. "롭!" 뭐 그렇게 말한 것 같은데.

놈은 양손으로 내 팔목을 잡고 단검을 쓰지 못하게 막아. 덕분에 나는 다른 손으로 놈의 얼굴을 제대로 후려쳐 주고. 그러는 동안 놈은 제퍼슨에게 풋볼을 가져가라고 소리쳐. 억양이 우스꽝스러운데.

우리는 조각상 가장자리로 굴러가고, 놈은 멈추려고 내 팔을 잡은 손을 풀어. 나는 그 순간 놈의 가슴을 찌른 다음, 그 반동으로 일어나려고 해. 내 움직임 덕분에 칼날은 놈에게 더 깊이 박히고.

그래도 놈은 죽지 않았어. 게다가 그쪽도 단검을 가지고 있던 모양이로군. 편지 여는 칼처럼 생긴 작은 물건이야. 놈은 그걸로 내 다리를 찌르고, 나는 그대로 무릎을 꿇으며 주저앉아. 이어 놈이 내 배를 걷어차자 나는 순간 균형을 잃어. 순간 구역질과 함께 이대로 조각상 너머로 떨어질 것이라는 깨달음이 찾아와.

아니야. 말도 안 돼. 이건 내 이야기라고.

나는 죽을 수 없어. 주님! 이대로 방영 종료는 곤란해요!

계속 미끄러지고 있어. 나는 조각상의 부조를 붙들려고 애쓰지만, 피 때문에 손이 너무 미끄러워. 이제 떨어진다……

그래도 한 가지는 다행이로군. 중력이 나를 잡아채는 순간, 나를 공격한 놈의 다리를 붙들었으니까.

놈은 독수리의 금속판에 쿵 하고 쓰러지더니, 그대로, 힘겹게, 나와 함께 허공으로 떨어져.

이제 우리 둘 다 날고 있어. 뉴욕 시티를 향해 내려앉고 있다고. 터무니없는 한순간, 놈은 나를 바라보고 우리는 눈을 마주해. 자유 낙하 중인 두 영혼. 그리고 문득, 우리가 서로를 죽이는 순간에 이르러서야 만나긴 했지만, 다른 삶에서라면, 내가 다른 사람이었더라면, 친구가 될 수도 있었을 거라고 생각해.

그리고 어쩌면 모든 것이 다를 수도 있었을 거라고. 하지만 당연히 이제 너무 늦었지.

돈나

지금은 슬퍼할 시간이 없어. 나는 가장자리로 가서 너머를 내려다보지만, 다행히도 아래의 통행로까지는 보이지 않아. 랍이 죽었다는 건 확실하지. 우는 건 나중이야.

나는 풋볼의 손잡이를 붙들고 안전한 곳까지 가져와. 채플은 비틀거리며 문간으로 나와서 소리치고 있어. "접속 암호가 필요해!"

채플은 서둘러 닳아 해진 검은 서류 가방을 열고, 나는 피터의 어깨너머를 바라봐. 안에는 위성 전화하고…….

텅 빈 서류철이 하나 있어.

발사 암호는 안 보여.

나는 그대로 무릎을 꿇고 주저앉아. 진짜로 울 때네.

 **피터**

진짜로 유명해질 때가 된 모양이네. 그러니까, 그 뭐냐, '성 피터' 따위로 유명해지는 것 말고. 그건 그냥 인맥으로 얻은 명성이잖아. 명성이 불러온 명성이라고.

나는 돈나가 풋볼을 들고 있는 곳으로 달려가. 발사 암호가 사라졌다고 흐느끼고 있네. 아무래도 에반은 우리가 이겼다는 사실을 깨닫고는 온 세상이 자기보다 오래 사는 것을 용납하지 않기로 마음먹었나 봐.

내가 진짜 걱정하는 건 비스킷이—그러니까, 핵무기 저장고에 연락하는 작은 위성 전화가 사라지는 사태였어. 그러면 진짜로 아무것도 못 할 테니까.

비스킷은 멀쩡해. 얌전히 서류 가방의 한쪽 주머니에 들어가 있어. 좋았어!

그래, 아주 잠깐이지만 친구들이 절망에 사로잡히도록 방치하기는 했어. 걔들이 세상의 종말을 곱씹는 동안 얼굴에 떠오른 비통하고 허망한 표정을 확인했다고. 그래야 내가 입장할 준비가 되는 거잖아.

그리고 나는 주머니에서 종이쪽을 꺼내. 브레인박스가 초기억력을 발휘해 내게 읊어 준 암호표야.

세상에 보내는 마지막 편지기도 하고.

나는 그걸 채플에게 건네. 채플은 그게 뭔지 정확하게 알아본 모습이야. 그는 목록을 훑어보면서 필요한 암호를 찾아.

그리고 내 손에서 비스킷을 가져가더니, 아주 조심스레 숫자를 하나씩 누르기 시작해.

물론 내가 암호를 받아쓰다 실수를 했다면, 이건 먹히지 않겠지.

브레인박스가 잘못 기억했어도 마찬가지야.

아니면 일부러 나한테 암호를 틀리게 불러 줬어도.

그런 일을 할 이유가 있을까?

어쩌면 정확히 이런 순간을 예비해서, 자신의 실망과 환멸을 드러내려고 했을지도 모르지.

세상에 보내는 마지막 편지로 가운뎃손가락을 들어 올린 걸 수도 있잖아. 우리 모두를 낚은 걸 수도 있다고.

마침내 놀라울 정도로 일상적인 소리가 울려. 빨래가 끝났음을 알리는 세탁기처럼, 비스킷이 발사가 중단되었다는 신호를 보내.

채플은 비스킷의 가죽 덮개를 닫고는 바닥에 주저앉아. 온 힘을 소모한 모습이야.

그리고 돈나와 나는 그의 다리를 치료하기 시작해.

나는 세상을 구한 사람으로 유명해지겠지.

"잘했어." 나는 채플에게 말해.

그는 미소를 지어.

"그럼 손을 등 뒤로 돌려 주실까. 널 체포할 거니까."

제퍼슨

우리는 67층의 불길부터 잡는다. 시작으로는 괜찮을 것 같다.

그리고 다시 세상으로 내려온다. 옛 친구 채플은 죄수 신세다. 브레인 박스의 살인범을 풀어 주는 일로 새로운 세상을 시작하지는 않을 것이다. 채플이 확실히 선의를 증명한다면 풀어 줄 생각이지만.

유령들과 해방된 여자애들이 층계 끝에서 우리를 기다리고 있다. 우리를 올려보내는 일을 끝내면 바로 빠져나가라고 했는데도.

나는 그들 모두의 이름을 묻는다. 진짜 이름을.

이마니의 슬레이어 퀸 부대는 바자를 장악해 놓았다. 그녀는 우리를 다시 보고 조금 놀란 것 같지만, 그래도 표정은 기쁜 듯하다. 나는 그녀에게 앞으로 어쩔지 결정하도록 도와달라고 부탁한다.

지금부터 계획하고 조직할 것들이 정말로 많다.

재건 위원회와 협상도 해야 한다.

치료제도 배부해야 한다. 치안도 확보하고, 공공 행정 업무도 시작해야 한다.

식량 공급도 필요하다.

다른 도시의 생존자들과 연락도 해야 한다.

그리고 우리가 함께 쉴 장소도 필요하다. 나와 돈나가.

돈나

랍은 센트럴파크에서 바이킹식 장례로 떠나보내기로 했어. 할렘미어 호수에서, 나룻배에 쌓은 장작더미 위에 뉘어서 떠내려가게 하는 거지.

채플은 이미 재건 위원회와 협상에 들어갔어. 이마니가 옆에 붙어서 위성 전화를 귓가에 대 주고 있고. 이마니는 내내 웃고 있어. 아주 보기 좋은 웃음이야.

머지않아 시리아와 이라크와 서아프리카에서 기술자와 건축가와 의사와 학자와 인부들이 도착할 거야. 우리의 재건을 도우러 오는 거지.

나는 조문객들을 둘러봐. 캐스와 테오는 몸서리쳐지게 귀엽게 놀고 있네. 어쩌면 정신병자 꼬맹이들도 바르게 키울 수 있을지 모르지.

그리고 피터도 있어. 함께 잠깐 공립 도서관으로 정찰을 다녀오지 않겠냐고 권했던 때가 기억나네. 새로운 사람을 만나고 싶으니 대환영이라고 했었지. 그래, 실제로 여럿 만나기는 했지. 게다가 추종자 무리도 생겼어. 이젠 유명 인사라니까.

랍을 태우는 연기가 하늘로 올라가. 모든 불길은 하늘에서 끝나기 마런이지. 매들이 하늘을 선회하고, 잠자리는 수면을 건드리며 날아다니고 있어.

나는 문득 제퍼슨과 내가 과거의 관계를 회복할 수 있을지를 생각해 봐. 먼 옛날 뱃전에 앉아 서로의 감정을 고백했던 순간으로 돌아갈 수 있을까? 아니면 평범하고 근심 없는 대재앙 시대의 10대 소년 소녀였던 시절, 워싱턴스퀘어의 어느 아침으로? 아니면 더 멀리, 그 병이 찾아오기 전으로, 그 많은 사람이 목숨을 잃기 전으로, 전혀 다른 미래가 우리를 기다리고 있던 그때로 돌아갈 수 있을까?

무리겠지. 하지만 앞으로 나아갈 수는 있지 않을까.

밤이 내려와. 그래도 이 밤이 끝나면 아침이 찾아올 거야.

옮긴이의 말

작가 크리스 웨이츠는 영화감독 및 각본가로 수년에 걸쳐 할리우드에서 활동해 왔으며, 특히 〈트와일라잇: 뉴 문〉과 〈황금 나침반〉의 감독과 〈로그 원: 스타워즈 스토리〉의 각본가로 잘 알려져 있다. 형인 폴 웨이츠 또한 영화인이며, 〈아메리칸 파이〉와 〈어바웃 어 보이〉를 비롯한 여러 작품에서 동생과 협력한 바 있다. 패션 디자이너였던 아버지는 나치를 피해 독일을 탈출한 유대계 인사였고, 뉴욕을 무대로 활동하다 은퇴 후에는 나치 정권 고위 관료들의 전기를 집필하고 출간했다. 여기에 어머니는 1950년대의 명배우 수전 코너였으니, 형제의 문화 예술계 경력에는 부모의 영향이 컸을지도 모르겠다.

작가의 소설 데뷔작인 〈영 월드〉 3부작에는 작가의 이런 경험이 상당수 녹아들어 있다. 다른 무엇보다 작가는 뉴욕 출신이며(물론 실제로 형제가 다닌 학교는 어퍼-이스트사이드의 사립학교이기는 했다), 런던의 세인트폴 스쿨을 거쳐 케임브리지 트리니티 칼리지를 졸업했다. 유독 생생한 뉴욕과 케임브리지의 풍경은 이 경험에서 우러나온 것이 아닐까 싶다. 여러 고전 영화의 언급 또한 작가의 취향이 강하게 반영된 것으로 보이며, 특히 〈스타워즈〉를 인용하여 등장인물을 묘사하는 부분에서는 열렬한 팬심을 느낄 수 있을 정도다.

작품 자체의 구성에 대해서는 그 나름 신선하지만 동시에 고전적인 느낌이 있다. 21세기에 들어 유행한 상당수의 영 어덜트 포스트-아포칼

립스물이 대개 디스토피아적이지만 자립 가능한 세계를 그리는 데 반해, 〈영 월드〉의 배경은 파멸 후 추락을 멈추지 않은 세계이며, 따라서 『파리대왕』과도 같은 청소년 집단 생존물의 분위기를 짙게 풍긴다. 작중에서 수도 없이 강조하듯이, 이들이 향유하는 모든 문화는 구시대의 부유물에서 건져 낸 잔재일 뿐이다. 폐허가 된 뉴욕이라는 명확한 배경 속에서 이는 기묘한 현장감과 생동감을 더해 주는 효과를 보이며, 작품 전체적으로 판타지보다는 과학 소설에 가까운 뉘앙스를 풍긴다. 반면 작품의 구조 자체는 '임무를 완수하러 여행을 떠나서, 온갖 성장과 변화를 겪고, 마침내 임무를 마치고 고향으로 돌아온다'는 고전적인 청소년 판타지 작법에서 크게 벗어나지 않는다. 심지어 악역조차도 작품의 처음부터 끝까지 일관성을 유지한다. 독자의 취향에 따라 호불호가 갈리는 요소일지도 모르겠다.

* * *

우리나라 독자들이 이해하기 힘든 쪽은, 작중에 스쳐 지나가듯 언급되는 고전 영화들보다는 과거와 현재의 10대 팝컬처가 아닐까 싶다. 주석으로 부족한 내용만 따로 간략하게 보충해 보겠다.

– 일행이 메트로폴리탄 미술관으로 진입할 때 주인공들이 언급하는 『클로디아의 비밀(원제: From the Mixed-Up Files of Mrs. Basil E. Frankweiler)』은 1967년 미국에서 출간된 아동문학 작품으로, 클로디아와 제이미라는 두 남매가 메트로폴리탄 미술관에서 펼치는 모험

을 그린다. 우리나라에는 2000년에 출간되었다.

– 작중에 종종 언급되는 〈과학탐정 브라운(원제: Encyclopedia Brown)〉 시리즈는 1963년부터 2012년까지 출간된 총 29권의 연작 모험 소설로, 뛰어난 지식으로 친구들에게 '백과사전 브라운'이라 불리는 소년 탐정의 모험을 그린다. 여러 세대에 걸쳐 많은 팬을 보유한 작품이다.

– 2권 《뉴 오더》 도입부에 등장하는 《인 터치》와 제퍼슨에게 건네진 〈US 위클리〉는 셀러브리티 및 엔터테인먼트 주간지다. 뉴욕타임스 컴퍼니가 창간한 〈US 위클리〉는 뉴욕을 기반으로 40년의 역사를 자랑하며, 매주 200만 부가 팔리는 히트 잡지다. 반면, 돈나가 언급하는 《인 터치》는 경쟁지인 〈US 위클리〉에 비해 타블로이드 가십지 쪽에 가까우며, 10대 독자층을 타깃으로 삼는다.

– 케임브리지에 도착한 돈나가 떠올리는 '셜리 템플 영화'는 1939년 작 〈세라 이야기〉로, 테크니컬러로 제작된 최초의 셜리 템플 영화이며 1899년의 런던 분위기를 모사하려고 막대한 제작비를 소모한 것으로 유명하다. 미국에서는 저작권이 만료된 1970년대 이후 연말마다 심심 찮게 시청할 수 있던 작품이다.

– 3권 《리바이벌》에 등장하는 〈하일라이트〉는 1946년 창간되어 75년의 역사를 가진 아동 잡지인 〈Highlights for Children〉이다. 쌍둥이가 찾아보는 학습 만화는 'Goofus and Gallant'로, 특정 상황에서 두 소년의 옳고 그른 대응을 대비시켜 보여 주어 저학년 아동에게 기본적인 사회성 기술을 가르치는 내용이다.

- 3권 《리바이벌》에서 캐스가 언급하는 〈카다시안즈〉는 〈Keeping up with Kardashians(4차원 가족 카다시안 따라잡기)〉라는 셀러브리티 리얼리티 쇼다. 2007년에서 2021년에 이르는, 총 20시즌 285화라는 막대한 분량으로 카다시안과 제너 일가의 기상천외한 일상 이야기를 그린다.

매력 있는 등장인물과 생동감 넘치는 대재앙 후 뉴욕의 모습만으로도 충분히 읽을 만한 가치가 있는 이야기라 생각한다. 메트로폴리탄 미술관, 센트럴 파크, 케임브리지, 미국 자연사박물관 등을 사랑하는 독자라면 그 나름의 즐거움을 얻을 수 있을지도 모르겠다. 모쪼록 독자 여러분도 돈나와 제퍼슨과 함께 책 속의 이야기를 즐겨 주었으면 한다.

서평

"스릴 넘치는 포스트-아포칼립스 소설. 읽기 시작하면 멈출 수 없다."
_스티븐 크보스키, 《월플라워》 작가

"신선하게 현실적이며 빈틈없이 파렴치한 팝 엔터테인먼트."
_〈뉴욕타임스〉 리뷰

"이 책이 강렬한 액션 블록버스터로 제작된 모습을 어렵지 않게 상상할 수 있다. 폭력은 과도하지 않고 적절하게 다루어지며, 지속적으로 변화하는 로맨스 관계에는 현실적인 고뇌와 갈등이 곁들여 있다. 액션의 결말은 적절한 '클리프행어'로 마무리된다. 〈헝거 게임〉 시리즈나 〈카오스 워킹〉 3부작의 팬들에게 권하고 싶다."
_스티븐 킹, 《리타 헤이워드와 쇼생크 탈출》과 《미저리》 작가

"10대가 다스리는 세상을 그린 작품은 수도 없이 많지만, 이 책은 가장 훌륭한 축에 든다고 할 수 있다. 크리스 웨이츠는 대중문화 요소를 적재적소에 넣을 줄 아는 사람이며, 액션으로 가득한 줄거리 속에서도 독특한 인물들의 매력은 전혀 바래지 않는다. '제퍼슨'과 '돈나'라는 두 주인공의 목소리로 전해지는 롤러코스터 같은 이야기에 사로잡히면 자리에서 일어날 수 없다." **_〈북 트러스트〉 리뷰**